徳間文庫

第Ⅱ捜査官

凍える火

安東能明

徳間書店

目次

プロローグ

二〇一九年七月二十九日月曜日

日中、たっぷりとため込んだ暑気を、車内から追い出すのは容易なことではなかった。野田はクーラーの温度設定を下げ、窓を全開させた。走り出すと温まった空気が一度に流れだした。それでも、体にまとわりついた、うだるような暑さは消えなかった。かすかな潮の匂いが漂い始める。鼓膜を圧迫しているのは海鳴りか。

断続的な雷鳴とともに雷雲が北上している。街は深い眠りについていた。前後に走る車の影さえない。眠たげな信号が頭上を過ぎていく。野田はアクセルをゆるめ、最後のカーブを曲がった。集合住宅を貫く道路を南に走る。稲妻が走り、行く手を明るく照らした。ポールが立ち、道はそこで行き止まりになっていた。真っ暗闇のなか、電話ボックスの明かりだけが道路をぼんやりと照らしている。その前で急停車させる。

ドアを閉めるのももどかしく、野田は車を離れた。

電話ボックスから、呼び出し音が聞こえてくる。四面をガラスに囲まれた、どこにでもある公衆電話ボックスだ。

口中にたまった唾を、ぺっとはき捨てる。折り畳み式のドアを引き、緑色の電話にとりつく。しばらくの間、息をつくだけで話すこともできなかった。

野田さん……

という声が耳元でしている。男の声だった。そうだ、と答えてやった。受話器を耳にこすりつけ、後の言葉を待つ。何も聞こえてはこない。回線は死んではいなかった。相手の息づかいが、はっきりと伝わってくる。野田はこらえきれなかった。

誰だ、お前は……誰、と二度繰り返したが応答はない。

電話機に身を預け、前を睨んだ。広い河原の向こう岸に、何棟かのビルが見える。

低い震動を感じたのはそのときだった。電話ボックス全体が、何かに共鳴するように小刻みに揺れているのだ。天井のあたりがきしんで、金属が擦れる音がしている。

「雷を届けようか」

はっきりと、そう、野田には聞こえた。ねっとりとした声だ。

雷だと、何を言ってる、お前……

野田は繰り返したが、返答はなかった。受話器を耳から離すことはできない。野田は黙り込み、相手の様子をうかがった。コトリとも音がしない。静かだった。遠く、回線を通じて雷鳴が聞こえる。

妙な感覚だった。

同じ音が受話器をあてていない右の耳からも聞こえてくる。

相手もこの近くなのか。息づかいが聞こえなくなっていた。代わりに、布の擦れ合うような奇妙な音がしている。

野田は受話器を叩きつけるようにして置いた。その瞬間、激しい痛みに心臓を貫かれた。両手がこわばり、爪の先まで悪寒が突き抜ける。電話機を抱きすくめるように、必死でこらえた。息をつぐこともできない。その場に立っているだけで精一杯だった。膝が折れそうになる。ふたたび、それは襲ってきた。はじめは首だった。ノミで穿たれるような疼痛が走った。首が上下にがくがくと揺れる。ふりむくことすらできない。電話機にすがりついているだけなのだ。きつく目をつむる。野田の暗い脳裏に、回転するドリルの刃先が浮かび上がる。鋭い刃先は、黒いタールでできた池の中から、べっとりと油をつけて現れる。その切っ先が背中に押しつけられた。

そのとたん、跡形もなく刃先は霧散した。代わりに、背中一面、肩から胸にかけて、それはまとわりついてきた。

何なのだ、これは……

上半身の細胞という細胞が一斉に悲鳴を上げた。その湿潤が背と胸の両方から心臓を圧迫している。肺の空気が絞りとられ、呼吸できない。

必死で意識をつなぎ止める。瞼を開けてみる。ガラスに映った顔の輪郭がぼんやりと見える。ライトに照らし出された歪んだ顔があるだけだった。苦痛に耐えきれず、首をうなだれた。

ゆらゆらと青白いものが蠢いていた。ズボンの裾あたりだった。その揺らぎを凝視する。ちろちろと、それは蛇の舌のように下半身を這いあがってくる。感覚が再び甦ってきたとき、野田はそのショックに叫ぶことすら忘れた。

火だった。青白く燃え上がっている。少しずつ赤みを帯び、ベルトのあたりまで近づいてくる。腕のあたりが熱くなる。全身、総毛立っている。

下半身を襲う炎熱は、服や皮膚を通り越して、直接、骨にまで達しようとしている。それでも立っている自分が信じられなかった。

体の内側が沸騰しているようだった。思う間もなく、再び上半身にそれが襲いかかってきた。砕かれた細かなガラスみたいなものが、肌に直接食い込んでくる。突き刺されるような激しい痛みだった。ガラスは皮膚の下にもぐりこみ、体の芯に向かって突き進む。その度に血管が縮みあがる。息ができなくなった。意識がもうろうとしてくる。
這い昇る炎は、動きを早めた。腹を過ぎ、顎の下にまで達する。熱さは感じなかった。
目の前が真っ赤に燃えた。ぱちぱちと弾ける音が、どこか遠いところから聞こえる。
炎の輪は、頭の上で止まった。それは、生き物のように形を整え、やがて球体となり、
ひとしきり箱の中で左右に動いた後、宙を舞うようにして消えた。

第一章　発火

1

変死体発見の通報が入ったのは午前五時十五分。西尾美加は幹部用の宿直室まで走った。

神村五郎はタオルケットをはだけ、パンツ一丁で眠りこけていた。

「先生、起きてください」

だめだ、裸の胸元を何度もゆすった。それでも、目を閉じたままなので、「事件です」

と大声で叫んだ。

ようやく薄目が開いたので、頬を叩き、どうにか上半身を起こさせた。

「うん、もう朝？」

窓を向いて神村がぼんやり口を開く。

「朝です。早く着てください」

脱ぎっぱなしのカーゴパンツとフラワー柄のシャツを着させる。立ち上がったところを押して靴を履かせ、宿直室から連れ出した。蒲田中央署の裏口から出たとたん、暑苦しい空気がまとわりついてきた。昨夜来の荒天はうそのように晴れ渡り、オレンジ色の朝日が差し込んでいる。

神村をクラウンアスリートに押し込み、スタートボタンを押した。環八通りに躍り出る。西に走り、蒲田郵便局の交差点を南に入った。住宅街を多摩川方向に向かう。日が昇ったばかりなのに、コンソールの温度計は三十度を表示している。

この暑さなのに、ルームミラーに映る神村は、すやすやと寝息を立てている。当直にもかかわらず、昨夜は事件処理などどこ吹く風。八時過ぎに風呂に入り、缶ビールをあおったと思ったら、冷房の効いた幹部用宿直室で寝てしまった。それでも、文句を言う署員はひとりもいない。

神村は元物理の高校教師。美加の高校時代のクラス担任でもあった。それがふとしたきっかけで警視庁の刑事になり、西尾と同じ蒲田中央署の刑事課にいる。アスリートは神村の専用車だ。

多摩川の堤防が近づいてくる。停まっているパトカーが見えた。左右に歩行者用の白線が引かれた道路が延びている。寺の脇を走った。堤防の右手に三階建ての建物がある。左手は駐車場だ。パトカーの後方に車を停めて、現場に降り立った。

パトカーの先に黒のセダンが停まっていた。その先に車止めがあり、ゆるい傾斜がついて、すぐ堤防になっている。右手の建物の側面には多摩川緑地管理事務所とあった。

車止めの右手前にNTTの透明な電話ボックスがあり、五人ほどの警官が取り巻いている。

電話ボックスの扉は閉じられていた。その中でワイシャツを着た男が膝を折り曲げ、座り込んでいた。体が右に傾き、力なく両腕が投げ出されている。

先着していた刑事課の浜野巡査と目が合った。

「脈はない。冷たくなってる。死後、二、三時間ってとこかな」

眠りこけているようにも見えるが、この暑さで扉が閉じたままの電話ボックスの中にいること自体、奇妙この上ない。

「窒息……か何かですか？」

「そりゃないよ」

ガラスに囲まれた電話ボックスは、地面とのあいだに五センチほど空間ができている。

「……ですね」美加はセダンを指して訊いた。「この車はこの人のものですか？」

「たぶん。キーも置いたままだし、セカンドバッグに免許証が入ってた」

免許証を見せてもらった。野田拓人とある。住所は西蒲田一丁目のマンション。二十九歳だ。

このあたりで誰かと待ち合わせして、携帯の充電が切れたので、仕方なく公衆電話を使う羽目になったのではないか。それとも、誰かと一緒にここまで来たのか。もみ合ったりしたような跡はないように見える。こんな場所で、自殺の線はないだろう。

「住まいを調べりゃ、何かわかるだろ」

「そうですね。携帯の通信記録も調べないと」

美加は手袋をはめ、電話ボックスの左手に回った。

男の体を正面から眺める。顔は完全に下を向いており、表情がわからない。

はいつくばり、顔をのぞき込んだ。鼻筋の通った顔立ちだが、生気は感じられなかった。

写真と同じ顔つきだ。顔に火傷の痕はないようだ。とかし込んだツーブロックのヘアが垂れている。

ふーっと息を吐き、立ち上がる。全身から汗が噴き出した。

「落雷だな」浜野が言った。「ゆうべの雷に打たれたんだ。服も焦げてるし」

「えっ、そうですか？」

そこまでは確認できなかった。

「電話ボックスの中に入っていれば、安全ではないですか？」

「車ならともかく、あんな薄っぺらいガラスに仕切られてるだけだぜ。雷が直撃したら、ひとたまりもない」

「……雷から逃れるために、咄嗟に電話ボックスの中に入ったんじゃないでしょうか？」

「かもしれんな」

しかし、電話ボックスは四隅に鉄の支柱があるだけだ。ここに雷が落ちれば、中にいる人はひとたまりもないだろう。

ジュラルミンケースを肩に下げた鑑識員の志田がやってきた。一眼レフカメラで死体の写真を撮り始める。

視界の隅で何かが動いた。神村だ。電話ボックスを通り越し、堤防に出たかと思うと、その場で思いっきり伸びをした。

「ふぁー」

間の抜けた声が伝わってくる。ようやく、目が覚めたようだ。でも、実況見分には興味がなさそうだった。

「西尾、手を貸せ」

浜野に声をかけられ、三人の警官とともに、死体を電話ボックスから外に出すことになった。

浜野が扉に手をかけ、ゆっくりと引く。

かすかに焼け焦げたにおいが漂ったが、すぐなくなった。

浜野が音頭を取り、ガラスにもたれかかった死体を電話ボックスの中から出した。歩道の隅に敷いたブルーシートに横たえる。

死体のいなくなった電話ボックスを、志田が写真に収める。電話ボックスの床に白っぽいものが見えた。

真横から朝日を浴びた男は、意外に大柄だった。顔から苦悶の表情が読みとれる。浜野が男の腰のポケットからスマホを取り出した。ロックがかかっているので中身は見られない。ズボンの全てのポケットを外につまみ出す。尻の右ポケットからダンヒルのライターが転がり出た。ほかに所持品はない。素足に革靴を履いている。

ズボンの裾あたりが、わずかに焦げている。長袖のシャツにも全体に波のような茶色い焦げ目がついていた。雷に打たれたとしたら、電流は上半身から入って下半身に抜けたはず。しかしどこにもそれらしい痕はなかった。顔もシャツから出ている手にも、火傷の痕はないようにも見える。

毛髪は、中程から不自然に曲がり、先端部分は二、三本が固まって丸くなり、線香花火のような小さな球体を形成していた。しかも茶色く変色している。体毛は薄く、シャツの下の肌にも火傷の痕はないように見える。男の顎関節を持ち上げてみる。顎は棒のように硬くなり動かない。右腕をとりあげる。こちらはかなりスムーズに動いた。

浜野がズボンを脱がせにかかった。直腸温度を測るようだ。

署の霊安室でやればいいのにと思ったが、浜野はお構いなく、裸になった男の肛門に体温計を差し込んだ。

「直腸温度は三十一度四分」浜野が言った。「死後四時間ってとこだな」

死後、一時間に一度ずつ体温は下がる。夏場を加味しても、死亡時間は午前零時かそのあたりだろう。

チアノーゼもないようだ。浜野が口の中を見てから、右目の上側に手をやり、瞼をめくる。

「右下眼瞼溢血点あり、えっとふたつあるかな……左目にも三つあるな」

「野次馬も出てくるし、車も署に運んだほうがいいと思いますけど」

「そうだな、うん、そうしよう。どのみち司法解剖だし」

署に運び入れる頃には、捜査一課から検視官もやって来る。そのあとは大塚医務院で司法解剖だ。

「服とかも鑑定に出したほうがいいと思いますけど」

「うん、そうしよう」

遺体搬送用のハイエースに手際よく死体は運び込まれた。黒のセダンも警官が運転していった。

「志田ちゃーん」

鑑識員の志田を神村が呼ぶ声がしている。

振り向くと、空になった電話ボックスの中を志田に撮影させていた。ガラスの上側を指さし、そのあたりをしきりと撮らせている。

まったく何をしたいのか、さっぱりわからない。

神村に近づき、

「先生、何を見ているんですか？」

と尋(たず)ねた。

「お、このあたり、ほら」

神村が電話ボックスの天井近い上側のガラスを指さした。

とりたてて何もない。

「あの、どうかしましたか？」

「観察が足りんな。ほら、水が伝った跡が残ってるぞ」

「水……ですか？」

「ほら」

ガラスのそのあたりを突く。

言われてみれば、それらしい跡もある。

「雨漏りかなにかでしょ？」

「きっちり密封されてるから雨漏りはないぞ」

それがどうしたというのだろう。

「先生、死体は見ましたか？」

「うん、ちらっと」

神村の手に、白いものがチラチラ見える。

「雷に打たれて死んだんだと思うんですけど」

「ん？　雷？」

「はい、ちょうど亡くなった時間帯は雷があちこちに落ちていたし」

「そりゃないわ」

あっさり神村は言った。

「でも、着衣が燃えていましたよ」

「ちらっと死体は見た。あんがい、自分で火、つけたりして」

冗談めかして神村が言う。

死体に高圧電流が流れたような傷はなかったから、感電死を否定するのだろう。

妙な胸騒ぎを感じる。誰もいなくなった電話ボックスの扉を開けて中を見た。

かすかな異臭が残っていた。我慢して、天井やら床やらを丁寧（ていねい）に見ていく。

電話機の上には、公衆番号と住所が記されている。ドアの継ぎ目。電話機の下。何もない。視線を移動し、床を注意深く観察する。再び、ドア付近に目を戻す。かすかに目にとまったものがあった。今度は色も判別できた。太陽光線に反射して、それは白っぽく光っていた。

ひざまずいて、真上から目を凝（こ）らした。

白い結晶のようだった。電話ボックスの床に拡がっている。そのうち一つをつかんだ。

意外に小さい。人差し指に押しつけるようにつまみ上げた。

顆粒（かりゅうじょう）状の白い粒だった。光線の加減か、純白とはいえず、わずかに紫がかっているようにも見える。

神村に見せると、興味深げにじっと粒に見入った。

それにしても、暑い。

神村が右手に持っているものに目がいく。

まっすぐ伸びた緑色の茎(くき)に、白い花が咲いている。五本ほどあり、花弁の中に黄色い副冠もある。

「それって……水仙ですか?」

「ああ、これ? そうみたいだよ」

あっけらかんと神村が言った。

「どこからこれを?」

近くに花屋などないし、だいいち真夏の盛りに水仙なんて咲くはずがない。緑地事務所から持ち出してきたのだろうか。

「堤防の向こうの方」神村は東海道線の橋の方角を指した。「白く光ってたんで取りにいったら、こいつだった」

「堤防ですか?」

「ああ」

まったく現場も見ないで、そんなところまで行っていたのか。

「変ですよね、夏に咲く水仙なんて」

「まったく」

死因のわからない死体といい、水仙といい、朝から妙な気分になった。

神村がアスリートの中に入って、調べだした。

ようやく、野次馬が出てきた。

2

「先生、立ち合わなくていいんですか？」

うつらうつらしている神村の腕を突いたが、返事もない。昨夜はずっと寝ていたくせに、

「当直明けだから起こすな」と言うなり、すやすやと眠りに入ってしまった。

美加は部屋を見渡した。

午前十時。大塚医務院一階の待合室は静まり返っている。野田の解剖が始まってすでに三十分。蒲田中央署にやって来た捜査一課の検視官は、野田の死体を前にして、わからない、不可解だと尻尾(しっぽ)を巻いて帰ってしまった。それも仕方がないと美加は思った。本当に訳のわからない死体だったのだ。

「西尾」ふいに目が覚めたように神村が言った。「昨夜、雨は降ったか?」

「いいえ、すごく風が強かったですけど、雨は降りませんでした」

風台風だったのだ。

どうして、そんなことをと思い、訊き返したが神村はまた目をつむってしまった。

正午前、担当した医師から促され、神村とともに解剖室に足を踏み入れた。足元から夕イルの冷たい感触が伝わってくる。何度来ても、気持ちのいいものではない。執刀医は森本といい、三十代後半ぐらいの神経質そうな男だった。

「仰っていたような感電死ではないですね」

森本がまず言った。

「やっぱり違いますか」

美加が言った。

「直接の死因は心不全になりますね」森本が野田の心臓のあたりに手を当てる。「簡単に言えばショック死です」

「ショック死ですか……?」

「血液から毒物も検出されなかったし、心筋梗塞や脳出血もない。胃の内容物はちくわとチーズが少しあった程度です」

「夜食でちょっとつまんだくらいですね？」

「そうだね。夕食はぜんぶ消化されてる」

美加は死体の顔を眺めた。

朝見たとおり、頭髪はすこし焦げている。長い睫毛の先端もカールで巻いたように丸まっていた。だが、顔に火傷らしい痕はない。これも、朝見たのと同じだ。

苦悶の表情も今朝がたに比べれば、薄らいでいるようにも見える。

神村は好奇心に満ちた顔で死体のまわりを歩き、

「ちょっと先生、お願いできる」

と森本の手を借りて、硬直の始まった死体を横向きにさせた。首の周りから背中、胸にかけて、それはくっきりと浮き出ていた。新鮮なトマトの表皮を剝いだより、やや薄い紅色の痣のようなものが一面に拡がっている。下肢の裏側に紫色の死斑が現れているが、その色とはまったく違う。

森本が死体の首まわりに浮き出た痣を指でなぞり、

「これは火傷の痕ですね」

と言った。

「火傷ですか……」

神村が怪訝そうに言った。

「着衣も髪もわずかですけど燃えてるし。よそで火事か何かに遭って、電話ボックスまで運ばれてきたのではないですか？」

「運ばれてきた形跡はいまのところないですね」神村が言った。「本人が電話ボックスに入ってから燃えたという線が濃厚ではないかと」

「でも、ガソリンをかぶったわけではないし、どうやって燃えたんですか？」

「さっぱりわかりません」

きっぱりと神村が言った。

「燃えかすとかにおいとかなかったですか？」

「燃えかすどころか、においもほとんどありませんでしたよ」

「アルコールか何かかな？」

「アルコールを浴びたとすれば、もっと激しく燃えるんじゃありませんか？」

神村が訊き返した。

「そうですね」

たしかにアルコールを浴びたうえに、火がつけられれば全身火だるまになって、燃えさかる。しかし、着衣にはうっすらと焦げ目がついているだけだし、火傷の痕も首と背中にだけ集中している。

「冷却スプレーを吹きつけられて、火をつけられたら燃えますけどね」

神村が洩らした。

それはある。先日も暑さを和らげるため、車の中で冷却スプレーを全身に吹きつけた男性がタバコを吸うためライターで火をつけたところ、可燃性ガスに引火して燃え上がったという事故があったばかりだ。

「そうですね。いまの季節、使う人も多いし」森本が言った。「ただ、その場合、服もぼろぼろに焼けて全身に火傷を負いますけど、今回はそうではない。火がうっすら舐めたという感じでしょ。ショックで死亡というのもありえません」

神村が野田の右腕上腕部を撫でた。

「森本先生、これって鳥肌が立ってるよね？」

奇妙なことを言われた森本が、そのあたりに顔を近づけた。

「あ……そうですね。鳥肌が立ってる」

美加も同じ場所を見た。

言われてみればたしかに鳥肌だ。

でも、燃えているのに、どうして鳥肌などが立つのだろう？

「心臓の左右の心室に残っていた血液の色が異なっていましてね。お見せしますよ」

森本が冷蔵庫からふたつのシャーレを持ち出して、目の前に置いた。

右手のそれは黒っぽい褐色で、左手は対照的にかなり赤っぽい。

森本は左手に指をあて、

「こっちが左心室の血液です。鮮紅色を呈しているでしょ。こうした色の差が出るのは、凍死のときだけなんですよ」

「凍死？」

思わず美加は訊き返した。

「ええ、凍死。体温が低下すると、血中のヘモグロビンが酸素とより強く結合して、鮮やかなこの色になるんですよ」

神村がじっと考え込んでいる。

「それからね、ここも」と森本は野田の陰部を指した。「陰嚢と陰茎が極端に収縮してるじゃないですか。鳥肌もそうだけど、これも凍死特有の所見になります」

ますます美加は混乱した。

火がついて燃えているのに、凍死？

そんなことがあるはずがない。

「ちょっと待って」神村が手で制した。「左心室というと、動脈に送るほうだね？」

「ええ、肺の中をぐるっと循環して、そのあいだに酸素を取り込みますけどね」

「ふむふむ、で、ぼくもこれまで何度か凍死体を見ているけど、凍死体の死斑は鮮やかなピンク色だったけどな」神村が下肢を指しながら言った。「でも、これはどう見てもふつうの死斑に見える」

「そうなんですよ。そのあたりの説明はつきかねます」森本は根負けしたような口調で言った。「争ったような跡はなかったんですね？」

「ありません。遺書もないようですし」

美加が答えた。

「指紋は？」

「いまのところ、マル害の指紋しか見つかっていません」

「火傷を負った凍死体……」

神村がぶつぶつ言いながら、死体のまわりを歩き出した。

死体は火傷を負っている。そしてこの暑さ。そこへもってきて、凍死の所見とは何事だろう。まったく理解できない。

3

正午過ぎ、野田が勤めている不動産会社の社員が、野田拓人の母親を連れてやって来た。社員は江口裕久といい、野田の住むマンションの保証人になっていた。彼から母親に連絡を入れてもらったのだ。江口が寄こした名刺には、野沢エステートの課長とあり、地番は西蒲田だった。四十手前、髪は短く、面長の顔立ちで、ほっそりした体を紺の夏用スーツに包んでいた。名前からして、日本でも最大手の野沢不動産と関係する会社のように思える。

野田の母親は、日傘を片手に持ち、小さなハンドバッグを肘にかけていた。飾り気のない七分袖の丸首カットソーにウエストパンツ。生気がなかった。シミの多い細い腕からすると、七十に近いのではなどと想像しながら、美加は形ばかりお悔やみを口にした。

「拓人の母で、野田泰子と申します」と母親は言った。「夫は五年前に亡くなりまして、ひとりで参りました。随分、こちらのお世話になったことで、申し訳ございません」

悲しみより警察に対する非礼を詫びるかのような口調にまごつきながら、霊安室に案内する。

華奢な手により、遺体の顔の白布をとったとき、泰子は息を詰まらせるような顔つきになったが、すぐに元に戻った。手にしたハンカチを目頭に持っていったものの、涙の染みができたのかどうかまで確認できなかった。それでも、そのうつむいた横顔の鼻のあたりは、驚くほど横たわっている死人と似ていた。

「お世話になりました」

とふたたび泰子は死人に向かって合掌し、頭を下げ何事かをつぶやいた。

どこから話を切り出そうかと思っていると、神村が「このたびは突然のことでありまして、さぞかしご心痛かと存じます」と話しかけてくれたので、ほっと息をついた。

泰子は神妙な顔をして野田拓人が見つかったときの状況について、質問もはさむことなく、立ったまま、遺体の顔に目をあて聞き入った。

この落ち着きはどこから来るのだろう。息子の死を知らされてから半日足らずしか経過していない。にもかかわらず、すでに悲しみを越え、心の整理がつきかかっている。

別室にふたりを案内し、テーブルに座らせた。あらためて、慰めのひとつも口にできればいいのだが、美加がしたことは、死体引取書とボールペンを差し出しただけだった。

泰子は、神村の指示に従い、引取書に向かった。死亡者との続柄に母と書きこみ、捺印した。二分とかからず終わり、後先になりましたが、と神村が差し出した死体検案書を泰子は読み始めた。

　美加は江口に野田さんを最後に見たのはいつですか、と訊いた。

「金曜の夕方でした」

「土日はお休みでしたか？」

「はい、休みでした」

「昨晩はどうでしょう？　野田さんから電話が入ったりしませんでしたか？」

「いえ、なかったです」

　同じ質問を野田の母親にしてみた。

　検案書に目を落としたまま、泰子は、「ここ一年くらい会っていませんでしたし」と言った。

「お母さんのお住まいはどちらですか？」

「久喜です」

「ご兄弟はいらっしゃいますか？」

「兄がいましたが、去年喉頭ガンで亡くなってしまって」

「それは……お気の毒です」美加は神村と顔を合わせた。「あの、お母さん、最近、息子さんとお電話とかでお話しになりましたか？」

「ほとんど、かかってこないです」

諦め（あきら）に近い顔で泰子は答えた。もともと、あまり仲のよい親子ではなかったようだ。

「あの子、小さいときからおかしな子で」泰子が言った。「大学も親に頼りたくないから、バイトで稼（かせ）いで行くと言って家を出ていったきり……」

泰子はようやく目を潤（うる）ませ、下を向いた。

「あの……息子さんはどのようなお人柄でしたでしょうか？」

気を取り直すように美加は訊いてみた。

質問が漠然（ばくぜん）としすぎていたようで、泰子は江口の顔を見返した。

「お母さん、こんなときにあれなんですけどね」神村が頭を掻（か）きながら言った。「借りたお金があるとか、仕事の上でのトラブルとか、プライベートでお悩みごとがあったとか、そういった類（たぐ）いのことでお話ししたことはありませんでしたか？」

母親はもごもごと口を動かしているが聞き取れなかった。代わって、江口が口を開いた。

「仕事も順調でしたし、あまり悩みごとのようなものはなかったと思います。それに近々、結婚する予定でしたし」

「お相手のお名前はご存じですか？」

「マツシマユイさんと言います。さきほど社に電話がかかってきまして、お知らせしました。とりあえず、拓人さんのマンションに行くということでした」

江口がメモ用紙に松島結衣と携帯の電話番号を書いた。

「松島さんは、土日、拓人さんと一緒だったんですか?」

「土曜日に拓人さんのマンションに泊まって、日曜の午後に帰ったそうです」

「何か気にかかった点などは?」

江口は困った顔つきで、

「いえ、とりたてては」

しばらくして、母親はようやく切れ切れに言葉を出し始めた。「……あの子には、小さなときから、私も主人もほとほと、困り果てておりました。手癖は悪いし、不良仲間と遊んでいるし……東京へ出てからうちに帰ってきたのも、ほんの数えるほどで……兄の葬式にもやってこなかったし、今になって……」とそこで、母親は口を引き結んだ。目元が淡いピンク色に潤んでいる。

ここまで引き延ばしてきた感情がいまになって、体の内側から現れようとしていた。しかし、それもほんの一、二分のことで、愁いとも諦めとも区別のつかない表情に戻った。

「江口さん、よろしいでしょうか」美加が尋ねる。「野沢エステートは野沢不動産の系列になりますか?」

「うちですか？」きょとんとした顔で江口が続ける。「いえ、独立系になりますけど」

「そうですか、わかりました」

美加は肩すかしを食ったような気がした。

野田拓人のマンションを任意で調べたい旨（むね）、神村が申し出ると、泰子はどうぞ、お願いしますと頭を下げた。息子さんの車は署にしばらく保管しますと伝え、遺体は母親に引き取られていった。

4

西蒲田一丁目にあるマンションに着いた。松島結衣の携帯に電話を入れると、エントランスの自動扉が開いた。教えられた三〇三号室のドアを開ける。

長髪の暗い顔つきをした女が玄関先に立っていた。まだ、あどけなさの残る顔だった。大きめの唇を嚙（か）みしめたまま、リビングに通される。

北向きの部屋で、冷房が効（き）いて涼しかった。すっきり片づいたワンルームの部屋で、青いカーテンがセンスのよさを感じさせた。部屋の壁に大型テレビが置かれ、スピーカーも左右に備わっていた。窓際に小ぶりなサイドボードがある。

松島結衣は落ち着かない顔で、窓際に立ち言葉を待っていた。

美加は氏名と所属を口にし、突然のことでさぞかしご心労と思います、と悼みの言葉をかける。

「あ、はい」

とだけ言い、松島は頭を下げた。

「お取り込み中とは思いますけど、少しお話を聞かせて頂けますか？」

「はい」

「ありがとうございます。土曜日の晩はこちらにお泊まりだと伺いましたが、そうだったでしょうか？」

「はい、泊まりました」

土曜日の午後四時頃、部屋を訪ねた。二時間ほど過ごしてから、マンションを出て京浜急行で羽田空港に行って、中華料理店に入り夕食を取った。そのあと、展望デッキで飛行機を眺めたりして九時頃帰宅したという。

「飛行機はお好きなんですか？」

「拓人さんは海外旅行が好きで、前から一度、空港に行ってみようと話していたものですから」

話しぶりは落ち着いていて、怪しいところはない。しかし、何と言っても最後に会っていた人物だから油断はできない。

「その晩の拓人さんですけど、何か変わった様子はありませんでしたか？　ふだんより無口だったとか、何でもいいんですけど」

「もともと、あまりしゃべるほうではなかったし」松島は続ける。「でも、新婚旅行の話でけっこう盛り上がって。わたし、ハワイでいいかなと言ったら、もっと遠くの、行ったことのないニューヨークはどうだって」

「結婚式の日取りは決まっていましたか？」

「来年の一月二十日です」

なれそめを訊くと、一年ほど前にSNSで知り合ったと話した。住まいは横浜の日吉で、両親と弟の四人住まいだという。

「野田さんの友人やご家族と会ったことはありますか？」

少し明るさを取り戻していた松島の顔が曇った。

「友だちやご家族とは会ったことがなくて……」

神村は勝手に歩き回り、部屋のあちこちを調べている。

台所はふだん自炊している様子はない。固定電話もなかった。サイドボードにわずかな雑誌と文庫本が収められているだけだ。

「会社の人と会ったことはありますか？」

神村が横から訊いた。

「いいえ、ないです」

「これは拓人さんのですね？」

神村はサイドボードに立てかけてあったタブレットをかかげた。

小ぶりな九インチサイズのタブレットだ。けっこう、ほこりがついている。

「はい」

「パソコンは使わないかな？」

「使わないと思います」

「暗証番号わかります？」

「誕生日だったはずですけど」

渡されたタブレットに数字を入力すると、画面が開いた。

ごくふつうのメールや地図のアプリが入っている。

神村がメールアプリを開き、中身を見始めた。

「ふだんの連絡はメールですか？」

美加が訊いた。

「電話とかLINEです」

「拓人さんの携帯の暗証番号も同じかな」

神村が訊いた。

「たぶん」

「このタブレット、お借りしていってもいいですか？」

神村の要請に松島は、かまわないと思いますと答えた。

風呂場やトイレをひととおり調べてから、マンションをあとにする。

署に着いたのは午後二時過ぎ。神村は野田のスマホを手に取り、タブレットと同じ暗証番号を入力すると、難なく画面が開いた。

真っ先に神村は電話の履歴を表示させた。同僚とおぼしい人間や取引先の名前が出てくる。フィアンセの松島との通話も多い。二十七日の土曜日も松島から二度、かかってきていた。明くる日曜は夜の十一時過ぎに、非通知で電話がかかっていた。これまでの履歴にも、けっこう非通知は多いが、この電話を受けた直後、車でマンションを出たと思われた。

「この非通知の電話を調べないといけないですね？」

美加が尋ねた。

「そうだな、イベちゃん」神村は、盗犯係の席でのんびりチーズケーキを食べているイベリコこと青木要巡査部長に声をかけた。「こいつの通信記録、取ってきてくれ。それと野田さんが死んでいた公衆電話のも」

青木はもっさりした動作でスマホを受け取った。

「急ぎ？」

「もち」

「了解」

さっそく、捜査関係事項照会書を書き出した。

それを見届けて、神村は美加に声をかけ、署長室に向かった。

署長室に入るなり、門奈和広署長は席を離れソファに導いた。

「ああ、カンちゃん、妙な死体、どうだった？」

五十四歳になるが、童顔も手伝って、少し若く見える。

「やあ、モンちゃん、ちょっと難しいなぁ」

これまで感想を洩らさなかった神村が意外な言葉を吐いた。

「何々？」

門奈もソファに座り、神村から差し出された死体検案書を読みだした。

遅れてやって来た倉持忠一刑事課長が門奈の横にしゃがんで、検案書を覗き込む。

「凍死だって？」

手にしていた検案書を倉持に預け、門奈は頓狂な声を発した。

「そうなんだよ。服とか髪の毛は燃えちゃってるしさ。まったく訳がわからないよ」

神村は頭をごしごしごしごく。

「やっぱり、焼身自殺かな？」

「その線が濃いとは思ったんだけど、火がつくような燃料の痕跡がなくてね。ガソリンや灯油のにおいもないし」

「ウォッカみたいな強い酒じゃないか。飲んでそれを頭からかぶっただけだろ」

横から倉持が太い声をはさんだ。

きょうもぴっちり厚い髪をとかし込んでいる。

「バケツ一杯かぶって、服がじゃんじゃん燃えれば死ぬかもしれないけど、それほど服は燃えていなかったよね？」

「まあ、そうだけど」

倉持も遺体を見ているのだ。

美加は家族をはじめとする関係者と会って話した中身を伝えた。

「自殺の線はどうかな？」

門奈がふたたび疑問を口にする。

「そりゃ、ないな」

確信めいた神村の口調に倉持の眉が吊り上がった。

「どうして、そう言い切れる？」

「こら、そんな口きくな」

門奈に諫められて、倉持は不機嫌そうに顔をそむけた。

神村は階級こそ巡査長に甘んじているが、その捜査能力は群を抜いていて、署内では署長に次ぐ発言力を持っている。第Ⅱ捜査官というあだ名も伊達ではない。署長の門奈とも、モンちゃん、カンちゃんと呼び合う仲だ。

「これから死のうっていう人間が、フィアンセといちゃついたりするかな」

神村の言葉に座が静まり返った。

「うーん、どこから手をつければいいかな」

苦し紛れに門奈が口を開いた。

「はい。放火の前歴者、素行不良者の捜査、未解決連続放火事件との関連捜査あたりが必要になるかと思います」

「さすがにチューさん、伊達(だて)に一課で飯食ってないよね」

褒(ほ)め言葉なのか、けなされているのか、どっちつかずの顔で倉持は門奈の顔色を窺(うかが)う。

「放火なぁ……ともかく、カンちゃん、もう少し調べてくれるかい？」

「もちろん、その気でいるよ。まずは現場の聞き込みかな。ふだんの金の使いっぷりも調べないとね」

「よしよし、そう言ってくれるなら、めでたしめでたし。頼むよ、カンちゃん」

「うん、まかせてもらっていいから」

神村は軽い口調で言い、署長室をあとにした。

5

若い母親につきそわれ、野球帽をかぶった子供が診察室に入ってきた。久保(くぼ)はぜんまい仕掛けの人形みたいに椅子を回し、ひととおり診察を始める。その長く伸ばした銀髪に西日が当たり、黄金色の輝きを増している。一分もしないうちに、久保は顔を上げ、母親の脇に立つ小野良枝(おのよしえ)に一瞥(いちべつ)をくれた。

「処置を」

久保はつぶやくように言い、骨張った指でボールペンをとりカルテと向き合う。

良枝は子供の顔に見入った。鼻の周りはビランし、いくつか水疱ができている。市販のステロイド剤を使ったのは明らかで、耳の下に黒々とテープでとめた跡がついている。ベッドに座らせ、清拭剤でテープの跡をきれいにふき取ってやる。その様子をまるで魔法使いを見るような目で、母親が見ている。

「水疱瘡じゃありませんよ、間違いなくトビヒです。一週間ほどで治りますから」

良枝がそう言うと、大げさに母親は子供の頭を撫でた。

「手で触ったりしなければ、他のお子さんにはうつりませんから。でも、夏の暑いあいだは、何度でもかかりますよ」

脅かしてやると、二人はネズミのように体を小さくして診察室を出ていった。

まったく、この夏はどうかしている。皮膚科を標榜している訳ではないのに、くろなまずだのヘアダイかぶれだのと、やってくる患者の三人に一人は皮膚病に罹っていた。断るわけにもいかず、こと皮膚病に関しては、診断から処置まで、良枝が一人でこなし、七十歳になる久保の仕事はそれをカルテに書きつけることだけだった。何気なく受付を見ると、事務員の映子がローションを顔に塗りたくっている。この所帯では、腹を立てようにも、相手がいなかった。

この日はこれが最後の患者となり、久保はむっくりと立ちあがり、背を伸ばしてから診察室を出ていった。母屋に向かうスリッパの音が小さくなるのを見計らい、ハンドバッグ片手に、映子が挨拶もせず早々と医院を後にしていった。

土間に降りて、良枝は医院の戸をぴたりと閉めた。黄ばんだカーテンを引き、ほっとため息をつくと、思わず耳をそばだてた。母屋の方から笑い声が聞こえる。

ほお、珍しいね。あの二人が話すことなんか、めったにないのに。

良枝は診察室に戻り、ゴミ入れにたまったガーゼやら包帯やらをビニール袋に移し替え、冷房を止めて診察室を出た。足は自然と話し声のする方へ向いた。母屋へと続く渡り廊下の左側はトマト畑になっている。

黄緑の葉と枝でうめつくされたその一画で、久保はスリッパのまま地面に降り、みっちゃんこと、満嘉と立ち話をしていた。

良枝の姿をみとめると、久保は真っ赤に熟れたトマトを抱え、そそくさと背を丸めて、母屋へ入っていった。ドアがしまり、内側から鍵をかける音がする。

もう、これで明日の朝まで、老医師が出てくることはない。みっちゃんは腰をかがめて、摘心をしている。

八月に近づいても、みっちゃんの作るトマトは若々しくて、新しい花房が生えてくる。

それを一つずつ、丁寧に手で摘み取っていくのだ。足元には、切りとられた枝葉が積もっていた。

良枝は、みっちゃんの足元にある枝葉をひとまとめにして、ビニール袋に放りこむ。

みっちゃんは、摘心をやめない。まるでロボットみたいに、その手が規則正しく動く。

久保と何を話していたのか知りたかったが、訊いても答えてくれないだろうと思って、天気のことを口にしてみた。案の定、みっちゃんはこたえるかわりに、ぶちんぶちんと手荒くトマトをもぎとり始める。

その様子を良枝は黙って見ていた。両手一杯になったところで、みっちゃんは、つるりとした表情のない顔を良枝に向けた。思わず良枝は身をこわばらせる。乾いたその目で見られるたび、良枝は下腹のあたりに氷をあてられたような気がするのだった。

けれども、今日は違うな、と良枝は思った。わずかだが、目の底で光るものが見える。この半年、初めて見る目だ。そういえば、こんな時間に外に出たことはいままでに一度もなかった。

「雨が降るから、もうおうちに入ろうよ」

言ったそばから、大粒の雨が頬に落ちてきた。泣きださんばかりに、空を覆う雲は低くて暗い。さあ、と言いながら握ったみっちゃんの腕は、驚くほど暖かい。みっちゃんは、そこに根が生えたようにぴくりとも動かなかった。

「入ろうよ」

いきなり、本降りになった。大粒の滴が葉にあたって水音が弾け、たちまち白衣が濡れそぼる。みっちゃんは、トマトを抱えたまま、良枝の顔をいぶかしげに見上げる。

良枝はたまらず、その手からトマトを根こそぎ取り上げた。そのうち、一つだけ、こぼれ落ちて土に転がる。それを気にもとめないで、良枝はみっちゃんの背を押して、屋根の下に引きずりこんだ。

良枝は両手に抱えこんだ、まだ熟していない青々としたトマトを眺めて、ため息をついた。そうか、みっちゃんは、まだ色の区別がつかないのだ。けれども、他は、思ったより良くなっているに違いない。みっちゃんの背から、湯気が立ちのぼっている。良枝はその暗く光る目を見つめた。


部屋に戻ると満嘉は着替えをすませ、温度計に目をあてた。水銀柱が、真っ直ぐに伸びて摂氏三十三度近くあるのがわかる。珍しく首から汗が筋をひいて落ち、じわりと皮のむけていくような感じがした。窓を閉め切った部屋は、空気が重くどんよりとしている。

満嘉はおそるおそる、窓の錠をはずし、少しだけ雨戸を開けてみた。降りしきる雨の中、陽は西に傾き、灰色っぽく靄がかかっている。汚れたビルの背面が手に取るほど近くに思え、ただれたパチンコ屋のネオンサインが水蒸気のように、夕闇の中に漂っている。その小さく燃える点を見つめながら、一仕事を終えた安堵感のようなものが感じられ、ああ、ここまでになったかと体調の変化をあらためて思った。

しばらく、じっとして、満嘉は耳を澄ませた。いつも水の中にいるような、あの鼓膜を圧迫するものがなくなっている。風呂から出た後のように、体は火照って暖かかった。トマトの世話をしているとき、久保に声をかけられたことは覚えているが、その後は両手一杯に抱えたトマトの形しか頭に残っていない。そうだ、あれを良枝に渡したのだ。

良枝はどうしてトマトを受け取るのをしぶったのだろう。曖昧な記憶をそれ以上追いかける気も失せて、満嘉はそっと雨戸を閉めた。

自分はあの降りしきる雨の中にいたのだ。陽のあるうちに外に出たことさえ信じがたいのに、あの冷たい雨の中に自分がいたことなど、想像もつかなかった。

驚いたような良枝のどんぐり眼を思い返し、自分は、そうしていたのだ、と少しずつ、疑いを解いていった。

階段を上がってくる良枝の足音に気づいたが、とりたてて何を思うわけではなかった。ごはん、できたよと良枝は首だけ出して、すぐに階段を駆け降りていった。その音が、滝壺の中にいるみたいに聞こえて、思わず満嘉は耳を覆った。錐(きり)で刺されたような痛みが左肩に走る。注射針を思い出して、ぞくっと震えた。

一段一段、階段を踏みしめながら、一階に降りた。良枝のいる部屋には入らず、患者用のスリッパをはいて、戸を開けて外に出てみる。湿った熱い風がねっとり顔にはりついた。

薄ぼんやりとあたりを照らすのは、間違いなく陽の光だった。いつから、自分はこうしていられるようになったのだ。体の奥に巣くっている蚕(かいこ)が這い出してくる時間帯だが、それもない。背中の痛みもほとんどなく、ここ数年来、なかった高揚感(こうようかん)に包まれて、いつになく気分は良かった。それにしても暑いな、ここは。

いつだっていい。自分はもうこの中に立って歩くことができる。この熱い空気の中に出ていけるのだ。誰の手も借りず、この目で物を見て街の匂(にお)いを嗅(か)ぎ、歩くことができる。そう思うと、体を支える筋がぴんと張り詰めたような気がした。

6

夜の聞き込みを始めて三時間。十時を過ぎていた。

野田の死体が見つかった電話ボックスに、ふたつの影が見えた。青木要と小橋定之(こばしさだゆき)、両

巡査部長だ。重くなった足を引きずって近づくと、

「ミカロン、お疲れー」

と青木が声をかけてきた。

「その調子じゃ、獲物はゼロだな」

五十代前半になるベテラン刑事の小橋がきつい口調で付け足す。

「あ、すみません……えっと、どうでしたか？」

青木が駐車場の向こうにある三階建てのマンションを指さした。

「からっきし。ね、コバさん」

「うん、申し訳ない」

小橋も沈んだ声で応じた。

「どこから見ても、電話ボックスは死角に入っちゃうからなあ」

諦めに近い表情で青木が言う。

電話ボックスの右手は多摩川緑地管理事務所。民家はない。向かいは大きな駐車場だ。

「五郎さんまだ張り切ってる？」

青木に訊かれる。

「あ、先生ですか。一足先に署に戻ると電話がありました」

「そうか、じゃ、ぼちぼち、おれたちも切り上げるか」

三人して署に引きあげた。

神村は署にはいなかった。美加は電車でうつらうつらしながら谷中の実家に戻った。さっとシャワーを浴びて、冷房を効かせた部屋でベッドに横たわるとすとんと眠りに落ちた。休みをはさんで、明くる日、午前七時に刑事課に入った。入れ替わりに小橋と青木が聞き込みに出ていった。朝早くからご苦労様ですと声をかけ、お茶出しをしてから自席に着いた。

机においたままのタブレットが目にとまった。野田のものだ。バッテリーがなくなりかけていたので充電器に接続した。野田の生年月日を入力すると、ロックが外れてホーム画面になった。

思いつく言葉で中身の検索をかけてみるがヒットしない。仕方なく、メールやカレンダーなどを見ていく。見かけぬ個人名などがぽつぽつと現れては消える。メモアプリを起動して中身を見た。こちらも電車の時刻表や買い物の覚えのようなものしか入っていない。一足飛びに去年の分も見てみた。標題のついていないメモがあり、開けてみると奇妙な記述があった。

〈GF　40年モノ　300　30年モノ　200〉

何なのだろう？

ＦはＦＵＮＤのＦ？

国債のような債券なのだろうか。

九時半になって、のっそり神村が姿を見せた。

「西尾、出かけるぞ」

声をかけられたので、あわててアスリートのスマートキーを持ち出し、神村のあとを追いかけた。

「あの、どちらへ？」

神村は野沢エステートの住所を口にした。

「あ、野田さんの会社ですね。了解」

車を発進させる。

「捜査の進展はありましたか？」

「野田のスマホに死亡直前、かかってきた電話がわかったよ。京浜蒲田公園の公衆電話からだった。野田が亡くなっていた公衆電話にも、それから三十分後にかかっている」

「同じ公衆電話ですか？」

「うん」

　京浜蒲田公園は京急蒲田駅に近い小さな公園だ。街中にあり、ビジネスマンがタバコを吸うスポットになっている。子ども向けの遊具などはないはずだ。

「野田さんのスマホに電話して、あの公衆電話に来いって呼び出したんでしょうか？」

「そうかもしれんな」

「となると、堤防の公衆電話に野田さんが着いた頃を見計らって、また同じ公衆電話からかけたわけですよね。……殺しでしょうか？」

「そう見ていいんじゃねえか」

　しかし、ふつうの殺しとは毛色が違う、と美加は思った。だいいち、この夏場にどうやって凍死に至らせるのか。殺すつもりなら、もっと簡単にやる方法はいくらでもある。それとも、凍えさせたあげくにショック死に至らしめるという手段そのものに意味があるのだろうか。

「どうした？」

　神村に訊かれた。

「あ……野田さんの亡くなった電話ボックスですけど、そもそも公衆電話の電話番号は公開されていないですよね？」

　電話ボックスには電話番号の代わりに、公衆番号という六桁の数字が表示されているだけのはずだ。

「そうだな。NTTの担当セクションだけが知っている」

「だとしたら、あの公衆電話にどうやってかけたんでしょう？」

「テレフォンカードを使って、電話の故障を相談する113にかけてみちゃどうかな。交通事故を起こしたけど、携帯を忘れたのでコレクトコールしたいとかうまいこと言えば」

「それで教えてくれるんでしょうか？」

「たとえばの話だ。テレフォンカードをわざとつまらせれば、受話器からプッシュ信号が聞こえるらしいぞ」

「なるほど、そのプッシュ信号を録音して受話器に聞かせれば、ディスプレイに電話番号が表示されるわけですね」

それも捜査の過程でわかったのだろう。

「それと、公衆電話の近くに防犯カメラはありましたか？」

ふたたび美加は訊いた。

「残念ながらない」

「そうですか……目撃証言はありましたか？」

「街外れだし、夜の河原に用事がある人間はいないな」

「……ひょっとしたら、それを見越して、あの公衆電話が使われたんでしょうか？」

神村は答えない。

小橋と青木が手がかりになるようなものを見つけてくれればよいのだがと思った。しかし、電話ボックス付近に店舗はない。寺と駐車場、離れたところに集合住宅があるだけだ。

「あの先生」美加は声をかける。「野田さんて、仕事で投資信託みたいなものを扱っていたんでしょうか？」

怪訝そうな顔でいる神村に、野田のタブレットにあった奇妙なメモについて説明した。

「うーん、四十年ものの債券型投資信託？」

と神村は口にした。

「わかりません。何でしょう？」

「にしても、四十年なんて長すぎやしねえか」

「やっぱり」

野沢エステートは多摩堤通りに面した雑居ビルの二階にあった。最寄り駅は東急池上線の蓮沼駅で、マンションが多い土地柄だ。ビルの一階は薬局になっていて、三階と四階は設計事務所と化学会社の事務所が入居している。エレベーターで二階に上がった。扉が開いた正面に、野沢エステートの受付があった。ビルをかたどった会社のロゴを背にして、受付の女性が丁寧にお辞儀をした。取り次いでもらうと、パーティションで仕切られたドアが開いて、すぐ課長の江口が姿を見せた。

オフィスは不動産会社特有のけばけばしい飾り立てがされていない。無駄のないレイアウトに、十人近い社員が席について働いている。みな若かった。その横の社長室に通された。

四十すぎぐらいのサマースーツに身を包んだ男が出迎えた。黒メガネをかけ、厚い髪を丁寧に分けている。

「このたびはお世話になります。社長の宮原でございます」

と男は深々と頭を下げ、淡々とした口調で名刺を寄こした。

「こちらこそ、ご迷惑をおかけしますがよろしくお願いします」

神村に代わって美加が言うと、簡素なソファに座るように促された。

神村はおかまいなしに、キャビネットの上のパンフレット類を手に取り、ぱらぱらめくっている。咳払いすると、ようやく神村は美加の横に腰を落ち着けた。

「当社の社員があのような形で亡くなりましたのは、わたくしどもとしましても、とてもショックで……言葉にできかねるところでありまして」

宮原は沈んだ面持ちで、組んだ両手を太ももに押しつけた。

「お察しします」

美加も頭を下げた。

「えーと、こちらは水曜休みではないですか？」

いきなり神村が妙なことを切り出した。

宮原は顎を突き出すように、

「うーん、業界に先駆けまして土日休みを導入しておりますが」

と答えた。

ふむふむと、神村がうなずきながら感心する。

たしかに不動産屋は土日営業で水曜休みが多いが、そうでないところもあるだろう。

「社長さん、会社で取り扱われている物件はどのようなものが主になりますか？」

美加が取りなすように訊いた。

「はい、最近は新築マンションが多くなっています。もちろん中古マンションも扱っていますし、戸建て住宅も新築と中古両方を販売しています。公団公社の住宅も斡旋(あっせん)してますし、事務所や店舗用物件も取りそろえています」

「蒲田がメインになりますか？」

「そうですね。大田区全般を扱っていますが、蒲田がやはりいちばん多くなります。世田谷のほうもありまして、あとは駅別で申しますと、雪が谷大塚駅、それから池上駅近辺の物件を多く持っています」

「地域密着型ですね？　それで、亡くなられた野田さんですが、どのようなお仕事を担当されていましたか？」

「営業一筋です。彼は当社でもベテランですし、いつも好成績をあげているのでこんな形になってとても悔しいです」

ぎゅっと拳を握りしめる。

「どんな働きぶりでしたか？」

「つい先日も中古マンションをご要望するご夫婦がいらっしゃったのですが、なかなか成約までこぎ着けませんでした。で、野田に担当が変わるとすぐ成約できましてね」

「さすがですね。どうやったんでしょう？」

「彼によると車で案内する車中が勝負だそうです。旦那さんが自分の車を処分したいと言っていて、奥さんはそれに反対なさっていた」淡々と宮原は答える。「それで、ピンときたらしくて野田は中古の一軒家を紹介したんです。マンションはなかなか駐車料金が高いですからね。気に入ってもらって予算内にも収まりまして、契約に至ったようです」

「野田氏の肩書きは主任かな？」

神村が割り込んだ。

「あ、そうですね。形的にはそうなります」

「それで、社長さん、仕事上で、野田さんは難しいような案件などはお持ちでなかったでしょうか?」

ふたたび美加が訊いた。

「はあ、いま申し上げたように社のトップセールスでしたので、あまりそのようなことはなかったと聞いていますけど」

「会計とかそういったお仕事はなさっていましたか?」

「いえ、そちらはまったく」

「受け持っていた顧客で、うるさ型の方はいますか?」

「いらっしゃらないと思いますよ」

「ちょっとお訊きしにくいんですけども、野田さんはギャンブルなどはお好きだったでしょうか?」

「パチンコはたまに打つと聞いたことがありますけど、ほかはどうかな。聞いたことないよね?」

宮原はすぐ横にいる江口に顔を向けた。

「ギャンブルは好きなほうではなかったと思いますよ」江口が言った。「一度、競馬に誘ったことがありましたけど、断られましたし」

「失礼ついでにもうひとつ」美加は続ける。「女性関係でトラブルを抱えているような話はこれまでなかったでしょうか？」

また宮原が江口を見た。

「そちらも、まったく聞いてないですね」

と江口が答えた。

「こちらでは、不動産関連の投資信託のような商品を販売していますか？」

宮原が首をかしげた。江口もピンと来ないようだった。

「それでね、社長さん」今度は神村が詰め寄った。「さきほど野田さんはベテランと仰いましたよね？　でね、こう一定のお金を動かしてやりくりするような仕事……何と表現していいのかわからんのですが。不動産会社特有の、ひょっとしたら、そういうのもあったんじゃないかと思いましてね。どうですかね、そのあたり？」

宮原は即答せず、しばらく考えてから、

「いえ、彼に限ってはお客様のご入金などにタッチするような仕事はしておりませんでしたし、財務を含めまして当社で金に関わるような仕事はさせておりませんでしたが」

相変わらず宮原は抑揚のない口調で答えた。

神村は申し訳なさそうな顔で、

「いや失敬、いちおう、こういう場合、訊いておかないといけない決まりになっているもんだから」

「お察しいたします」

宮原が軽く頭を下げた。

念のため野田の席に案内してもらい、机の中を調べてみたが、よく整理されていてファイルひとつ残されていなかった。

礼を述べて、会社をあとにした。

「西尾もなかなか、聞き込みが上手になったな」神村が車に乗るなり言った。「相手の嫌がることをずけずけ言ったりして、びくびくした」

「先生、わたし刑事です。すべてを疑うことから始めます」

美加はアクセルを踏み込みながら口にした。

「その調子、その調子」

「でも、ちょっと妙な気分でした」

「ほう、どうした？」

「オフィスです。何かきれいすぎるというか、不動産会社って、お祭りみたいに札立てたり、チラシを貼りまくるじゃないですか。いまのところは、ちょっとおすましというか、何だろうな……」

「扱う物件によって違いが出るんじゃないか」

「大型の投資物件でもやってるかもしれませんね」

「社長の耳を見たか？」

「えっ、見ていません。何ですか？」

「ピアスの穴が開いてたぞ」

「ピアスですか……」

おしゃれでピアスを付ける男の人も多くなった。社長だからと言って、付けてはいけないということもない。でも、たしかに違和感は感じた。

そういえば、貫禄（かんろく）のようなものは感じられなかった。昨日までカウンター越しに営業していた社員がそのまま社長になったような感じだった。

「会社はともかく」美加は続ける。「野田さんて、私生活も仕事もごく普通の人みたいですね」

「まだ、そう決めつけるのは早いんじゃないか」

「かもしれないですけど」

署に戻ると鑑識の志田がやって来た。

「五郎さん、写真届いたけど見る？」

そう言いながら、科捜研から届いた鑑定書一式を神村に見せた。

鑑定依頼の内容は、野田の死んだ電話ボックスに落ちていた白い微粒子の件だ。

警視庁科学捜査研究所と書きこまれた茶封筒には、微細証拠物件鑑定書とキャビネサイズのＳＥＭ画像（走査電子顕微鏡）写真が二枚、入っていた。

「この楕円形は何でしょうかね」

と志田が写真を見ながら言った。

その形はまるで天体写真そのものだった。透明な地に、いくつか楕円の形が浮かんでいる。それを見てから、美加は鑑定書を手にした。鑑定を行った過程が、いくつかのグラフやチャートによって示されている。結果の記された頁に先に目を通した。

〈……以上の鑑定フローからも明らかなように、当該微物の鑑定は非常に困難を伴っている。その理由は、微物の大きさが、〇・一ミリ以下だったことに由来するが、当方の非もまた考慮しなければならない。当室においては、持ち込まれた試料が相当量かつ不明である場合、通常は、ＳＥＭ画像撮影後、ガスクロマトグラフィによる質量分析、液体クロマトグラフ、さらには二種類の光度計により分析を行う。今回もその過程を全て経、当面添付資料一から六のとおりの分析結果が出た。しかしながら、これらの検査結果を総合的に判読し、過去の事例と突き合わせる作業は膨大なものがあり、当室において、引き続き、判定作業を続けるものとする〉

「結局、わからんか」

鑑定書を読んだ神村も匙を投げたように言った。

美加は改めてSEM画像を眺めた。楕円形の物体が五つ、空中を漂うように写っている。楕円の形は一様ではなく、すこしずつ形が違っていた。右にある楕円の上半分は、かなり直線的な楕円を描いているが、左手の楕円は、真円をそのままつぶしたような緩やかな楕円を描いている。どれも厚みがなく、平面的な形状だった。一体、これは何なのだろう。ガラスのような無機物か。それとも、動物の細胞か、あるいは穀物の類いの粉末なのだろうか。それにしても、科捜研さえ判断が難しいとは。

改めて野田の死体を思い起こした。どうやって、死に至ったのだろう……。

ちょうど、小橋と青木が聞き込みから帰ってきた。

ふたりとも明るい顔つきではなかった。案の定、防犯カメラもなかったよ、と小橋が言った。

「緑地管理事務所の手前はお寺さんだろ」青木が鼻から抜けた声で言う。「ほんとに何もないんだよ」

「そんなところの電話ボックスだからこそ、よけい怪しい感じがする。なあ、五郎ちゃん」

小橋が付け足す。

「そうだね」と神村。

「それにしても、凍死の所見って何だろうね？」

小橋が口にする。

「それはこう考えれば解決すると思いますよ」青木が自信満々で言った。「何か大きな冷凍庫みたいなところに連れ込んで、そこで凍死させてから、あの電話ボックスに運んできた」

「でも、全身が燃えてるぜ」

「それは、あとから火をつければすむ話じゃないですか」

「でもイベちゃん、さあ」神村が言う。「死因はショック死なんだぜ」

「そこですよ」しめしめといった顔で青木は続ける。「ちょっと調べたんだけどね。体を思いっきり冷やすだろう。そうすると低体温症になるわけだ。そこにもってきて手足を温めるだろう。そうすると心臓に負担がかかってショック状態に陥(おちい)るらしいぜ」

「ああ、ぴったりですね。さすが青木さん」

「や、なーに」

机の引き出しからあんパンを取りだして、食べ始めた。

「じゃ、イベちゃん、ネズミかなんかで実験してみるか」

神村がからかう。

「あの、いいでしょうか」美加が恐る恐る口を開いた。「死因は別にして、あの電話ボックスで亡くなっていたというのがいちばんの肝(きも)というか、謎というか、それがわかれば解決できると思うんですけど」

「そうだな。ミカロン、なかなかいいこと言うじゃないか」と青木がくちゃくちゃ噛みながら言う。

「しかし、におうね」

小橋が神村の机の上の花瓶(かびん)に差し込まれた水仙を見やった。

「夏に咲く水仙なんてあるの?」

改めて青木が言った。

「それがまったくない」神村が答える。「イベちゃん、丸二日聞き込みに歩いてるんだし。なにかあるだろ？」

　青木は首をすくめ小橋を見てから、思いついたように神村に視線を戻した。

「そうそう、近所のアパートに住んでる若い母親から妙なこと聞いたよね」

　青木が言うと、小橋はつまらなそうな顔で口をへの字に曲げた。

「何？」

　小橋に無視されたのも構わず青木は、

「それがね、何でも多摩川堤防にさ、夜中に、宇宙服を着た子どもが現れるとかでさ」

「宇宙服？」

　神村が声を上げた。

「うん、そう言ってた」

　美加は肩を落とした。

　夏に咲く水仙といい、宇宙服を着た子どもといい、まるで都市伝説さながら。昔あった外国製テレビドラマのような気がする。

「電話ボックス周辺の聞き込みはもういいだろ」

　神村が言ったので、美加が野沢エステートの聞き込みを話した。すると小橋が、

「土日休みの不動産屋なんて、それこそ百億単位の金を稼ぐ大手不動産くらいしかないぜ」と突っ込みを入れてきた。

「もっとも」青木も同調する。「でかい物件を扱ってるの？」

神村は持ち帰ってきた野沢エステートのパンフレットを見せた。カラー刷りで二つ折りの豪華なものだ。うたい文句が並んでいる。

〈不動産プロフェッショナルの我々にすべてお任せください〉

青木が手に取り眺めながら、

「ふむふむ、なかなか、しっかりしてるね。投資相談なんかもしてるんだ」

「制服着てたか？」

小橋に訊かれた。

「いえ、みなさんふつうのスーツでした」

「いまどき制服なんて野暮だよ」

青木がそれに応えた。

「まあ、ほかに探るところもなさそうだし、いっちょ、この会社を当たってみるか、なあイベちゃん」

小橋が苦し紛れに口にしたものの、神村は興味はなさそうだった。

第二章　火男(ひょっとこ)

1

八月六日火曜日

渋谷ヒカリエ十一階にあるイタリアンレストランのテラス席は、宇佐見克明(うさみかつあき)が独り占めしていた。昼下がりの混雑時にもかかわらず、この暑い最中、好んで直射日光の当たるテラス席などに足を踏み入れる客はいない。それが宇佐見には都合がよかった。植栽(しょくさい)で飾られたガーデンテラスの天井は高く、野外の開放感にあふれている。まさかこんなところにまで、道理をわきまえない野人どもが来るはずがない。

大皿に残ったジャーマンポテトを口に放り込み、それを低いテーブルに放るように置く。氷水で口を湿(しめ)し、長々と脚を伸ばし視線を上げる。蒸気のように立ちのぼる熱気の中に、代官山から恵比寿、目黒、遠くには品川の街並みが望めた。奇妙なことに、この方角は高層ビルがひとつも建っていない。

シャツをはだけた胸元に、じりじりと焼きつくような陽の光が当たる。噴き出る汗が胸元に滴るのを感じながら、目を閉じた。熱いビル風が吹き抜けていく。

瞼に浮かんできたのは、半年前、マニラのホテルで見た女のピンクのTバックだった。ぽっちゃりした体つきの女の吸いつくようなフェラチオのせいですぐ果ててしまい、睡魔に襲われた。あのときと似たような繭の中にいるような心地よさだった。つい昨日、事務所で見たばかりの損益計算書がふいによぎった。去年、地上げのため横浜に建てた整骨院に思いのほか客がつき、そこそこの収益を上げていた。今年の終わりに撤退と決まっているものの惜しい。いっそ、整骨院付きで売り飛ばしてみてはと思ったが、そんな提案がすんなり通るはずがない。

それにしても、いつまでこんな生活が続くのか。マンションの一室にある組事務所とも呼べない無粋な部屋とビジネスホテルを往復する毎日。名ばかりの組長になったはいいが、野人どもが恐くて六本木にある自宅に寄りつけない。

カチャカチャ音がして薄目を開ける。真っ白い皿に盛られたパスタが運ばれてきた。

「本日は鰹とセロリのトマトソース、ニョッキです」と愛想よく口にしてから、女性店員は空の大皿を引き取っていった。

形のそろったニョッキに、たっぷりトマトソースがかけられ、新鮮な白セロリがトッピングされている。フォークを使い、ふたきれほど口に入れた。食べ終わるのに五分とかからなかった。デザートの焼きパンナコッタも食べ尽くし、最後に運ばれてきたアイスコーヒーを半分ほど飲んだ。ブルーマウンテンのほどよい酸味と甘みがくっきりと舌に残る。この味だと思った。料理はそこそこの味だが、この店の出すコーヒーは群を抜いて旨(うま)い。

席に着いて三十分。さすがに暑くなった。これ以上、日にさらせない。そう思っているところに、また店員がやって来て、持ち込んでいたステンレスボトルを渡される。中にはたっぷり一・二リットルのアイスコーヒーが収まっている。来るたびに、前もって注文をかけておき、帰る段に渡されるのだ。これを午後いっぱいかけて飲むのがこのところの習慣だった。

その場で金を払い、いったん、ビル内の店に入った。ビュッフェの前を通り、客のいるテーブルのあいだを通り店を出た。オフィス棟のエントランスに人の出入りはない。広々としたロビーを歩く。

劇場も夜公演のため閑散(かんさん)としている。エレベーターホールも同様だった。全面ガラス張りのエレベーターが五基並んでいる。都合のいいことに、急行のエレベーターがちょうど到着するところだった。ボトルの取っ手を握る指に、痺れるような感覚が走った。まさか、若いときにやったヤクがいまごろになって……。エレベーターが到着し、ふたりの女性客が降りた。入れ替わりに中に収まる。じんわり冷えた空間だった。一階のボタンを押し、いつものようにガラス張りの窓際に寄る。首都高をはさんで、無粋な渋谷警察署のビルが手の届きそうなところに見える。重いボトルを手すりに載せる。

急行のせいか、扉はなかなか閉まらなかった。ボタンを押したい衝動に駆られた。こんな些細なことに腹を立てていては、やってはいけない。ただでさえ、色々とあるのだ。

また手に痺れるようなものが、伝わってきた。留め具でも外れかかっているらしい。つや消しされたマットブラックの外観を眺め、取っ手のつなぎ部分を見たが異常はなかった。それでも微妙な震えが伝わってくる。何なのだろうと思いながらボトルのキャップに手をかけたとき、エレベーターの扉が閉まった。目の前のスチールロープが巻き上げられ、エレベーターが下降し始める。七階のボタンが点灯したのに気づいた。誰かが乗ってくるのだろう。

音もたてず、ゆっくり下に向かう。剥き出しになった鉄の支柱の向こうに広がる景色が少しずつ変わる。手前の低層ビルと同じ高さになり、渋谷警察署が見えなくなった。七階に到着した。うしろで扉が開く気配がした。また手元の震えが気になり、ボトルキャップをひねって中を覗き込んだ。

そのとき脳髄（のうずい）に矢を射込まれたような痛みが走った。目の前が真っ赤になり、右手を顔の前に持っていった。

びくんと心臓が跳ねた。胸元に焼きごてをあてられたような痛みが走った。思わず、その場で地団駄（じだんだ）を踏んだ。エレベーターが動き出した。次の瞬間、腹から腰にかけて猛烈な痛みを感じた。膝の内側に、ナイフでえぐられるような痛みが走る。取っ手を握りしめ、体をどうにか支えた。片方の足にも同じ痛みを感じた。目を開けたくても開けられない。止めなくてはならない。いますぐ、エレベーターを止めて、降りなければならない。しかし、体がまったくいうことをきかない。

宇佐見は壁一面に鏡が張られているような幻覚を見た。霧でも吹き付けたように、あたりがぼんやり薄雲っている。小さな水滴がそこから垂れて、床を濡らしていた。冷気は鏡に映らない足元から這（は）い上がってきている。白い煙のようなものが、床一面に広がろうとしている。足首から下が見えない。生き物のように、それは渦を巻き、少しずつ広がる気配を見せている。瞬（またた）く間に床全体を覆（おお）った。白い雲のようなものがとぐろを巻いて、宇佐見の下半身にまとわりついてきた。足先に感じていた痛みが、それに伴（ともな）って、広がる気配を見せていた。何がいるのだ！　この中には……。

雲が腰のあたりまで這い上がろうとしている。やがて体が上に持ち上がるような感じがあった。エレベーターが止まったようだった。宇佐見はまじまじとそれを見つめた。白いものの中に、オレンジ色に輝く円柱が立ちあがろうとしている。それが、自分の足に絡(から)んで、竜のように絡みついてくる。

白い霧が少しずつ晴れて、その中から燃えさかる紫色の炎が見えた。導火線のように、上がってくる。首から胸元に、突き刺さるような痛みが走った。

鋲(びょう)ではないか、これは……

無数の鋲が空中を飛んで、体に食い込んでくる。宇佐見は足元の炎も忘れて、胸元を掻(か)きむしった。シャツのボタンがちぎれて、弾(はじ)けるように落ちる音がする。下着に爪をあてて引き裂いた。痛みはなくならない。目を開けていられなかった。瞼(まぶた)の中まで、火をふいたように熱くなっている。四肢(しし)が固まっていくのを、宇佐見は感じ始めていた。息ができない。薄らいでいく意識の中で、ぱちぱちと燃えるような音が遠くから聞こえる。宇佐見の体は、どっと崩れた。エレベーターの扉に手がかかる。力をふりしぼり、這いつくばる。体に熱風がふりかかってくる。鋲だ……また、あの鋲だ。

目に見えない無数の金属片を感じながら、宇佐見は深い溝の中に落ちていった。

2

美加あてに、大塚医務院の森本医師から電話がかかってきたのは、水曜日の午後だった。いまごろになって、どうして自分にと思いながら電話を受ける。

「西尾さんですか？」

森本は神経質そうな声で切りだした。

「はい、そうです。先週はお世話になりました」

「いえいえ、珍しい死体だったですよね」

「はい、とても。それで先生、何かあったんでしょうか？」

「昨日の渋谷ヒカリエの事件、ご存じですよね？」

「はい、もちろん」

昨日の昼下がり、エレベーターの中で人が燃えた事件が起きたのだ。しかも犠牲者は渋谷に拠点を置く暴力団、八潮組（やしおぐみ）の組長。

夕方のテレビで第一報を見て、蒲田で起きた事件と似ていると思った。亡くなった野田拓人は単なるショック死と報道発表されたために、さほど世間の注目は浴びなかった。しかし、昨日の事件は真っ昼間に起きて、目撃者もいたことからテレビも新聞も、そのニュース一色だ。

いわく、人体発火。

閉鎖空間で起きた超自然現象。

「お知らせしておいたほうがいいんじゃないかと思うことがあって」森本は声を低める。「昨日、組長の遺体を司法解剖した解剖医から話を聞いたんですけどね。どうも、また、凍死の所見がでたようなんですよ」

「燃えたうえに……凍死ですか？」

「直接の死因はショック死なんですけどね。左心室の血液を見ました。鮮紅色を呈しているんですよ。これはやっぱり、凍死としか説明できなくて」

「そうですか……火傷の程度はどのくらいでしたか？」

「蒲田のときと同じですね」

「テレビに出ていた目撃者の話では、青白いものが人を包み込んでいたということですが、やっぱり炎だったんですよね？」

「そう解釈するしかないと思いますよ。でも、驚きましたよ。目撃者がいるんだから。蒲田の事件もひょっとしたら同じかもしれませんよ」

「そうですね。わざわざ、お知らせ頂いて、ありがとうございます」

「とんでもないです。遺体は奥さんが引き取っていきました。詳しい話は渋谷署のほうでお願いします」

「わかりました。これから参ります」

電話を切り、詰め将棋をしている神村を振り返った。

「先生、昨日の渋谷のヤマですが、凍死所見がでました」

神村は将棋盤からぱっと顔を上げ、「そうか、出たか」とつぶやいた。

倉持刑事課長に報告し、神村とともに署を出た。

「八潮組って、滝川会(たきがわかい)系の二次団体ですよね？」

アスリートの運転席から神村に訊いた。

「そうだな。滝川の常任相談役だ。なかなかのインテリだったと聞いてるけどな」

じっと腕組みをしたまま考え込んでいる。

滝川会は関東中心に二千人を超える組員を抱える指定暴力団のひとつ。昨日亡くなった宇佐見克明は去年、先代の死去に伴って、若頭から昇格し襲名したばかりの組長らしかった。

「組事務所は渋谷のどのあたりでしょうか？」

「桜丘町だ」

すぐ返事が返ってきた。渋谷駅の西側だ。

こと暴力団にかけて、神村の知識は半端ではない。

首都高速羽田線経由で、渋谷の街に入った。明治通りの並木橋交差点から六本木通り、そして青山通りへ抜けた。

「遠回りするのか？」

「はい、ヒカリエを見ておきたくて」

渋谷署の目と鼻の先にあるから、わざわざ車で走らなくてもいいような気がするが、やっぱり犯行現場の建物だけでもと思ったのだ。

「いい心掛けだ」

宮益坂を下った最初の角を左に取り、さらに渋谷駅方向に走らせた。渋谷ヒカリエの真下をぐるっと回り、明治通りから、要塞（ようさい）さながらの渋谷警察署の地下駐車場に入った。

エレベーターで五階の刑事課に上がった。神村の案内で廊下を歩き、並んでいるドアのひとつを開いた。広々とした部屋に、三、四人が散らばっていた。手前にデスク席があり、空間をはさんで反対側に写真や図面の貼られたホワイトボードが置かれていた。捜査本部のようだが、戒名（かいみょう）の記された看板は見当たらなかった。

デスク席の端で、オールバックにとかし込んだ五十くらいの男が、「よー」と手を上げた。この暑さにもかかわらず、ダブルのスーツに身を固めている。神村がつかつかと歩み寄り、「やあ、イケさん、久しぶりぃ」と握手した。

「おう、そっちのきれいどころは？」

と男が美加を見て言ったので、蒲田中央署刑事課の西尾美加と申しますと自己紹介した。

「五郎ちゃんの相棒？　いいねえ」

じっと頭から足先まで眺められる。

「まだまだ駆け出しだからね」

神村が美加との関係を口にすると、

「ええ？　五郎ちゃんの高校時代の教え子？　ひょんなこともあるもんだねえ」

「そうなんだよね」

男は池長良三（いけながりょうぞう）といい、本部の組織犯罪対策第四課の管理官をしていると神村から教えられた。太い眉といい、厚い唇、ぱりっとしたワイシャツを着て、ロレックスらしい時計が袖口で光っている。

「五郎ちゃんとは吉祥寺署で一緒の釜の飯を食った間柄なんだよ」池長が言った。「どう、昇任試験は受けてるの？」

や、と神村はとぼけた。

神村は巡査部長のままで、昇任試験を受ける気などさらさらないのだ。

「そうか、第二捜査官殿は昔と変わってないね」

池長が美加をちらっと見て言う。

「はい、そうなんです」つい美加は口にした。「昇任試験を受けてくださいっていつもお願いしているんですけど」

弱った顔で神村は頭を掻いている。

「ま、それはいいとして、蒲田は最近どうなの？」池長は続ける。「あのあたりの暴力団は、五郎ちゃんがぜんぶきれいに片づけちゃったじゃないの」

「けっこう時間が経(た)つからね。ぼちぼち、戻ってきてるよ」

池長は聞き捨てならないという顔で眉を寄せた。

「どこの連中？」

「倉松(くらまつ)系かな」

「やっぱり、そっちか」

昨年、神村の働きで壊滅(かいめつ)に追いやった永友組(ながともぐみ)の上部組織だ。滝川会と同じ関東の指定暴力団だが、組員数は三倍近くある。

「昨日の宇佐見の件だけどさ、八潮組って神戸のほうと揉めてるの？」

神村が要点を切り出した。

神戸は日本最大の暴力団、江浪組のことだ。

「いや、江浪と分かれたほうとも、関係していない。もともと、本家筋から、そっちとのつきあいは厳禁されてるからな」

三年前、江浪組の一部が脱退して、新江浪組を結成した。それ以来、両者は全国的に抗争を繰り返しているのだ。

やり取りを聞きながら、部屋を見回す。

ホワイトボードの写真は、何やら金色に光るものが大量に写っている。容疑者とおぼしい顔写真もかなり貼られてある。マジックで書かれていた字は消されているので、ここが何の捜査拠点だったのか想像がつかない。

「組員はどれくらいいるの？」

「二十五、六ってとこかな」

「小さいね」

「ああ」

「やっぱり、シノギはヤク中心？」

池長は背広のほこりを取るように、胸のあたりを叩いた。

「そっちはまったくだな。みかじめも取ってねえし、手荒なことはいっさいしない」

「ほー」

「銀行相手に住宅ローンの借入金や、信販会社相手に融資金をだまし取ったような被害届が二、三あるんだけど、どうも尻尾がつかめなねえ」

神村は頭を指でつついた。

「振り込め詐欺とか、こっちのほうを使う連中か……」

「それほどのもんじゃないけど、力ずくで押すようなのとは違うな」

昨日事件が発生して以来、深夜まで現場で聞き込みをかけ、いまは八潮組の若頭以下の幹部を呼びつけて、叩いているという。

神村は手持ちぶさたそうに、デスクにある証拠保管箱の中をかきまわしている。

いつまでたっても、解剖所見の話にならないので、美加はつい口を出した。

「あの、宇佐見の死因ですけど、凍死によるショック死と伺っていますけど、そうだったんでしょうか?」

池長は美加を一瞥した。

「そうみたいだよ」

それだけだった。拍子抜けした。

「死体検案書を見せて頂けますか？」

「いいよ」

池長は机の上にある封筒から書類を抜き出して、美加に寄こした。

宇佐見克明の死体検案書だった。

死亡の原因は〝ショック死〟。その他特に付言すべき事柄に〝全身に軽度の火傷。ならびに凍死の兆候あり〟となっていた。

死体の写真を見せてくれた。

エレベーターの中で男が仰向けに横たわっている。

胸元が開いた焦げ茶のシャツと白いパンツ。ローファーを履いている。大柄だ。うっすら、口ひげを生やしている。ほかの写真も目を通す。

解剖時に全裸で撮影されたものに、外傷は見当たらなかった。死斑とは別に、上半身の胸と膝のあたりに火傷の痕が見える。その色と形は野田拓人のそれと似ている。同じといってもよかった。

「……あの、凍死という所見が出ていますけど、何かお心当たりはありますでしょうか？」

美加が丁寧（ていねい）に訊いたものの、池長はさしたる関心はないようだった。

「何か書いてあったなぁ」

とにべもない。

解剖所見のいちばん下に、〝左眼球の内側に火傷の痕あり〟とある。

それについても訊いたが、火が目に入ったんだろう、という答えだけだった。

どうもわからない。たとえガソリンをかけられて火をつけられたにしても、熱いから目を閉じるのではないだろうか。

神村はビニール袋をつまみ上げ、「これ、何なの？」と訊いた。

「それか、宇佐見が倒れていたエレベーターの中にあった」

一・五センチほどのゴムボールだ。

「ふーん」

神村はゴム手袋をはめてゴムボールを取り出した。蛍光灯の明かりにかざしてしげしげと眺めた。ぎゅっと握りしめると、ゴムボールは縮んだ。そのまま、ボールを床に落とした。二度三度はねて、ころころと転がった。それを元のビニール袋に入れて証拠保存箱の中に戻した。そして、神村は窓際により、ブラインドを指で開けた。

「しかし、目と鼻の先だね」

「だろ、大胆な連中だぜ」

何か、池長は犯人の心当たりがありそうな口ぶりだった。

「宇佐見は、十一階にあるイタリアンレストランでランチを食べてから、エレベーターに乗ったんだよ」

と池長が続けた。

「ひとりで？」

「このところ、昼前になると組事務所から毎日来ているらしい。やつは事務所前のビジネスホテル暮らしだったよ」

「組事務所はどこ？」

「渋谷駅西口交差点を南に上がってすぐの桜丘。平野ビルっていう雑居ビルの三階。現場に行ってみるか」

「うん」

池長が重たげに腰を上げた。

3

渋谷署の表玄関から外に出ると、池長がさっと背広を脱ぎ、ワイシャツの袖をめくった。

「暑いなぁ」

「ほんとだね」

神村が返す。

まわりのビルの窓ガラスに日が反射して目に痛い。

歩道橋の階段を上る池長のあとについて歩く。六本木通りの上を通る。熱波がまとわりつく。低層ビルの向こうに、壁さながらの渋谷ヒカリエが見えた。左サイドのガラスに覆われたあたりを池長が指した。

「あそこがエレベーターだよ。全面ガラス張りになってるだろ」

「なかなか見事だね」

見ている間に、右端のエレベーターが下降していく。

歩道橋を降りて、渋谷ヒカリエに着いた。一階のコーヒーショップを通り抜けて、エレベーターホールに入る。人はまばらだった。ちょうど急行が来たので、数人の客とともに、右端のエレベーターに乗り込んだ。気持ちよく、すーっと上昇を始めた。全面ガラス張りなので外が丸見えだ。

池長が渋谷ヒカリエの説明をしてくれた。

渋谷駅東口再開発の目玉事業として、東日本大震災の翌年に完成した。地上十一階までは店舗や劇場が入居し、そこから上の三十四階まではオフィス棟。一般人が入れるのは十一階までという。

「組事務所はあっちだな」池長が右手の渋谷駅西口方向を指した。「歩いて六分だ」

十一階はがらんとした空間が広がっていた。柱は目立たず天井が高い。エレベーターホールの反対側が劇場入り口、長いロビーが右手に続き、オフィス棟への入り口があった。こちらもあまり人はいない。エレベーターの前に留まったまま、池長が、「ここから宇佐見はひとりで乗り込んだ。こっちだな」と右からふたつめの急行エレベーターのボタンを押した。

「この時間帯は劇場もやってないし、そこのレストランに来る客くらいしかいないな」

池長がロビーの右側にあるイタリアンレストランを指した。

壁はなく、ポールのパーティションで区切られているだけだ。

しばらくして、エレベーターが到着して扉が開いた。今度は三人だけで乗り込んだ。美加は窓側にある手すりに身を預けた。ワイヤーロープの向こうに広々とした空と街並みが望める。池長が上側に取り付けられた防犯カメラを指した。

「宇佐見が乗る直前、何者かがスプレーを噴射して、カメラを使えなくしたんだよ」

「やっぱり、殺しなんですね」美加は言った。「複数による犯行ですか?」

「そう見てる。あとから記録映像を見せるから」

池長が一階のボタンを押すと、扉が閉まった。やがて下降を始めた。

「美加ちゃんのいたあたりに、宇佐見も立っていたんだよ」

池長に言われて、気味悪くなり窓から離れた。手すりやガラスに焦げたような痕はなく傷ひとつ付いていない。

七階まで下降すると、通りを隔てた向こう側にある低層ビルと同じ高さになった。視界が遮られ、ビルしか見えなくなった。

「この高さのあたりで、宇佐見が燃えたんじゃないの?」

神村が当てずっぽうに言った。

「そうだな」池長がすぐ前の低層ビルを指した。「あの四階の窓際に目撃者がいてさ。人が燃えてるって証言してる」

「防犯カメラが使えなくなっても、透明なエレベーターだから外から見えたわけだ」

見る間にその階を通過した。一階に着いて扉が開く。待っている客はいなかったので、池長は開ボタンを押したまま中に留まった。

「この外で、エレベーターを待っていた客が九人いた」池長がエレベーターの床を指す。「宇佐見は窓側に足を向けて、少し斜めになって仰向けで倒れてた。それを見て、外の客がパニクった」

「ふむふむ」

「そのうちの何人かが、倒れている宇佐見を見て、助けるために飛び込んだって言ってる」

「ほー、勇敢だ」

「看護師がひとりいてな。脈を取ったが事切れていたと証言してるよ」

やはり、エレベーター内にいた数十秒のあいだに亡くなったようだ。

美加は改めてエレベーターの中を見回した。もう一度、凍死の所見が出たことについて訊いてみたが、池長は関心を示さなかった。

神村がゴムボールのあった場所について問いかけると、池長は入り口の右手の隅を指さした。

「この角に転がってたはずだよ」

くぼみのようなものはない。ただ、角にボールが落ちついただけのようだ。

「夏休みだし、どっかの子どもが落としてたんだろうな」

続けて池長が言った。

夏休みといっても、十一階に用事のある子どもがいるのだろうか。実際、十一階で子どもは見受けなかった。

「コーヒーのボトルはそっちに倒れてたよ」

池長が右手の窓側を指さした。

宇佐見は、十一階のイタリアンレストランのアイスコーヒーが気に入っていて、来店する際はボトルを持参し、それにコーヒーを入れて持ち帰るのが常だったという。

「事件当日、イケさんはここにどれくらいで駆けつけた？」

「あわてたよ。一一〇番通報から十分かからなかったぞ」

「そのとき、窓ガラスはどうだった？」

「ここのか？」池長はエレベーターの窓を見上げた。「そうだな……汚れてたかな」

「曇（くも）ったりしてなかった？」

池長は少し考えてから、

「うん、窓ガラスの上のあたりが曇っていたような覚えがある」

「水滴みたいのはついていたかな？」

「それはどうかなあ」

窓ガラスの曇りが水滴だとしたら、蒲田の事件現場になった電話ボックスと同じだが。

「宇佐見の火傷はいちばん程度の軽い一度となっていたけどさ」池長が続ける。「解剖医はなにか自然に発火したみたいですねと言ってたな」

「自然に発火ですか……」

客が来たので、池長はボタンから手を離した。

「じゃ、いいな」

と言ってエレベーターを降りて、一階から外に出た。

また、焼けるような陽光にさらされる。

「ちょっと見せたいものがある」

目の前に停まっていたセダンに乗るように指示された。

神村とともに後部座席に収まった。

池長が運転手に声をかけると、車はすみやかに走り出した。

渋谷ヒカリエの南側から青山通りへ抜け、山手線の高架をくぐった。渋谷駅から道玄坂を上り、東急百貨店を回り込んで、北に向かった。都会的なビル街から、高級住宅街に風景が一変する。大使館などが多くある松濤地区だ。大企業の経営者や海外の富豪が居を構える東京屈指の高級住宅街。商業施設はない。元首相の自宅もあり、警察による重点警備地区でもある。坂の途中で池長が車を停めさせた。左手にある三階建ての高級マンションを指さした。

薄茶色で統一された外壁と塀に囲まれ、落ち着いた佇まいを見せている。ゆるいカーブのついたエントランスが奥に向かって延びていた。さほど大きくはないが、奥行きはありそうだ。

「一階の端の部屋」池長が指を動かした。「この六月の金塊密輸あるだろ。あの部屋が精錬工場だよ」

「えっ、五十億円近い密輸でしたよね？」

美加が声を上げた。

中国の広州から成田空港に空輸されたガラス製品の底にあった金塊を税関が見つけた。半グレによる犯行だったはずだ。

「六本木あたりの半グレの連中が香港で仕入れた金塊に、銀色のコーティングをして空輸させていたんだ。品川のペーパー会社あてに送りつけて、それをここに運び込んだ。硝酸で溶かして元の金地金に戻したわけだ」

「それを買取業者に売れば消費税分が儲けになりますよね」

「そうだな。ここだけでも、月に二億近い上がりがあった」

「そんなに」

　正式な刻印が打っていない金地金も、インゴットに近い額で引き取られているはずだ。

「しかし、こんなところでね……」

　改めて神村が口にした。

「まさに盲点だよ。うちの会社が守っていたようなもんだ」

「頭いいね。京浜連合の連中？」

　暴力団を嫌う暴走族出身者たちの犯罪グループだ。

「そこから枝分かれしたやつらだよ。渋谷のチーマーくずれで、矢内というガキが頭目だ。でな、矢内が渋谷で暴れていたときだ。ケツモチになってもらっていた組があってさ。それが八潮組だよ」

　神村の目がぱっと輝いた。

「半グレに宇佐見組長が密輪に一枚かませろって脅した？」

「暴力団だって、こんなおいしいシステムを指くわえて見てるわけにゃいかねえだろ」池長が訳知り顔で続ける。「もともと、税関も品川のペーパー会社の住所だけはつかんでいたが、それから先は闇の中だった。で、おれたちと組まなきゃ、まずいことになるぞと八潮組が脅したわけだ」

「でも、矢内はウンと言わなかった？」

「だな。矢内だってそれなりに成り上がっていた。いくら昔世話になったとしても、はい、わかりましたってなるわけがない。で、どこからか、このマンションのネタがうちに回ってきた」

「八潮組がリークしたの？」

「そう見てるけどな」

「ふむふむ、八潮組にしても、自分のシマで半グレに好き放題されちゃ面目丸つぶれだしね。となると……宇佐見組長は、矢内に殺られた？」

神村の言葉に、池長は苦々しい顔でうなずいた。

「このマンションに摘発に入ったとき、肝心の矢内はいなくてさ。フィリピンあたりへ高飛びしたらしい。ただ、摘発を逃れた半グレのツッパリがいるんだよ。そいつら、矢内の一声で動く」

「……なるほど。難しいね」

池長が運転手の肩を叩くと車は発進した。

自分たちがいた渋谷署のあの部屋は、この事件の捜査本部だったようだ。当面事件は解決したものの、首領格を逃しているため継続捜査になっているのだろう。

「そんなわけで、一度解散した金塊密輸の帳場をもういっぺん立ち上げる」池長が断固とした調子で言った。「宇佐見を殺った野郎を草の根分けても、ふん捕まえる」

「ふんふん」

神村がもっともという感じで返す。

「管理官、ひとつよろしいでしょうか？」

おずおずと美加は訊いた。

「うん、何？」

美加は蒲田で起きた人体発火事件のあらましを伝えた。今回の暴力団組長の死に方と驚くほど似ているので、蒲田署と合同捜査する腹づもりはありますかと訊いてみた。

「そっちはサラリーマンだろ？　こっちはバリバリのヤクザもん同士の突っぱり合いだからさ。ちょっと、筋違いじゃねえかな」

にべもない答えだ。それでもしつこく、

「宇佐見の亡くなった現場や着衣などの残渣物の検査はしていますか？」

と訊いてみると池長はじろりと美加を見た。

「ことがことだけに、すぐやらせたよ。エレベーターの内部も宇佐見の着衣からも、いまのところ可燃物は検出されていない。科捜研が詳しい検査をしてる」

「……ありがとうございます」

「八潮組の幹部は何て言ってるの？」

神村が口をはさんだ。

「もちろん、矢内一派の復讐と見てる。おれたちも半グレの連中を追うしかないぜ」

「そっちの手がかりは？」

「リストアップされた連中を片っ端から当たってるが、どだいゆるいつながりの連中だしな」

もともと、半グレたちは組織だっていない。ことあるごとに集まり、悪事を働いて、蜘蛛の子を散らすようにいなくなるのが常だ。国外逃亡している矢内を捕まえるのが先決だが、いますぐには無理だろう。

「なあ、美加ちゃん」馴れ馴れしく池長が言う。「その野田ってやつが勤めてた不動産屋、何て言ったっけ？」

「野沢エステートですが」

「そっちを洗ったほうがいいんじゃねえか」

神村がうなずいている。

「不動産屋は何と言ってもヤクザ連中のお友達だからな」

暴力団のフロント企業の多くは不動産業なのだ。

池長が神村を振り返った。

「なあ、五郎ちゃん、まだ直也を捜してるのか？」

その名前が出て神村の顔に影が差した。

美加が高校二年生のときの同じクラスの同級生の石黒直也だ。担任は神村だった。夏休みを境に学校に出てこなくなり、十月に家出して、その年の暮れには、暴力団事務所に住み着いていた。神村はどうにかして、学校に戻そうとしたものの、できなかった。それが神村が高校の教師を辞めて、警察官になった理由なのだ。

「……まあ、そうだね」

美加には語らないが、非番の日は、暴力団事務所を訪ね歩いているようなのだ。

「残念ながら八潮組にはいないよ」

「うん、わかってる」

直也が居着いたのは倉松会系の二次団体なのだ。八潮組と系列が違う。

「五郎ちゃんの気持ちもわからんじゃないが、もうそろそろ諦めたらどうだい？」

珍しく神村は押し黙った。

やはり、暴力団員になり果てた教え子が気になって仕方がないのだ。

渋谷署の捜査本部に戻った。

ノートPCで、エレベーターの防犯カメラにスプレーをかけた場面を見させてもらった。すっぽりとフードをかぶり、サングラスをかけた男とも女ともつかない人間がさっと入り込んで、スプレーを噴射すると、カメラはまったく見えなくなった。音は記録されていない。時刻は昨日の十三時十七分。倒れた宇佐見が見つかる二分前だ。

同じ時刻、十一階のフロアを映した記録映像も見る。白いパンツを穿いた大柄な宇佐見が、イタリアンレストランを出て、エレベーター方向に歩いている。右手にボトルを携えている。エレベーターホールでやって来たエレベーターに乗り込んだ。フードをかぶった人間が防犯カメラにスプレーを吹きつけたエレベーターだ。この直後、宇佐見は命を落とした。

一階でエレベーターを待っている客たちの映像はなかった。

神村が宇佐見の持っていたボトルを調べていたので、美加も横から覗き込んだ。

つや消しされた黒い頑丈そうなボトルだ。

「イケさん、ボトルの指紋は調べた?」

神村が訊いた。

「いや、してない」

調べるまでもないという顔だ。

「じゃ、借りてくから」

神村が大事そうにダンボール箱に入れ、それを美加に寄こした。

こんなものをどうして、と思いながら言われた通りにする。

半グレや目撃者の情報、防犯カメラの記録映像、そして捜査報告書をそっくりコピーしてもらい、神村とともに地下に降りる。

「蒲田に帰りますか?」

美加は神村に訊いた。

「もういっぺん、ヒカリエに寄ってみよう」

「わかりました」

アスリートに荷物を置いてから、徒歩でいったん渋谷署を出た。

4

午後三時を過ぎていたが、渋谷ヒカリエ十一階のイタリアンレストランは、六割ほどの客で埋まっていた。緑色の制服を着たウェイトレスに警察手帳を見せて用向きを話すと、三十五、六歳の男性店長が厨房の奥から出てきた。ヒゲの濃い四角い顔つきだ。亡くなった宇佐見について訊くと、げんなりした表情で「はい、三日に一度ぐらいの割合でお見え頂いていました」と口にした。

「テラス席で食べるのが習慣だったと聞いているけど、ちょっと見せてもらえるかな?」

神村の要請を受けて、店長はテラス席のドアを開けて、外に案内してくれた。

斜め上方向から陽の光が燦々と差し込み、サウナに入っているような暑苦しさだった。風もない。

「しかし、暑いね」

神村が手を額にあてがい、呻き声を上げた。

「ですよね」店長も手で日差しを遮る。「真夏は夜にならないとお客さんはこちらにはみえません」

「昨日はどうだったの？」

「宇佐見さんおひとりだけだったと思いますよ。十二時四十五分ぐらいに見えたはずです」

「正午過ぎでは暑いですよね？」

美加が訊いた。

「日は真上になるので、直射日光は入りませんから、いまよりは若干ですが、すごしやすいかもしれません。だいたい、こちらの席をお使いだったようですね」

テーブル席がふたつあり、ドアから遠いほうの席を店長は指した。テラス席を含めて、店内を撮っている防犯カメラはないという。

「きょうのお昼、お客さんはここを使いましたか？」

美加は念のために訊いた。

「いえ、使っていません」

「昨日、宇佐見さんは何を注文しましたか？」

「ランチセットですね。バイキング式のビュッフェとメイン料理、ソフトドリンクは飲み放題です」

「コーヒーは別に頼んだんですよね？」

「はい、いつもアイスコーヒーを注文されています。昨日もそうでした。帰りに当店のアイスコーヒーをお持ち帰りいただきました」

美加はスマホをかざし、捜査本部にあったボトルを写した写真を見せた。

「このボトルに入れたのですね？」

「はい、わたしも見覚えがあります。ご本人が持ち込まれたボトルに間違いないですね。とても気に入られていて、毎回、一リットル近く作ってお入れしていました」

「ほかに持ち出す客はいますか？」

「よく、この上のオフィス棟の方々がそうなさいます。店のコーヒーポットで配達もしますので」

テラス席から屋内に戻り、そのコーヒーポットを見せてもらった。縦長で、どこにでもある鉄製のポットだ。

「昨日、宇佐見さんを対応された店員の方はいらっしゃいますか？」

続けて美加は訊いた。

「きょうは休みです」

「来るときはいつも宇佐見さん、おひとりで見えましたか？」

今度は神村が尋ねた。

「はい、わたしが知る限り、いつもおひとりだったですね」

「誰かと待ち合わせしたようなことはなかった？」

「さあ……いつも注意して見ているわけではないので」

神村はレストランを見渡す。「外とはパーティションで区切られているだけだし、そこのドアまで簡単に入って来れるよね？」

「そうですね。入ろうと思えばできます」

店員もほかの接客をしていれば気づかないだろう。

礼を言って店を出る。

宇佐見が使った同じエレベーターに乗り、一階のボタンを押す。ほかに客はいなかった。改めてエレベーターの中を見回した。

「先生、今回の事件は〝殺人〟と断定できますよね」美加は天井の防犯カメラを指しながら言った。「あの防犯カメラにスプレーを吹きつけた人間が犯人と見ていいと思います」

「うん、火男（ひょっとこ）だ」

火男――放火犯のことだ。

「となると、蒲田の人体発火も、やっぱり殺人事件とみたほうがいいのではないでしょうか？」

エレベーターが下降を始めた。美加はガラス越しに外を見た。遮るものがなく、青い空が全面に広がる。

「とりあえず、いまのところはな。防犯カメラにスプレーを吹きつけた理由、わかるか？」

「犯行というか……人が凍えたり、燃えたりするのを見られてはまずいと思っていたからだと思いますけど」

「どうして、まずいんだ？」

「それは……映像を見られたら、殺害方法がわかってしまうから」

「見られても、いいんじゃないか？　わかったところで、殺しという目的は達成されてる。それに全面ガラス張りだし、外から見られているぞ」

現に目撃者がいるのだ。

「外からは遠目になります。詳しい状況はわからないと思います。左目に火傷の痕があるというのもわかりません」

「左眼球の内側、奥だぞ」

「……ですね」

七階を素通りした。通りの反対側のビル群と同じ高さになった。細長いビルが並んでいる。空が見えなくなった。

「やっぱり、この透明なエレベーターというのが引っかかります」

「次があるからだ」

　ぽつりと神村は口にした。

「えっ、まだ続くと思ってるんですか？」

「ホシは殺害方法に強いこだわりがある」神村が嘆息する。「どうしても、そこだけは譲れないと思ってるんだろう」

「人を凍えさせたうえに、火をつけて殺す――。いや、火をつけてから、凍えさせて殺す？　どっちだろう」

　神村が呆れた顔で美加を見た。

「エネルギー保存の法則を言ってみろ」

　まずい。またこんなところで物理の講釈……

「えっと、エネルギーは熱なので、熱が増えればエネルギーも増える……みたいな」

「熱は仕事をするぞ」

「あっ、そうでした。熱から仕事を引いてやると、エネルギーの変化と等しくなります」

「では第二法則は？」

「第二なんてありましたっけ？」

「熱力学第二法則のことだ。温かいこたつの中に突っ込んだ足はどうなる？」

「温かくなると思いますけど」

「どっちが？」

「ですから足が」

「そうだ。熱というのは冷たい物から温かい物には流れないということだ」

それはそうだ。もともと冷たかった足から、こたつに熱など伝わるはずがない。

「そうなると、今回のやり口は、冷たくしてから火をつけたということになるんでしょうか？」

「自分の頭で考えてみろ」

「はあ」

それにしても、また同じやり口で人を殺すのだろうか。

「蒲田に戻りますか？」

神村は反対側のビルを指した。

「目撃者の話を聞こう」

「そうですね」

一階に着いた。神村がちらっと腕時計を見る。

「三十二秒だな」

「何がですか？」

「エレベーターに乗り込んでから、一階に着くまでに要した時間」

扉が開いて降りかけたとき、ふとその白いものが目にとまった。

エレベーターの扉のレール部分の溝に白っぽい粒々(つぶつぶ)がある。

神村に扉を開けたままにしておいてもらい、手袋をはめてその白い粒々を集め、ハンカチに載せた。

エレベーターを降りたところで、それを神村に見せた。

「これ、野田さんが亡くなった公衆電話ボックスに落ちていたのと似てませんか？」

神村が目を近づけた。

「うん、似てるな」

「ですよね」

大きさがまちまちの白い粒だ。

「あの粒、科捜研の鑑定が長びいてるけど、どうなんでしょう」

「似てるから、こっちを鑑定してもらったほうがいいぞ」

「帰りに本部へ寄りますね」

「ああ」

神村のあとについて外に出る。

正面から焼けるような日差しを浴びた。目撃者のいる雑居ビルまで急いだ。渋谷ヒカリエから通りをはさんで四棟目。ざらついたコンクリートの地肌が剝き出しになった古いペンシルビルだ。自動ドアをくぐると、狭い廊下の右手にエレベーターがあった。四階まで上った。ビルの奥行きはなく、手前の会計事務所のドアを開けて顔を出した。身分を名乗り用件を伝えると、三十すぎぐらいの白い半袖シャツを着た男が「自分です」と言い、廊下に出てきた。

窓際に向かって歩きながら、「そこのところでコーラを飲んでいたんですけど、そのときに見たんですよ」と男はまくしたてた。

窓の脇に自動販売機があり、そこでコーラを買ったという。

窓は網入りの古びたガラス窓で、サッシも年代物だ。その窓から外を窺った。渋谷ヒカリエのガラス張りのエレベーター五基すべてが見える。五基は連動しておらず、すべて違う階にいる。男はいちばん左手から二つ目のエレベーターを指した。

「人が燃えていたのは、あのエレベーターですよ」

検証してきた急行エレベーターだ。

「エレベーターが下がっていたときですね？」

「そうです。この階からちょうど水平に見えるあたりからですね。下がっていったら見えなくなって」

「時間的にはどれくらいですか？」

「そうだなあ……二、三秒？」

「短いですね」

「たしかに燃えていたんですから」

「どんなふうに燃えていたんですか？」

「こう青白い炎に包まれていたように見えたんだけどなぁ」

「はっきり炎と確認できなかったんですか？」

男は訝しむような顔で、「や、あれって炎ですよ。ほかにないと思うけどなあ」と答えた。

「あなたが見たとき、すでに男性は青白い炎に包まれて、燃えていたんですね？」

男はしばらく考え込んでから、

「そうなんですけど、何となく曇っていたような感じだったかな」

「曇るというと、エレベーターの窓が曇っていたんですか？」
「……いや、こう体は火に包まれてたけど、頭の上のあたりから湯気が出てるみたいにも
やっとした感じ」
「上半身は燃えていて、頭の上が白かったんですか？」
「そんなはっきりとじゃなくて」
「火に包まれていた男性はもがき苦しんだと思いますが、どうでしたか？」
神村が口をはさむと、男は首をかしげた。
「……あまり苦しんでるようには見えなかったんですよね。こう、向こう側の壁にもたれ
かかって」
「どっちの壁に？」
「向かって、エレベーターの右側。動かないで、棒のようになってましたよ」
「わかりました。ありがとう」
まだ訊き足りないと思ったが、神村は鉄扉を開けて、階段で上の階に向かった。五階か
ら十階まで、すべての階の廊下と窓をチェックした。どの階も同じ造りだった。自動販売
機もすべての階にあった。窓際から向こう側にあるエレベーターの動きもすべての階で確
認した。

「蒲田に戻りますか？」

ビルを出たところで美加は訊いた。

「八潮組の組事務所に寄ってみるか」

「……わかりました」

暴力団事務所に出向くのは気が引けたが、ここは仕方がない。

渋谷署に戻り、アスリートに乗り込んで表に出た。

5

玉川通りを走り、山手線の高架下をくぐった。渋谷駅西口交差点を左折し、坂道を進む。五叉路(ごさろ)を右に取り、急坂を上りきった左手の雑居ビルの前で車を停めた。五階建ての古いビルだ。各階の部屋ごとの壁にエアコンの室外機が取り付けられ、無粋な外観をしている。

「ちょっと待ってろ」

エンジンをかけたままの状態で、神村が飛び出した。

三階にある八潮組の組事務所に行くのだ。

右手に道を隔てて、宇佐見が使っているビジネスホテルがある。ほかは前もうしろも雑居ビルだらけだった。駐車場らしきものはない。

二分とかからず神村が戻ってきて、反対側のビジネスホテルに入った。それもすぐに出てきた。

「事務所は若い衆がいるだけだった」

乗り込むなり、神村が言った。

「ビジネスホテルはどうでしたか?」

「ああ見えても高級なホテルだな。セキュリティもしっかりしてる」

「だから、利用していたんですね」

「そうだな。行こう」

「はい」

アクセルを踏み込む。

「じゃ、本部に行きますね」

百メートルほど走った。

「あ、止まってくれ」

神村が外を覗き込みながら口にしたので、あわててブレーキをかけた。

小ぎれいなマンションの一階に、大きなコンビニがある。

言われるまま、コンビニの横に車を寄せた。

何も言わずに神村がコンビニに入った。しばらくして、青い縞模様（しまもよう）の制服を着た男を連れて、車に戻ってきた。

「びっくりしたぜ、こんなところにいるからさあ」

神村が親しげに声をかけている。

「や、どうも、神村さん、目ざといですね」

男は恐縮（きょうしゅく）しながら言う。

三十五歳前後。長細い顔立ち。額の真ん中で髪を分け、唇が少し不健康そうに赤黒い。八潮組組員の前島（まえじま）と紹介してくれた。

「いつから働いてるの？」

「半年前から。なんだかんだで、組から呼び出しがかかりますからね。コンビニだと働く時間が選べるから助かってますよ」

「よく採用の面接通ったね」

「まあ、そのあたりは」

前島は頭を搔いた。

「みんな、外で働いてるの？」

「けっこういますよ。ファストフードの店も時間が自由ですから、二、三人行ってるし。うちら、年中、挨拶するのが仕事なんで、笑顔で接客するのも慣れましたよ。店長から新人に挨拶の指導をしてくれって頼まれたりするし」

「さすがじゃない」

「いや、まあ、稼業は儲からないし、バイト代で生活費を稼がないとやってけないですよ」

暴力団員は法令の締め付けが厳しくなって、末端の暴力団員は生活費にも事欠くのだ。

「こないだ、郵便局のバイトをしていた組員が詐欺容疑で逮捕されたしな」神村が気遣って言う。「気をつけたほうがいいよ」

「ありがとうっす。幸い、こっちは誓約書がないんで」

郵便局は採用の際、〝反社会的勢力ではない〟と一筆書かされるため、詐欺容疑とみなされたのだ。

「あの、うちらのオヤジのことですよね？」前島が上目遣いで訊いてくる。「これから、お通夜に行くんですけど」

「そうなんだけどさ」神村は声を低めた。「これからいろいろ大変だろ？」

「ですね、跡目とか、どうなるのかな」

「簡単には決まらんだろ。おたくの若頭以下の幹部連中、うちからかなりやられてるらしいぜ」

実のある取り調べができているのだろうか。

「そうなんですか？」男は神村の顔を覗き込んだ。「やべえな」

「おまえにも、いずれお呼びがかかるぞ」

「おれみたいな下っ端が？　ないない、それはないです」前島は険しい視線を神村に振った。「うちのオヤジ、火……つけられて死んだんですよね？」

「たぶんな」

前島はわからないという顔で首を横に振った。

「そんなふうには見えなかったんだけど、本当なんですか？」

この男も組長の死体を見ているのだ。

「まだ藪の中なんだよ」神村は一呼吸入れた。「金地金で京浜連合と揉めてたの？」

前島は分が悪そうな顔で、「そのあたりは、ご想像にお任せします」と神妙な調子で答えた。

否定しないところを見ると、やはりそうなのだろう。

「いま遺体はどこ?」

「六本木の自宅マンションです」

「何かわかったら、知らせるからさ。最近の組長の様子はどうだった?」

前島は肩をすくめた。

「上がりは少ないし、上納金を取り立てられるし、さんざんですよ」

組員でさえアルバイトをしているくらいだから、組の懐事情(ふところじじょう)は厳しいようだ。

「面倒見のいい組長だったか?」

前島は顔をしかめた。

「……先代ほどでは」

とだけ言って、言葉を呑み込む。

「先代は評判よかったからな」

「ほんと生きていてくれたらなって思いますよ。いまのオヤジはきついばっかりで、幹部も信用していませんでしたから。もう、四人抜けましたよ」

「そんなにか。いざとなったら、いつでも相談に乗るからな」

前島は軽く頭を下げた。

「組長は組事務所に毎日行ってたんだろ?」

「もちろんですよ。日に一度は顔を出しますし。組長はすぐとなりのビジネスホテルに寝泊まりしてました」

「どうして、そんなところにいたの？」

「っていうか、最近ほとんど出歩かなくなったし」

「ガードをつけていたんだろ？」

「いえ、嫌いでした。そういえば……」

男は考え込むように押し黙った。

「どうかしたか？」

「先月だったかな、えらく不機嫌そうに組事務所にやって来て……それ以来かなあ、よく『えのよん』とか何とか、電話で話していたなあ」

「何だって？」

「いや、『えのよんか』とか、『えのよんが来る』とか、そんな感じで言ってましたけど」

「えのよんって、何なの？」

前島は首をひねりながら、「さっぱりわかりませんよ」と答えた。

美加は野田について訊こうと思って口を開きかけたが、神村に制せられた。

「じゃ、仕事がありますんで」

前島はそう言ってドアノブに手をかけた。

「半グレをやろうなんて思うなよ」

神村に声をかけられた前島は、むっとしたような顔で車から降りていった。

「西尾もいろいろ訊いてみたいだろうが、いまはやめとけ」

神村が前島の背中を見送りながら言った。

「わかりました。では行きます」

「うん」

美加は車を発進させた。

六本木通りに戻り、高樹町料金所から首都高速に乗る。

宇佐見克明の死去は、東京の暴力団の勢力図に影を落とすだろう。葬儀は組織犯罪対策第四課が注視する中で行われる。組長が殺されたのは明らかで、血眼（ちまなこ）になって八潮組は殺した相手を捜すはず。正体のつかみにくい半グレとはいえ、ヤクザが本気になればヒットマンはたやすく見つかるのではないか。八潮組組員の動きを追いかけていれば、犯人があぶり出されてくると池長は考えているに違いない。でも、本当に半グレの人間が宇佐見を殺したのだろうか。それについて神村に訊いてみると、「さっぱり、わからんなあ」の一言だった。

もう少し、ましな答えが返ってくると思ったので拍子抜けした。

「矢内らには立派な動機がありますけど」

ともう一度訊いてみた。

「なあ、西尾、宇佐見が松濤のあのマンションを警察にちくると思うか？」

「でも、池長さんはそう言っていましたし」

「金塊密輸に一枚嚙ませろって宇佐見が脅しても、おとなしく従う連中じゃないぞ。組対の推理にすぎない」

「たしかに半グレは恐いもの知らずですからね。工場として使っていたあのマンションが八潮組に知られたら、場所を移せば済む話だし」

「それより殺しの手口だ。半グレがあんな面倒な手を使うか？」

「たぶん……ないですね」

拳銃や刃物を使って襲えば簡単だし、大きな威嚇になる。

「でも死因は野田拓人とそっくりですし」美加は言った。「犯人が同一だとしたら、組対の捜査を待っていれば、いずれは……」

犯人さえ捕まれば、野田拓人の事件と関係しているかどうかわかる。

霞が関インターで下り、警視庁本部の地下駐車場に入った。車で待っているという神村を残して、美加は本部に隣接した科学捜査研究所に立ち寄った。

6

しばらく、科学捜査研究所で過ごして車に戻った。神村はエアコンをつけっぱなしで寝込んでいた。運転席に着くと神村がふっと目を覚ました。

「へっくしょん……」

「もう、先生風邪ひきますよ」

小言を言いながら車を発進させる。

霞が関インターから、首都高速に乗ったところで美加は声をかける。

「白い粒ですけど昨日付けで鑑定が出ていました」

「そうか、出たか」

「けっきょく土壌鑑定のようでした」

「ほー、土の分析」

「はい、日本列島は火山で生まれた島だから、地形や土質が変化に富んでいるそうです。土の中には、岩石からはじまって植物や微生物、それに粘土や鉱物まで、ありとあらゆる物質が含まれているということでした」

「土を分析すれば、事件の証拠になりうる物質がわかるわけだな。で、何か混じっていたのか？」

「まだ先がありますから」ルームミラーで神村の顔を見る。「土の中からは繊維片や金属片、それから化石のようなものまで幅広く見つかります。それから、土というのはふつう酸化鉄と植物が分解した腐植物質から成り立っていて、酸素が薄ければ薄いほど黄色、濃くなれば青に変化していく。その一方で、腐食物質が増えれば土は黒くなるそうです」

「おお、いっぱしの先生の口きくな」神村が茶化す。「だから、たいがいの土は黒っぽいんだな」

「そうですね。三年前、杉並で殺人事件があって、被害者の女性がカスミソウが咲いている庭に倒れていたそうです。被疑者はすぐ捕まったけど、物証がなくて捜査は行きづまった。被疑者のズボンの裾には土が付着していたんですが、その土からある結晶体だけを取り出して、走査電子顕微鏡で撮影したところこれが写っていたそうです」

美加は一枚のＳＥＭ画像の写真を神村に渡した。

小さな正五角形の面で出来ている正立方体の写真だ。

「それがカスミソウの花粉です。決定的な証拠になったそうです」

続けて三枚の写真を渡した。

いちばん上の写真には、三つの植物の花粉が写っている。尖った針が突き出ているもの、ラグビーのボール、長ひょろい葉巻の形。それぞれに書き込まれたメモ書きを神村が口にする。

「ふーん、ムクゲ、テッポウユリ、バラねえ」

「その下の写真が例の白い粒の写真です」

写真をめくり、神村があっと声を上げた。

「これ、前に見たやつだな」

「はい、鑑定不能として送られてきたSEM画像です」

透明な地に楕円の形が浮き出ている写真だ。

「……するとこれも花粉か？」

「はい。水仙の花粉だそうです」

「水仙か」

神村が不思議そうに言った。

「わたしが渋谷ヒカリエのエレベーターで見つけた白い粒も調べてもらいました。それがいちばん下の写真です」

神村が三枚目の写真を見た。

「同じじゃないか」

「はい、そちらも水仙の花粉でした」

「やれやれ」

神村は額に手をあてがった。

「うちの事件と共通しています。犯人は同じ火男ですよね」

「…………」

「うちと渋谷署、それから本部の組対四課で共同捜査本部を立てるべきではないでしょうか？」

「両方の現場で見つかった白い粒が水仙の花粉だったとしてもだ」神村はルームミラー越しに美加を見た。「そもそも土に混じっていれば、黒くなるんじゃないか？」

「あ、それは……あくまで推察ということですが、水仙の花が土に落ちてひからびて、そのあと土砂とまじって粉々になった。それが何かのはずみで表層に出てきて、太陽光で乾燥された……というようなことを技官が仰（おっしゃ）ってました」

「ふーん。なんか苦しいな」

「はい……」

「しかし、おとなしい形だな」

神村が写真を見ながらつぶやいた。

「何がおとなしいんですか？」

神村は水仙の花粉の写真をかかげた。

たしかにほかの花粉に比べて、水仙の花粉は丸っこくて、水泡のようだ。

「この世にある花粉は、花によってどれも形が違っているそうなんですよ」美加が言った。

「大きさも、十マイクロから百マイクロまでいろいろ」

あまり神村は信用していないようだ。

「それから自然界で、水仙の花粉がこのような形で存在するのは奇跡に近いと言ってました」

「やっぱりな」

「あるとしたら……大量に水仙が咲いていたんじゃないでしょうか」

「多摩川の堤防に咲いていた水仙か？」

「はい。あれが土に混じり、風か何かで土が飛ばされて結晶化したものだけが残って、それが電話ボックスの中に落ちていた……」

「じゃあ、渋谷ヒカリエのエレベーターに落ちていたやつはどう説明する？」

　やはり、ふたつの事件は無関係なのだろうか。

　それにしても水仙。

　限りなく雑草に近いイメージだった。放ったらかしにしても、冬になれば白い花を咲かせる。あの強い生命力をもってすれば、花粉のひとつやふたつ、どこにでも飛ばせるのではないか。でも、日本水仙は冬にしか咲かない……。

「やっぱり、犯人が水仙の花粉を犯行現場にばらまいたんでしょうか？」

　美加が言うと、神村が前かがみになった。

「どうやって、そんなものをばらまくんだ？」

「……わかりません」

　水仙の花そのものを切り刻んでまくならわかるが、顆粒状(かりゅうじょう)になっていたのだ。

「その場で生成されるかもしれんぞ」

「はあ？」

　何を言いたいのかよくわからない。

　神村はもとの姿勢に戻った。

「なあ、西尾、犯人の仕業(しわざ)としてもだ。そもそも、どうして水仙の花粉なんかをばらまくんだろうな」

「そうですよね。大胆不敵というか。犯人にしてみればある意味、名刺を置いていくようなものですから」

「それでもなお、やらずにはいられなかったということか」神村が続ける。「この火男、想像以上にしつこいやつかもしれんぞ」

いきなり神村が窓を開けた。

京浜運河の潮のにおいとともに、強い風が吹き抜けた。

「こんなに暑いのに、水仙かぁ」

神村は写真を横に置き、持ってきたボトルを調べだした。

ふたを開けて中を覗き込む。

「なかなか、しっかりしてる。いい魔法瓶(まほうびん)だな」

と洩(も)らした。

そんなものを調べても意味がないように思える。

車内が一気に暑くなったので、美加は窓を閉めた。

何が気になるのか訊いてみたが、神村は答えず、しきりとボトルのあちこちを眺める。

「熱の伝わり方は三つある。言ってみろ」

あっ、また、物理の授業を始めるつもり……

「熱伝導と対流だったじゃないでしょうか？」

三つ目はわからない。

「もうひとつは輻射（ふくしゃ）だ。熱伝導と対流はわかるな？」

「はい……熱伝導は温度が高い方から低い方に伝わるというもので、対流は熱そのものが移動する。輻射はちょっとわかりません」

つい生徒の口調になる。

「温度が高い物質が放射する赤外線は温度が低い物質が吸収するというものだ。つまり、魔法瓶はこの三つの影響を最も少なくするように作られてる。熱伝導を抑えるために中を二重構造にしていて、空気の対流をなくすために、ふたつのあいだを真空状態にしてあるわけだ」

「三つ目の輻射は……わかりません」

「よく考えればわかるぞ。赤外線を吸収させにくくするためには、どうやればいい？」

そう言われても。

「底を見てみろ」

神村がボトルを斜めにしてルームミラー越しにかざした。

銀色に光る中の壁面が見えた。

「あ、鏡なら吸収されずに反射する……かな」

神村は元通りにして、背もたれに体を預けた。

「そのとおり」

やれやれと思った。

警察の昇任試験に物理は出ない。それに魔法瓶が今度の事件に関係しているとは思えなかった。

鈴ヶ森出口から首都高速を降りた。あと十五分足らずで、蒲田中央署に着く。まだ神村はボトルのふたを開けて中を覗き込んでいる。

「……洗ったのかなぁ」

神村が洩らした。

「そのボトルをですか?」

捜査本部の人間が洗った?

「ああ」

神村がボトルに鼻を近づける。

「コーヒーのにおいがしない」

「もう、時間が経ってるし」

「ふーん」神村はボトルを置いた。「エレベーターに落ちていたボールあるだろ」

「はい」

「あれは何だ？」

「ゴムボールだと思いますけど」

「だから、どうしてあんなところに転がっていなきゃならん？」

「子どもが落としたりしたと思います」

「あのボールはゴムじゃなくて、シリコンだったぞ」

「シリコン……ですか？」

「ああ」

だから、あまり弾まなかったのだろうか。

それに、子どものおもちゃではないようだ。

「ひょっとして、男性の整形手術に使うあれ……」

前に一度、男性の変死体を見分したとき、男性自身に小さなシリコンボールが埋め込まれていたのを見たことがある。女性が快感を得やすくするために、そうするらしいが……美加の口からは言えない。

「あんなデカいのは入れられんぞ」

「あ、そうですね」

美加は思わず赤面しながら答えた。

「どうして、あのエレベーターの中で死んだのか、少し、わかってきた」

思わせぶりに神村が付け足したので、思わずルームミラーを覗き込んだ。

「えっ、わかったのですか？」

しかし、それ以上言葉を発しない。

「やっぱり閉鎖空間だからでしょうか？」

蒲田のときも電話ボックスだったのだ。

神村はふむふむとうなずき、「それもあるが、問題はどうしてあの中でやらなければならなかったか、だ……いや、あそこでしかできなかったと言うべきかもしれん」

「ホテルや組事務所の往復の道ではなくて、犯人はあのエレベーターの中でしか犯行に及べなかったという意味ですね？」

神村は髪の毛を手でしごいた。

「そうなんだ。だけど、もうひとつ、わからん……」

すでに神村の中では仮説が立っているようだが、最終的な解明には至っていないようだ。

しかし、確定するまでは決して他人には洩らさない。そのあたりの潔癖さは教師ゆずりのものがある。

日が西に沈みかけている道を走った。一刻も早く、八潮組組長の事件資料に目を通したかった。野田拓人の事件と共通点があるはずなのだ。

大森北の交差点手前で渋滞にはまった。後部座席からすやすやと寝息を立てる音が聞こえた。神村はまたぐっすり眠りこけていた。

7

遅い朝、静寂を破り、地を穿つボーリングの震動が空気を震わせている。布団の中で満嘉は仰向けになって肘をかい、幻聴かと耳をそばだてるうち、三たび四たびと、正確なピッチでそれは続いた。百メートルほど離れた空き地にできた工事現場を思い出す。風向きのせいか、町工場のプレス機から出る圧搾空気やクレーンの歯車音も聞こえ、大通りからひっきりなしにタイヤの摩擦音がし、それらが一緒くたになって額の上で踊っている。

雨戸をそっと開けてみると、強い陽と熱波が差しこみ、思わず満嘉は顔をしかめた。

昨晩とはうって変わって、風景は色と形を失い、あたりの風景も白黒の濃淡でしか、区別がつかない。その単色の視界は、日によって、青みがかったり、黄色の隈で縁取りされたりする。ここが静かな場所でもないのに気づいてから、もう一年近くたつ。最初の頃は、無音の世界に馴れることができず、夜の闇はひたすら濃かった。ぴったり閉めた雨戸から、漆黒の液体が音もなく滲み出てくるかのような錯覚にしばしば襲われ、眠りを妨げられた。それを忘れるために、夜の街を歩き、仕事も求めた。そうこうしているうちに、身のまわりの足りないものがわかり、新しい靴が欲しい、たまには旨いものも食いたい、などと欲もでてきて、自分も変わったものだなと考え、いや、ここにいれば変わらざるを得ないのだと思い直した。まぶしい陽のもと、懐中に忍ばせている地図を取り出し、床に転がったマーカーを手に取る。

　ここしばらく歩いた場所を思い返し、目立つ建物や看板を書きこむ。

　そうやってト書は増え、日を追うごとに、自分の庭に変わっていく地図を眺める。すぐそこまできたことを思い、あれこれと不安が胸によぎる。心の内と外に沈黙して、やり通すのだと自分に言い聞かせるが、どこか心許ない。街の空気にも馴れた頃になって、しきりと海から聞こえてくるものがあり、これは何だ、とたびたび歩をとめてみたが、いまだにわからない。

　ただ、その語りかけてくる方角だけは、目星がつき始めている。

雲ひとつない空を見上げる。紫がかっているのは、起きたばかりで目が霞むせいか。

ふと視界の隅に、その色が入りこんできた。ぞっとして粟粒が肌に広がる。窓ガラスの一カ所に、はっきりと、あの形が映っている。むらむらと腹が立ってきて、気づいたときにはすっ飛ぶように、拳を突き上げていた。乾いた音がしてガラスは粉々に砕け、床に落ちていくのをじっと見つめる。

透明な紫外線カットフィルムが窓枠に残り、風でゆらゆら蝶の羽みたいに動いている。満嘉はたまらず、それを根元から引きはがし、くしゃくしゃに丸めて外に放り投げた。かたいものが宙へ飛び、手のひらに棘の刺さったような痛みを感じた。右手親指と人差し指の間が割れ、亀裂が入っている。一滴二滴と血が畳に落ちる。

人の気配がして、振り向くと良枝が立っていた。

「まだ残っていた」

満嘉は手を隠しながら言った。

仕方ないね、と良枝はなだめるように言う。

「このクソ」

満嘉は怒鳴りつける。

良枝は満嘉をだましだましベッドに座らせ、部屋の隅にある救急箱からイソジンを取り出して、手際よく消毒し、あとで、縫ってあげるねとささやきかける。

満嘉は手をまかせたまま、ごろんと横になった。ラジカセに手が届き、反射的にプレイボタンを押して目を閉じる。八畳の部屋は、かつてほこりの巣だったがいまでは、塵ひとつ落ちていない。

妙に頭は冴えていた。まだ、あのフィルムは残っていやしまいか、と首だけぞんざいに回して窓を見てみるが、フィルムはもうない。背中に動くものがあり、ひっこんでろ、この蛆！　と念ずる。それは瞬く間に肉の中に溶けてしまい、懐かしい畳の感触が戻ってきた。

わずかな声が聞こえ、耳を澄ませた。

どこか金属的な感触があり、続いて、それが若い男の矯声であることに気づいた。左手を心臓の上にあてると、耳元で心音がした。何者かがつま先から脳天へと駆け抜けていくような感じがあった。

洋二、お前だな、と満嘉は大声で怒鳴った。そうして、しばらく耳をすませる。

息子の声がはっきり聞こえ、そうだそうだと何度かうなずいてやる。

何年、ここで二人して暮らしたっけな、と満嘉は語りかける。

〝たかだか二カ月だろ、しっかりしろよ〟

そんなものか？

〝ひと月は病院じゃないか〟

でも、最後はここで、お前……

〝そうだよ、あんたがここへ連れてきた〟

仕方なかったな、あのときは
〝やだな、勝手に連れてこられて、こっちはまいったぜ〟

いつから、こいつ、いっぱしに大人の口をきくようになったのだ。

耳を澄ませたが、壁からも天井からも、聞こえてくるものはなくなり、肩の力が抜けて、脱力感が全身に広がる。ほこりっぽい機械音や砂のにおいがごちゃ混ぜになってやってくる。

起き上がり、壁のカレンダーをぼんやりと眺めた。そうしているうちに、傷口が裂けるように痛み出し、老犬のような声でひとしきり泣いた。

じっとのぞきこんでいる良枝に向かって、「また、来た」と満嘉はつぶやく。

良枝は、あきらめたような表情で満嘉を見ていたが、すぐに元の快活な目に戻り、「あ、きたのね」とのんびり言う。「今度はどれくらい、いる？」

「もう、帰った」

「そうか、つまらないね」

「ああ、つまらん」

満嘉の顔から悲しみが失せ、ぎらりとした目が光っている。

「寝ようよ、みっちゃん、いい子だから」

満嘉の顔から、りきみが消え、膝を折り曲げて良枝の足元すれすれに寝転がった。

小野良枝は、満嘉の腕から、駆血帯を取り外しポンプに残ったペンタジン溶液の最後の一ccをゆっくりと注射した。血管に刺さった注射針をそっと引き抜くと、満嘉はまぶしそうに目を細めた。さっきまでの興奮が嘘のようになくなり、固太りのみっちゃんの体は、頭からつま先まで力が抜けて、麩のように柔らかくなった。子供をあやすように頭を撫で、胸をさすってやる。

血が多く出たわりには、怪我のほうも大したことはなく、ほっと胸を撫で下ろす。もうあと、二、三分もすれば、眠りに落ちていくだろう。このところ、みっちゃんの様子はおかしい。ひどく機嫌がいいかと思えば、すぐヒステリーを起こす。持病の灼熱痛が快方に向かっているわけではなかった。

その証拠に、ほんのひと月前までは、十ミリグラムのペンタジンで痛みを抑えることができたのに、今では、その倍の量がいる。もう、末梢神経がぼろぼろなのだ。このままだともっと強い薬が必要になる。でも、それだけはしないよ。良枝は独り言を繰り出すみっちゃんの顔を見る。

看護学校を卒業して、看護師になりたての頃、良枝は患者を見るのが怖かった。乗り越えたのは、人の体の美しさに気づいたときからだった。看護学校で人の体の内側を勉強するのはとっても好きだった。薄紅色の生体肝、切り開いた胃の内側に隆起する無数の肉襞、精密機械さながらの心臓とそれに繋がる動脈の数々――。またあの音楽が始まる。

歌劇とも何ともつかないのっぺりとした男の声。オルフという人が作った賛美歌みたいなものだとみっちゃんが教えてくれたが、どこの国の言葉なのかさえわからない。

ソロがしばらく続くと、女たちのコーラスがいきなり絡んで祭りみたいにやかましくなる。

良枝はラジカセの電源を切り、《初春》と書かれたCDを取りだして、無造作に布団に放り投げる。ひょんなことから手に入れたCDなのに、どうしたわけか、みっちゃんは気に入ってしまって離さない。おかしいね、こんなことってあるのだろうか。それにしても、ここは暑いね。よく、みっちゃんは我慢できると思う。冷房も何もないのだ。扇風機の風をみっちゃんはひどく嫌う。良枝はみっちゃんの下着を脱がせてやり、濡れタオルで体を隅々まで拭いてやった。みっちゃんの体は思いのままに動いた。萎えた陰茎の裏を拭き、腰に手を回す。下腹のあたりが心なしか硬い。

仰向けに寝かせて、背中に広がる赤黒いシミを見た。低温やけどの痕だ。ところどころ盛り上がってミミズ腫れができている。その中の一筋が生き物みたいに動いたような気がして、少しばかり気味悪くなった。気を取り直して、小さな容器のふたを開ける。火傷に効くステロイド剤のうち、ダイアコートが一番強い。それだけでは感染の心配があるから、抗生物質のゲンタシンを混ぜた良枝特製の軟膏が入っている。それをたっぷりと手に取り、薄く薄くバターを敷き延ばすようにして、みっちゃんの背中に広げていく。それが終わり、うちわであおいでやる。

みっちゃんはうつ伏せになったまま、すやすやと寝息をたて始めた。この暑さがよほど体にこたえているのだろう。もともと、みっちゃんの体は丈夫にできていないし、洋二くんだって同じだ。だから、いつもぴりぴりしているのだ。

8

翌日。

　宇佐見克明と野田拓人の事件は、その特異な死因以外に共通点はなかった。両者が生前、知り合いだった可能性もいまのところない。しかし、どちらも閉鎖空間の中で命を落とし、〝全身に火傷を負い、凍死の兆候のあるショック死〟という死因が判明している以上、同じ犯人による犯行の可能性が高い。どうやって犯行に至ったのか。動機は何なのだろう。いや、そもそも動機なんてあるのか。さっぱり見えてこない。

　ふだんならこの時間、もうとっくに引き払っているのに、神村は分厚い理化学大事典と首っ引きになっている。犯行には未知の〝何物〟かが使われていることも考えられ、それを探り当てるためには、理化系の調べも必要かもしれない。でも、マル害周辺の捜査を進めたほうが手っ取り早い気がする。

　美加はノートPCで、渋谷ヒカリエのエレベーターの防犯カメラにスプレーをかけた場面を繰り返し見た。ほんの数秒足らずだ。頭からすっぽりとフードをかぶった人間が現れた場面で一時停止させた。防犯カメラは入り口近くにあるので、体の半分しか映っていない。上からなので、男なのか女なのか、まったくわからない。でも、この人間が犯人、もしくはその一味であるのは間違いない。

　刑事課のドアが開いて、小橋と青木が姿を見せた。食べ物がつまったレジ袋を青木が美加の目の前に置いた。

「ミカロン、腹へったろ」

菓子パンやチーズケーキ、寿司などが山と入っている。

「ありがとうございます。ぺこぺこでした」

「あれえ、五郎ちゃん、店屋物も取らないで頑張ってるねぇ」

小橋が神村に声をかけるが、神村はちらとも振り向かない。

「先生は集中してますから、いただきましょう」

美加は遠慮なくチーズケーキを取りだし、封を開けた。

半分食べてから、湯沸かし室でアイスコーヒーを四人分作って、持っていった。

小橋が神村の腕を突く。

「五郎ちゃん、プロメテウスの正体はわかった?」

「それがさあ、だめなんだな」神村は頭を掻く。「こいつは火だけじゃなくて、氷も扱うからなあ」

青木がぷっと吹き出し、「かき氷か何かみたいだね」と言った。

「イベちゃん、かき氷で心臓麻痺(まひ)は起こさねえぞ」と小橋。

事典を閉じて、神村が食べかけのカップラーメンを引き寄せる。

「で、コバさん、聞き込みは何かあった?」

「あまりないね」

と小橋は好物の稲荷寿司を口に放り込んだ。

焼き肉のおにぎりで口の中をいっぱいにしている青木が、

「まあ、このくそ暑いのによくも回ったもんだよね」

と自画自賛するように言う。

「どこ回ったの？」

「五、六軒行ったよね？」

と青木が小橋に呼びかけた。

「それくらい行ったかな」小橋が続ける。「最後に野沢エステートに寄ったんだけど、社長がいなくてさ。ろくに話も聞けなかったぜ」

「社員だってふたりしかいなかったよ」と青木。

「江口課長さんはいたんですか？」

美加は訊いた。

「さんざん待たされたあげくに駆けつけてきた」

「その調子じゃだめみたいだね」

神村が口をはさむ。

「野沢エステートって、去年の今頃商売を始めたばかりだろ」小橋が言う。「競争相手が多い蒲田で開業した理由を江口課長に訊いてみたんだよ。そしたら羽田空港を使う飛行機も増便されるし、伸びしろがあるように思いますからと答えやがった」

「もっともじゃないの？」

「ほかの不動産屋に訊いたって、そんなかしこまった話は出なかった。昔からやってる蒲田駅前の不動産屋に寄ったとき、妙な客がいてさ。な、イベちゃん」

「うんうん」おにぎりをほおばりながら、青木が言葉を継ぐ。「カウンターで店員に泣きついてる男性客がいて、グホ……暴力団員とかって聞こえたもんだから、ちょっと訊いてみたんだよね」

話が続かず、小橋が引き取る。

「その客は蒲田本町で三棟のアパートを持ってる大家でさ。この春入居した女の部屋に暴力団員らしいのが同居するようになったって言うんだよ。それで、びっくりして不動産屋に駆け込んできたんだな。そうしたら、その女、野沢エステートの紹介でアパートに入居していたのがわかってさ」

コーヒーを飲み干した青木がそのあとを続ける。

「うんうん、その大家が言うには、野沢エステートとは契約を交わしていないけど、知らないうちに、その不動産屋を通じて入居したみたいなんだよ。野沢側に直接苦情を申し立てたけど、まったく取り合ってくれなかったらしくてさ。それで、不動産屋に泣きついたわけだ」

「それを江口課長に当てたんですか？」

美加が訊いた。

「当てた。泡食って調べだしたよ」

「ですよね」

暴力団などの反社会的勢力に部屋を斡旋（あっせん）したのが明るみに出れば、会社自体も罰を受けるのだ。

「まあ野沢エステートにしても、客がほしいから、ろくな審査もしないで勝手に押し込んじゃっただけのことだろうと思うけど」

「その暴力団員はどこの組？」

神村が訊いた。

「高井組（たかいぐみ）の坂下（さかした）とかいう男だよ」

「高井組っていうと滝川会系の二次団体じゃなかったっけ？」

「そうなんだ」

亡くなった宇佐見克明の八潮組も滝川会系だ。つながりでもあるのだろうか。

「まあ、滝川会の組員は多いからね」

「うん」

「でもコバさん、野沢エステートはもうちょっと、探りを入れたほうがいいかもしれないね」

「ああ。反社とつるんでいたりしたら問題だ」

美加は宇佐見克明の事件について説明した。

「その『えのよん』ってのは何なの？」

小橋が神村に尋ねるが、神村は首を横に振り、カップラーメンの残りをすすりだした。

「絵の具の種類かなにかじゃないかな」

青木が言って、カステラを食べながらスマホで検索しだした。

小橋が疲れた顔で座ったまま背を伸ばす。

「宇佐見の衣類から残渣物は見つかったの？」

「ありません。ほとんど、自然発火に近いという感じです」

美加が答えた。

「灯油はおろか、可燃物の痕跡はない。それなのに、体は焼けてるんだよ」神村が事典に手を載せて言った。「人が手をかけた痕跡もないのにどうして燃えたのか。燃える理由はあるのか。コバさんはそういったことを知りたいわけだよね？」

　小橋がうなずいた。

「オーケー。まず、自然発火から説明してみようかね。ちなみに常温で発火するのを条件とするよ。この場合、セルロイドが自然の大気中で突然燃え出すことを聞いたことはあるよね」

「もちろん」生徒よろしく青木が言う。

「普通、物には発火点というのがある。例えば、木材だったら五百度ぐらいが発火点。けれども、これが三十度で燃えるときもある」

「三十度？」

「イベちゃん、熱を閉じこめることさえできれば、どんなものでも常温で燃えるんだよ。要は酸化する面積を増やせばいいだけのことだ。酸化面で温度がぐんぐん上がるからね。そのためには、体積を増やせばいい。体積を増やせば増やすほど、放熱は小さくなるだろ。理論的に言えば、体積は半径の三乗に比例して、表面積は半径の二倍に比例する。では、木材を三十度で燃やすにはどうすればいいか……これが、可能なんだな」

　わかったようなわからないような感じで美加はふたりのやり取りを聞く。

「どんなふうにすればできるの?」

「いま言ったことを応用すればいいのさ」

「体積を増やす?」

神村は手で四角を作った。「ここに一センチ四方の木片があるとする。こいつを直径五センチの球体の中に入れて、ほうっておいても何も起きない。でも木片をおがくずにしてやればどうなる?」

「それはまあ、軽くなるっていうか……」

青木が調べをやめ、半信半疑で答える。

「いい線いってる。おがくずにすれば、体積そのものが増えるだろ。それを球体の中に入れてやれば、放熱が始まって熱が中にこもる。今度はそいつを三十度の部屋に吊りさげておけば、理論上はボン」神村が手で爆発する仕草(しぐさ)を見せた。「発火だ。現に年間、百件以上の自然発火があるし、いまみたいな暑いときには集中して起きてるんだけどね」

「なるほど……えっと、体積は半径の三乗に比例、表面積は半径の二倍に比例……」と青木は繰り返して天井を仰(あお)いだ。「でも、野田も宇佐見も切り刻まれていなかったけどなぁ」

「おいおい、イベちゃん、五郎ちゃんは自然発火の説明をしただけだからさ」

小橋があいだに入った。

「でもさ、五郎さん、マル害はふたりとも燃えただけじゃなくて、凍りついていたんだよ。冷たい炎ってあるの？」

　青木に言われて神村が手を叩いた。

「どんぴしゃ。冷たい炎と書いて冷炎という化学用語がある」

「えー」

「気圧が大いに関係してくる。通常の大気圧より、数倍ある容器の中で空気と摂氏二百度から四百度に高められた燃料をまぜれば、それだけでぼーっと弱く燃える……かのように見える。こいつを冷炎と言ったりする。まあ、物が燃え始める前段階の弱い火のことを言うんだけどね」

　青木が拍子抜けしたように肩をすぼませた。

「凍死と焼死をセットにしたものじゃないのか」

「残念ながら」

　聞いていて苛々（いらいら）してきた。

「念のために訊いておきたいんですが」美加は口をはさんだ。「……ヒトは自然発火で燃えるものなんですか？」

「おがくずではないから、ヒトはそう簡単には燃えないぞ。どう考えてもそれは無理だ」

しばらく考えこんでから、神村が続ける。「でも、あえて燃えるものと仮定したら、……そうだな、触媒さえあれば、できる」

「たとえばどんな？」

「いいか、西尾、自然発火の要因は、熱だけじゃない。化学反応で起きる場合もある。生石灰に水をかければ発熱するし、マグネシウムの入ったアルミニウムくずも水と反応して発火する」神村は理化学大事典を猛烈なスピードでめくる。「揚げかす、石炭、ゴム、硝酸、農薬、さらし粉、何でも着火する。この場合、自然発火と区別して、準自然発火と呼ぶこともある。発火というのは、大きくわけて、四つに分けることができる」そこまで口にして美加を見た。「わかるな、言ってみろ」

いきなり振られて言葉につまった。

「物質自身が発火する場合、発火する物質が熱に反応する場合、それから、混触、摩擦」

神村が続ける。

「……で、今回の場合は？」

青木の質問に神村は答えに窮した。

「イベちゃん、申しわけないが、すぐ答えることはできん。ただ、何らかの暗黒物質が存在しているのはたしかだと思う」

「また五郎ちゃんの暗黒物質かぁ。それって冷たいんだよね？」

「その説が有力だな」

「ニュートリノとかですよね」

美加があいだに入った。

「いや、ニュートリノは質量があるから外された。暗黒物質というのは、ごくわずかな質量はあるが、ほかの物質とは反応しない。ふつうのやり方で観測できない未知の物質になる」

思い出した。

目に見えず、触ることもできない謎の物質。宇宙にあまねく存在し、天体すら動かすもの。宇宙はその大量の暗黒物質とごくわずかに見える物質からできている。だから、宇宙を真に支配しているのは目に見えない暗黒物質……。

「まいったな」小橋が言う。「五郎ちゃん、本当のところ、どう考えてるの？　まさか、人が自然に燃え上がるなんて思ってないよね？」

「自殺にしろ、何にしろ、燃えるものがあったとみるべきだよ」神村が答える。「エネルギーがあったというふうに置き換えてみてもいい」

「エネルギーね。まあ、野田も宇佐見も自殺の線は薄いぜ」小橋が諦めた口調で言った。

「差し引けば他殺っていう答えしかない」

「誰かが目に見えない、恐ろしく冷たい火をつけたということだな。ふむふむ」青木がしたり顔で洩らす。

野田、宇佐見と続いた死は、単なる放火事件とは違う。体を凍らせ、なす術もなく落命している。とはいえ、死因を除いて、二人を確実につなげる糸はない。でもきっと、何かがあるはずなのだ。

「夏に日本水仙って咲くの？」

と青木が口にした。

「咲くわけねえだろ、ぼけ」

小橋が突っ込んだ。

「でも、げんに咲いていたんだよ、ね、五郎さん」

「うん」

「夏に咲く水仙って商品化されてるかもしれないしさ。大田市場へ行けばわかるんじゃないの？」

大田区の臨海部にある公設卸売市場だ。

「そうだろうけどさ」

小橋がじろりと神村を見た。

返事がないので代わって美加が答える。

「それがいいです。大田市場には花卉市場がありますから。先生、明日にでも行ってみましょう」

署からもすぐだ。神村は乗り気ではなさそうだが、否定もしなかったので、とりあえず美加は安堵した。

9

翌日。午前七時。

大森東の交差点を右折し、平和島公園を通過する。右手にフラワーデザインのついた看板を掲げた、巨大な倉庫さながらの大田市場が見えてくる。

「花卉市場は規模が小さいから調べは簡単だと思います」美加は言った。「大田市場のほかは、板橋と世田谷、それに北足立と葛西にありますけど」

「大田市場にだけ当たれば、水仙の出どこがわかるって？」

神村は眠たげに目を擦りながら言った。

「はい、小さいといっても大田市場の花卉市場は日本最大規模ですから、ここだけで十分です」

大和大橋を渡り、逆戻りする形で大田市場花卉部に着いた。二階へ上り、渡り廊下を進む。フラワーオークションと案内表示された大きな部屋に入ってみた。中は劇場のように広々としている。花のセリ場だ。びっしりと操作卓のついた机が並び、仲買人が座ってセリをしていた。掲示板を見ながら、キーボードを使ってセリ落としていく仕組みのようだ。

事務所に回り、係員に取り次いでもらうと、でっぷりした田辺という集配課長が姿を見せた。花卉市場の説明を受けてから、さっそく美加は水仙について切り出した。

とたんに田辺は目を丸くして、「この暑い最中に水仙ですか」と口にした。

やはり、かと思った。

「この季節、出回っていないのは知っています」

と美加は弁解した。

田辺は胡散臭げに、

「で、どういったことをお知りになりたいんでしょうか?」

と訊いてくる。

「夏に出回らないか。これを確認したいですね」

神村が口を開いた。

「冬の花ですからね」田辺は恐縮したように額に手をやる。「咲く時期は十二月から三月です。市場に出回るのは、もう少し早くて十一月から、オランダの輸入物を含めて六月まででですね」

「オランダから？」美加が訊いた。「促成栽培（そくせいさいばい）か何かで入荷するんですか？」

「それはないですよ……念のため確認しますか？」

「是非」

「鉢物についてですか、それとも切り花？　どちらが、お知りになりたいんです？」

「まあ、どちらでも」神村が続ける。「あの白い花をつける水仙です」

「そう簡単に言われても困りますね」と田辺が言った。「水仙は十二系統の種類に分かれていますよ」

「ほー」

「ラッパズイセン、大杯スイセン、八重ズイセン、そこから枝分かれして、いまでは数千種の改良型がありますから。白い花をつける種なら日本水仙が第一候補。これは日本で自生する水仙の総称ですが、ふつう見かけるのは白い六枚花。これが圧倒的に多い。球根さえあれば、日本全国、北から南までどこでも咲きますからね。ただし、五月から十一月までは、自然界では絶対に咲かない」

そこまで言って、田辺はどうだという顔で神村を睨みつけた。

「うーん、そうですか、こちらの実際の入荷はどうなってますかね？」

苦し紛れに神村が口を開いた。

田辺は座を外し、しばらくしてＡ４のバインダーを抱えて戻ってきた。中をめくってこちらに見せた。切花の月別・品目別入荷量順位表となっている。

「水仙の入荷はここに出てきます」

と田辺は太い指で、十二月の欄を示した。

輪菊千四百万本、小菊七百四十万本、バラ四百万本、スプレー菊三百五十万本、そしてようやく水仙が三百四十万本。以下、チューリップ、スイートピー、カーネーションと続く。しかし一月に入ると、水仙は百万本に落ち込み、全体の順位も十二位へ転落していた。二月と三月は七十万本のあいだで四月にはリストから消えている。

「やっぱり十二月に集中して入荷するわけですね」

美加が言った。

「しかし、あんな雑草のようなもんでも、取引されてるのか」

ぼそりと神村が言ったのを聞きつけて、田辺は顔を引きつらせた。

「その雑草ですけど、手に入るようでなかなかこれが難しいんですよ」

神村は余裕の笑みを浮かべている。

「あの……これらの月以外には、入荷されないということですか」

美加が食い下がるように尋ねた。

「まあ、それに近いでしょう。抑制栽培したのが少しだけ入ってくる月もあるけどね」

「入荷はどの地区からのものが多いですか？」

「千葉、それから群馬、都内からもありますよ。それからぐっと落ちて、福井、埼玉、静岡ってとこかな」

「入荷するときは、束になっていますよね」

「そうですね、出荷地によっても違うけど、たいてい、十本を一つに縛って出荷するのが多いですね」

「茎ごとですか？」

「もちろんそうです。需要が多いのは生け花ですから。茎がないとお話にならない。その茎のところが堅い方がいいんです」

「なるほど。で、抑制栽培というのは、四月以降にもありますか？」

「ぼちぼちありますよ。千葉が多いかな」

「今頃でも出回ることはある？」

田辺はそう言った神村の顔を睨みつけた。

「ですから、この暑い中では、見たことも聞いたこともありません」

神村は居住まいを正し、「仮にですよ、きょうのような日に、水仙の花が家に届けられたら、どう考えます？」とやんわりと訊いた。

「あり得ないと、何度言ったら……」

「ですから。仮にと申し上げたはずです」

田辺は少し間をおいて、「できますよ」とつぶやいた。

「どうやって？」

神村が身を乗り出す。

「抑制と促成を合わせてやればいいんですよ」田辺は両手を使い、身ぶりで示しながら、「えーと、まず咲かせようとする一年前の五月から六月頃に、まだ眠っている球根を収穫するでしょ。それを温蔵庫……そうだな、摂氏十八度くらいの場所に保存しておく。明けて翌年の四月に春化処理してから土に埋めれば、ちょうど今頃には咲きますな」

神村の目が光った。

田辺が言葉を継ぐ。「まあ、そんな経済性の悪いことをする業者は、この地上に存在しませんがね」

「春化処理とは何です？」

「摂氏三度くらいの低温倉庫に二カ月くらい入れておくんですよ」

「そいつを五月から六月にかけて、土に埋めてやれば夏の盛りに水仙が咲くんですね？」

神村が確認を求めた。

「咲くはずですよ」

神村はしばらく考え込んだ。

多摩川の堤防で咲いている水仙も、そのような処理を施されていたのだろうか。

「球根の産地はどこが多いですか？」

美加が質問を発した。

「新潟が多いかな。それから、富山、静岡も多いですね」

「外国産のほうが安いんじゃないですか？」

美加の言葉に、田辺課長の目がきらりと光った。

「よくご存じですね。その通り、あちらのものを輸入する方が安い。植物防疫法をご存じですか？」

「いえ」

「話せば長くなりますがね。九〇年、大阪で世界中の花を集めた花博覧会が開かれたんですが、開くにあたって、一番ごねたのは、どこの国だと思いますか？」

「アメリカ？」

「いいえ、世界一の花の国、オランダ」

「花大国じゃないですか？」

「もちろんそうですよ。オランダは日本が植物輸入に関して規制だらけだって文句をつけたんですよ。まあ、それまでの日本は、球根を輸入する場合、品種ごとにきちんと届けを出して、一年間、隔離して検疫をしなければならなかった。これがオランダには気に入らなかったんです。でも、開催まで時間がなくて、日本政府はあっさり規制緩和ですよ」語尾が熱を帯びてくる。「いやあ、びっくりしました。それまで、何十年もさんざん、検疫検疫と言われ続けてきたのに、ある日突然、それも博覧会を開くためにだけ法改正した。いまだに信じられないですよ。政府のやることは」

「……いまは水仙の球根が自由に入ってきているわけですか？」

おずおずと美加は尋ねた。

「それがだめです。水仙は。線虫がつきやすいから。これはたちの悪い害虫で、球根ごとだめにしてしまうし、土壌伝染性が強い。細々と個人輸入してるのはあるけど基本的に外国産はなし」

　美加は拍子抜けした。さんざん説明したあげくに、日本産しかないとは。

「では、日本に咲く水仙は全て国産と考えればいいわけですね」

　神村がようやく口をはさんだ。

「そう考えてもらっていいです」

「わかりました」

　神村が頭を下げて美加とともにその場から離れた。

「よし、行くぞ」

「どこへ？」

「多摩川堤防の水仙刈りだ」

「水仙を？」

　呼びかけたが神村の耳には届いていないようだった。

　水仙を採って、何の意味があるというのだ。

　神村は生け花には縁がない。美加は少しだけかじっているが、いま水仙を使った生け花などする気が起きない。まさか、死者にたむけるわけでもあるまいに。

第三章　花弁

1

お盆の中日もふだんどおり出署して、美加はお茶くみをし、捜査員を送り出した。八潮組の組長死亡関係の捜査報告書に目を通しながら、神村のスマホに電話を入れる。相変わらずつながらない。三時すぎになって、小橋と青木が聞き込みから帰ってきた。

「あぁ、涼しいなあ」

汗まみれの顔をタオルでこすりながら、青木が棒アイスをしゃぶる。

小橋によく冷えた麦茶を差し出すと、勢いよく飲み干した。

「きょうも五郎ちゃんは留守？」

小橋がふと洩らした。

「お盆休みを取ってるんだと思います」

「豪勢だね」

「ネタを取りにいってるんだよ」

青木が肩を持つが、誰も信じない。

友人たちと涼みがてら、東京湾のクルージングでもしているのではないか。

「……こいつ、引っかかるなあ」

青木がスマホを見ながら、二本目の棒アイスを食べにかかる。

「ああ」

小橋が冷めたように返した。

美加は冷蔵庫から抹茶（まっちゃ）の水ようかんを持ってきて、小橋の前に置いた。

おっ、と言って、小橋は封を開けて食べだした。

「お疲れですね」

「ほんと、こんなときに限って妙な事件が起きるしな」小橋が言う。「宇佐見の件で動きはあったか？」

「いえ、何も」

「本部の組対が血眼（ちまなこ）になってやってるんだし、いまに動きがあるからさ」

「だといいんですけど。青木さん、何を見てるんですか？」

美加が尋ねると青木がスマホを見せてくれた。

コンクリート製の堅牢そうな駐車場だ。電動シャッターが下りている。青木が太い指でピンチアウトすると、門柱の郵便受けにある表札が映った。

（株）ミトス
と記されている。

「どこの駐車場ですか？」

「神泉町」

「渋谷の神泉町？」

「うん」

渋谷駅から道玄坂を上り、円山町を抜けたあたりだ。高級住宅街として知られる地域だ。

「ひょっとして、八潮組の関係者になります？」

「ご名答。この駐車場のとなりが八潮組の先代の組長宅」

「……どうりで、ごついと思ったら」

「言っとくけど、駐車場は先代組長の土地じゃないよ」

意味がわからず訊き返すと青木が小橋に視線を振った。

「聞き込みも限界があるから、日本橋のＡＤＲで調べたんだよ」小橋が言った。「そしたら、野沢エステートが関わった不動産取引でもめ事があったのを見つけてな」

ＡＤＲは裁判所外で紛争を解決する調停機関だ。日本橋ならば、不動産関係のはずだ。

「それがこの駐車場ですか？」

「ああ、ヤクザもんが駐車場として使ってるけど、本来の持ち主はこのミトスとかいう法人名義だよ。土地の売りが出ない地域だろ。それを野沢エステートの仲介で、マヌケな不動産屋が飛びついてさ。この六月だ。いざ現地に出向くと暴力団員が駐車場として使っていたってわけだ」

「その不動産屋はどれくらい払ったんですか？」

「五千万」

「そんなに……それでＡＤＲに駆け込んだ訳ですね？　駐車場は八潮組の組員が使っているんですか？」

「幹部格が使ってたようだな」

「亡くなった宇佐見組長も出入りしていたんですよね？」

「だろうな。いまも先代の組長宅は家族が住んでる」

「でも、八潮組と野沢エステートは意外なところで接点があったわけですね……」

神村に知らせなくては。

青木が鼻の穴をひくひくさせる。

「どうだ、ミカロン、少しは見直しただろ？」

「もちろんです。もう、すごいなって思います。アイスクリーム、もっと食べますか？」

「うん、もらう、もらう」

冷蔵庫からカップアイスを取りだして、青木の前に置く。

「ひょっとしたら、その五千万は野沢エステートと八潮組が山分けしたりして……？」

と美加は続ける。

ふたりは顔を見合わせ、

「どうかな」

と吐いた。

「野沢エステートって、裏でやばい綱渡りをしてるんですね」

「そうとも限らんな。このミトスっていう法人が野沢エステートに借金があって、この土地を抵当に入れてたとしたら違法取引じゃない」

「それなら野沢エステートが売れますからね。で、この紛争はどうなったんですか？」

「手出しできないままみたいだよ」

のだろうか。

切られるだけだろう。それにしても、野沢エステートと八潮組は何らかのつながりがある

ますます、野沢エステートは怪しい。でも、直接野沢エステートにぶつけても、シラを

「ひどい」

ますます、野沢エステートは怪(あや)しい。でも、直接野沢エステートにぶつけても、シラを切られるだけだろう。それにしても、野沢エステートと八潮組は何らかのつながりがあるのだろうか。

野沢エステートの宮原社長や江口課長の顔を思い浮かべた。威圧的ではなかったし、かといってバリバリの仕事人間というふうでもない。そんな彼らが暴力団員と同じテーブルについている姿はなかなか想像しづらい。野沢エステートが八潮組に騙(だま)されていた可能性もある。それがもとになって、両者のあいだに紛争が生まれて、互いの人間に手を出したと考えられないだろうか。

美加は駐車場の写真を見た。

「このミトスって何の会社なんでしょう？」

「何だろうな」

小橋がため息をついた。

「さっぱりだな」

青木がたっぷりとアイスを口に放り込んで言った。

ドアが開いて生活安全課の刑事が顔を見せた。

「この方、仲六郷に住んでる黒川さんというんだけど、生活相談でうちに回ってきたんだけど」

と刑事はかたわらにいる小柄な高齢男性を紹介した。

何だろうと思い、美加は刑事から話を聞いた。

「野沢エステートって、例のヤマのやつだろ?」

「そうですけど」

「黒川さん、野沢エステートに苦情があるらしいんだよ。一度行ったけど、追い払われたらしくてさ」

白髪をきれいにとかし込んでいる男を見た。痩せて目がくぼみ、首筋のしわが浮き立っている。八十すぎだろうか。

「苦情というと?」

「不動産関係で追金を払わされたらしくて、文句つけに行ったそうなんだよ。事情が呑み込めなくてさ。そっちならわかると思って連れてきた」

何なのだろう。とにかく話を聞いてみるしかなさそうだ。

老人をあずかり、小橋と青木のいる席に連れていった。

空いている椅子にとりあえず座らせた。猫背気味だ。茶色い麻の長袖シャツにグレーのスラックス。善良そうで、品のよさも感じられた。

　三人に囲まれ、やや気後れしたように黒川は話しだした。

「いくら営業マンに話しても、居留守を使われたりして、変だなあと思ってたんですよ。だめかなぁと思って、こないだも署に電話したんだけど、取り次いでもらえなくて」

「うちの署に相談の電話をいただいたんですね？」

「うん、先週」

　水っぽい目で黒川は美加を見た。

「おじいちゃん、野沢エステートで土地でも買ったの？」

　小橋が口をはさんだ。

「うん、まあ、そうかも」

「どこの土地？」

　黒川は混乱したように、首を横に振った。

「息子にゃ、内緒にしておいてほしいんだよ」

　急にうろたえだしたので、美加は黒川の太ももに手を当てた。

「黒川さん、最初から話してもらえますか？」

　おどおどしながら、黒川は口を開ける。

「……ふた月前、野沢エステートの山崎っていう人がうちに来て、地方に土地を持ってる人を訪問しているって言われて……すぐにピンときたんだよ。ああ、あの土地かって」

「その土地がどうかされましたか？」

「もう、何十年も前に買ったんだよ。那須塩原だ。絶対に値上がりするからと言われて。それがずっと塩漬けになったままで、この歳まで来ちゃって」

「その土地を売ってくれという話ですか？」

黒川はかすかにうなずいた。

「ほら、インバウンドってあるだろ？　中国の金持ちが別荘用に日本の土地を買いあさっているやつ。あれの需要が最近えらく強くなって、わたしの手持ちの土地を百万円で是非買いたいと言ってきたんだ。内心しめたって思ってさ。でも、その場じゃ返事しなかったんだよ。ニュースで盛んに言うだろ。中国人の土地の買い占めは。だから、お宅らだけじゃなくて、ほかにも買いたいっていう会社があるって言ってやったんだよ。それに、うちは野沢不動産の系列ですからなんて言うし。いったん山崎は帰ってさ」

「それでどうしたの？」

小橋が興味深げに訊く。

「野沢不動産っていや、日本一の不動産会社だろ。でも、騙されちゃいけないと思って、野沢エステートのホームページを調べたり売り買いの実績を調べた。そしたらまともな会社だったから、取引に乗ってやってもいいかなと思った。まあ、那須の土地はもともと買ったときは、三百万払ったけど、ほうっておいたら一銭にもならないしさ。それでこっちから連絡したんだ。そしたら、すぐ山崎がやって来た」

「その代金を受け取ったんですか？」

美加が訊いた。

「いや、中国の富裕層は広ければ広いほど高額で買ってくれる。ついては、いまわたしが持ってる土地を野沢エステートが百万円で購入してから、千葉の外房にあるいい土地をわたしだけに譲ってくれるっていうんだよ。そっちの土地が四百万で、差し引き三百万円支払ってくれれば、倍の値段で中国人に売れるって言われてさ」

「ひょっとして、三百万円支払ったんですか？」

黒川は肩を落とした。

「ああ……」

「その新たに買った土地は売れたんですか？」

黒川は首を横に振った。

「まだ息子には話してないんだよ。なけなしの貯金で買っちゃった。どうすりゃ、いいのかわからなくて」

黒川は頭を抱えてうなだれた。

美加はクーリングオフ制度について説明したが、購入したのは二週間前で、制度は適用できないとわかった。

とりあえず書類関係を見せてもらい、黒川には引き取ってもらった。

小橋はコピーした那須塩原の土地の謄本を広げた。作成年月日は昭和五十四年二月三日。那須町大字高久の地番。手書きだ。原本も茶色く変色していて、どこの土地を買ったのか判然としない。

「いまのご老人、四十年前に原野商法に引っかかった口じゃないかな」

「やっぱり、そう思いました？」

青木が小橋に訊いた。

「だって、イベちゃん、当時はいまの振り込め詐欺みたいに、えらく流行ってたんだぜ」

「原野商法ですか？」

美加は二人に問いかけた。

「まだ、ミカロンが生まれるずっと前だよ」青木が続ける。「人も入らない山奥の原っぱを分筆してさ。値上がりするからって言って、ひと坪何万円もふっかけて売りさばいた悪徳商法があったんだよ」

「新聞のチラシや雑誌の広告でばんばん宣伝してさ」小橋が言う。「小金のあるサラリーマンなんかも、ころっと騙されてさ」

「でも、四十年前ですよね？」

「ああ」

「それがどうしていまになって、持ち出されたりしたんでしょうか？」

小橋は青木の顔を見た。

ふと、野田拓人のタブレットの中にあったメモを思い出した。

〈GF　40年モノ　300　30年モノ　200〉

あの40年は、ひょっとしたら、黒川が引っかかったらしい原野商法に関係しているのだろうか。

「それは野沢エステートに訊けばわかるんじゃねえ」

青木がつぶやいた。

2

診察室の片づけをしていると、白衣のポケットから、ぴぃぴぃと耳障り(みみざわ)な音がした。

また故障かしら。

良枝はスマホを取り出して、解除ボタンを押した。半年前、みっちゃんに頼んで、アパートに防犯の仕掛けをつけてもらった。侵入者があると、センサーが感知して携帯とつながり、スマホに警告が入る仕組みになっている。みっちゃんのスマホにも、同じように知らせが入るようになっている。気がついたら、すぐにかけつけてね、とみっちゃんには言ってある。とても安上がりなシステムだったらしく、最近になって、機械の調子が悪くなったのか、よく、何でもないのに鳴り出すことが多くなった。でも、取り外してしまうには抵抗がある。

調剤室にいる映子が呼んでいる。

良枝が入ると、映子は、ぴちぴちのボディコンスーツに包まれた身体を伸ばし、薬品棚の一番高い棚に手を入れて、中をまさぐっていた。

「ブス……何とかって言うのぉ」

「ブスコパンね」

良枝が助け船をだすと、映子は何度もうなずいた。

自分もつま先だって、周りの棚を調べるが、手にかかるものはなかった。

「どうする、良枝さん？　坂井さん、待ってるよ」

映子は苦しげに言う。

良枝はとっさに診察券を見た。便秘になるといつもやってくる患者で、家はすぐ近くにある。

「吉野さんは？」

良枝は薬屋の名前を口にした。

「昨日、来たばかりじゃない」

「そうだ、そうだったね。わたし、あとで連絡してみる。坂井さんには、着き次第、届けるからって言っておいて」

うん、わかった、と言って映子はくるりと回り、椅子に座って、伝票をつけ始める。

良枝は薬屋に電話をかけ、なくなった薬を注文する。営業車で受けたらしく、吉崎は、在庫ありますから、これからすぐに届けますと言ってくれた。ほっとして、良枝は診察室に戻る。

もっと早く気がつかなくっちゃね。

良枝はぼんやりとみっちゃんの顔を思い浮かべた。昨日今日と、みっちゃんの食は細かった。どうしたというのだろう。調子は上向きだったのに。昨日の昼出した冷や麦も、ほんの一筋しか受けつけなかったし、夜は夜で、缶ビールを三本空けたかと思うと、それきり食べ物は口にしなかった。一昨日までは、恐いくらいの食欲だったのに。暑気あたりだろうと軽く見ていた自分がお粗末に思える。

良枝はカレンダーを見やる。十五日までお盆休みで、医院が開くのは金曜日の十六日からになる。

二階に上がってみると、案の定、布団の枕元には、栄養ドリンクが見つかった。みっちゃんは、窓を十センチほど開けて、ぼんやりと外を見ている。もう、作業服に着替えていた。

「きょうは夜勤でしょ?」

「ああ」

「お腹、すいてない?」

「ぜんぜん」

どことなく元気がない。

「どこか痛いの?」

みっちゃんは小さくうなずいて、また窓から外に目を向けた。

つい一時間前、良枝が作ってくれた塩ラーメンの味が、まだ満嘉の口に残っている。良枝は一度自分のアパートに戻り、着替えてから戻ってきた。途中でコンビニに寄ってきたらしく、丸々とふくらんだビニール袋を満嘉の膝に置き、自らハンドルを握って、プリウスを発進させた。久保の車だったが、ほとんど使ったためしがなくほとんど良枝の私物になっている。

ビニール袋からのぞくバナナに満嘉は食欲をそそられた。なりふり構わずその中の一本をもぎとり、嚙まずに飲みくだして、あっという間に二本平らげる。ビニール袋の中には、サンドイッチや握り飯、麦茶といったものが、無造作(むぞうさ)に詰めこまれていた。

「これからどうする?」

満嘉は訊いた。まだ時間がある。

「お盆で車も少ないし、パーティしようか、今夜は」良枝は答える。「東京湾、ぐるぐる回ってやるの」

「いいな、それは」

満嘉はコーラのペットボトルを取り出し、喉に流しこむ。

「もう、大丈夫？」

良枝が満嘉の横顔を心配げに見やる。

「ああ、いい」

満嘉は答え、ぼんやりと窓越しに映る夜の街を眺めた。背中の痛みは、注射一本で消え、とりあえず、こうして出てきたのは、上出来だったと満嘉は考えた。東矢口の交差点を南下し、多摩川に向かって車は走っている。

腹のあたりに血がかよい始めている。身体は温かかった。上半身をずらして、良枝の太股の上に頭をおく。良枝は何も言わない。頭を回し、短いスカートの奥に顔をうめた。白い下着に鼻先をあてて匂いを嗅ぐ。良枝の素足はひんやりとして気持ちがいい。舌を内腿にあてて、擦るようにして動かす。

汗と香水の匂いがごっちゃになって塩辛い。身体の奥の血が少しずつ、下半身に充満していくのを感じる。だが、何かが足りない。

みっちゃんってばあ。くすぐったいよ。

環八を抜ける頃、下半身の疼きはおさまりかけていた。

相変わらず、夜の風景は一枚紙にしか見えないが、多摩川の河口あたりから、かすかに聞こえる海の音は格別だった。窓を開けて、夜風を入れると火照った頬が氷をあてられたようになってくる。霧笛を鳴らす船のシルエットが頭に浮かび、その黒い影が沖に向かって移動していく。しかし、この土地の、底知れぬ明るさはどうだ。満嘉はまた、怒りをおぼえる。夏の日差しは目映いばかりだ。腰のある強い直射日光が燦々と降り注ぐ。

東京暮らしは馴染めなかったが、仕事だけはうまいことありつけた。病気を抱えた身で、気のおもむくまま、休みをとる従業員をとがめる者もいなかった。夜っぴて、機械の機嫌をうかがい、人っ子ひとりいない場所ですごすのは、気楽な作業だった。学生アルバイトがいるが、ふだんはろくに口もきかない。

瞼に浮かんでくるのは、自分が世話をしている機械だった。それも、満嘉には少しずつ見えなくなり、海草のようにゆらゆら揺れて闇にまぎれていく。椅子を倒して、身体を水平にする。窓を半分ほど閉め、風を身体に受けながら、じっと、それが降りてくるのを待った。

きょうはどんなところに現れるのか、どこへ連れていってくれるのか。小さな浮き島の存在を胸に感じ始める。しばらく目を閉じてじっとしていると、やがて子供専用の小さな診察台が見えてきた。両足を伸ばした息子の洋二が、そこに寝転がり、なだめるように医者が何事かをつぶやいている。その後ろから、満嘉はそっとのぞく。

今日はこんなか、と満嘉はつぶやく。

三歳になった頃か、いや、足を見れば、もう少し上かもしれない。

医者が容器からたっぷりと白いクリームを指にとり、洋二の手に近づける。

洋二はこわごわ、それを見ているが、医者の手が触れると顔をしかめた。頑張れや。それさえ、塗れば、お天道様の下でも平気で暮らせる。洋二は大声をあげて泣くので、医者はすぐ手を放した。残念そうな顔で満嘉にふりむき、また今度だな、と陽気に言う。

洋二、と満嘉は語気を強めるが、その目は満嘉を通り越して、母親を探しているのか、宙をさまよっている。

かあちゃんはおらん、何度言ったらわかる、こいつ……

腹に据えかねるものがあったが、それ以上きつく言うこともできない。

まわりにあるものが、洋二の姿とごっちゃになって、しまいに情景は遠のき、磯のにおいを鼻が感じ取った。

みっちゃん、みっちゃん、みっちゃん……

膝を叩く音がして、満嘉はふっと息をのんだ。良枝が身体を折り曲げて見ている。

みっちゃん、着いたよ。

満嘉はむっくりと起きあがり、外を見た。薄暗い風景の向こうに暑さで乾いた街がある。

良枝がそこにいることも忘れたふうに、挨拶もせず、満嘉はペットボトルを持ち、握り飯をポケットに入れて車から降りた。プリウスの尾灯が土ぼこりをあげて、街に向かって消えていく。

満嘉はじっと佇んでそれを見送る。車が見えなくなるまで、そうしていた。空を見上げる。

日中の排気ガスも消えてなくなり、満天の星たちが輝きを増している。この輝きの元は何だろうか。ついぞ、この歳になるまで見たことのない光沢で星々は光を放っている。満嘉は頭(こうべ)を垂れ、スロープを下りていく。

3

週明けは雨だった。お盆も終わり、神田の町はビジネスマンで溢(あふ)れかえっている。美加は傘(かさ)を広げ、神田駅南口の信号を渡って日銀通りを歩いた。雨のせいで、いくらかしのぎやすい。待ち合わせ場所にしている公証役場の前で、人なつこそうな顔をした男から声をかけられた。

「西尾さんでいらっしゃいますか？」

四十歳前後、丸顔で腹のあたりに少しぜい肉をたたえている。

「はい、井上さんでしょうか？」

「そうです。あいにくのお天気になりましたね。きょうは電車で？」

「はい」

「それはご苦労様です。ではご案内します」

井上のあとをついて、雨の中を歩く。

「もう、鑑定ができたのですか？」

「量的には足りたようですよ。詳しい話はのちほど」

「急がせてしまったようで、申し訳ありません」

多摩川の堤防にあった水仙を摘んで、神田にある香料会社に神村が持ち込んだのは先週の金曜日の晩。そのあと、休日とお盆が重なったにもかかわらず、分析してくれたようだ。

「いえ、神村さんのご依頼ですから」

しかし、肝心の神村は夏休みを取ってしまっている。

美加が警察に入る前、神村は香水に凝っていた。井上が勤める香料会社に、自分専用の香水を調合させていたらしい。それが縁で分析を依頼したのだ。

「昔は、かなりの量、それこそ、トラック一杯分のサンプルが必要でしたよ」井上が続ける。「でも近頃は機械の性能が上がって、ほんの一握りの花でも分析ができます」

「あの、どのような鑑定をするんでしょうか？」

神村はそこまで話してくれなかった。

「原産地を特定してほしいというご依頼でしたよ。神村さんとは十年来のお付き合いがありまして、喜んで協力させてもらいました。でも、これは……」と井上は一呼吸おいて続けた。「神村さんのご趣味ではなくて、犯罪にからんだものでしょう？」

どう答えてよいかわからず、美加は作り笑いを浮かべ、

「神村の趣味とお考えいただいたほうがよろしいかと思います」

それにしても原産地の特定などできるのだろうか。できたとしても、特定してなにか意味でもある？

「そうですか」井上はあいまいな笑みを浮かべた。「まあ、においの成分というのは、花を土から切りはなした時点で、どんどん失われていきますからね。今回、持ち込んでいただいた水仙は、鮮度の点で申し分ありませんでしたよ」

医療関係の卸(おろし)会社が集まる一角を歩き、井上が勤める香料会社の本社ビルの前を通り過ぎる。しばらく行って、倉庫のような建物の中に連れ込まれた。エレベーターで五階まで昇り、狭い廊下を進む。両側にガラス窓でしきられた部屋が二つ続いた。中では白衣を着

た男女が椅子に座り、作業をしている。部屋の壁には、香料や薬品がぎっしり詰まっていた。

「右側がフレーバーリストと言いましてね、食料品の調香をしています」井上がかわって左を指す。「それからこちらがパヒューマーになります。化粧品などの口に入れるもの以外の調香を扱う者たちの部屋です」

すべての人の動作が緩慢だ。

まるで、海底に降り立ったような気分になっていた。

「ずっと調香しているわけですか?」

「そうですよ。年がら年中、朝から晩までね、ああしています」井上はこともなげに言った。

調香室を過ぎ、突き当りに頑丈な鉄の扉が控えていた。鍵を開け、取っ手を回す。ここは機密扱いの部屋なのだろうかと美加は思った。

がらんとした部屋だった。塩素のにおいが鼻につく。化学の実験室のようだ。部屋の左隅に、白くて大きな薬品棚があり、その横に蛇口のついた流しがあった。そこにも、薬品容器が並び、フラスコやら試験管やらが無造作に散らばっている。白衣を着た男が部屋の中央にある椅子に座り、こちらを見ていた。

「あとはこちらに説明させますから。曾根くん、頼む」

井上は言い、部屋を出ていった。

椅子に腰かけていた白衣姿の男が立ち上がり、軽く会釈をした。まじめな公務員ふうの男だ。美加はよろしく頼みますと声をかけた。

「では、こちらへ」

曾根は美加に背を向け、すぐ後ろにある機械の前に案内した。

「こちらは液体ガスクロマトグラフ計になります」

小型冷蔵庫を横向きにしたほどの大きさで、二メートル横にも、同じ型の機械が設置されていた。そちらの方は、機械の上部に、三センチほどの三角の透明なプラスチックがついている。美加も科捜研で見かけたことのある機種だった。科捜研では、もっと大がかりでたくさんの機械が使われている。それに比べれば、ほかの実験用器材も貧弱なものだった。ステンレスの机の端に置かれたビーカーに花を咲かせた三本の水仙が入っている。

曾根は、機械を触りながら、「珍しいですね。夏に咲く水仙なんて」

と好奇心をふくらませた声で言った。

「ご無理をお願いしました」

曾根はすっと背筋を伸ばし、

「いえいえ、これに入れて分析しました。専門用語で恐縮ですが、連続水蒸気蒸留抽出法という手法をとりました。いただいた水仙をお湯で煮つめて、そこからにおいの成分だけを抽出してガスクロにかけ、成分分析をする。ガスクロというのはこの機械のことですが、要するに、においの素になっている成分を見つける機械だと思ってください」

美加はうなずいた。

曾根の座っていた席の横には、プリンターが置かれている。ここから、チャートが出力されるのだろうと美加は想像した。

「花の香りについては、どの程度お知りでしょうか？」と曾根。

「花には無縁で……すみません」

「あ、けっこうですよ。花の香りには、俗に三大花香と呼ばれているものがあります。ローズ、ミュゲ、ジャスミンの三つ。ミュゲ以外は、お聞きになったこともあるでしょう？」

「はい、あります」

「ですね。それに続くものとして、ライラック、ヒヤシンス、チュベローズ、バイオレット。水仙は、その後ろくらいでしょうかね。けっこう、重要な香りなんですよ。軽くはなく、かなり重いにおいの部類に入りますね」

「重い香り……」

「ええ、ほかのものと混ぜて使われることが多いですね」

美加は水仙のにおいを思い浮かべた。

「そう言われれば、たしかに重いような気がします」

「水仙は古くから香料の元として使われてきましてね。なかでもフサザキスイセン、クチベニズイセン、それからキズイセンの三つです。この三つの水仙の香りはほとんど解明されていましてね」

「持ち込んだものは日本水仙だと思うのですが」

「そうです。日本水仙です。こちらも、かなりつっこんだ研究がされていましてね。うちでも産地別に千葉、淡路島、新潟、越前、静岡と別々に分析したデータを持っています。それで、今朝、さっそく試してみました」

美加は気がはやった。

「特定できましたか？」

「その前に、ここに鼻をつけてみてください」

曾根はガスクロの上部についている透明なプラスチックのノズルに手を当てた。プラスチックの形は、人間の鼻がすっぽりと収まるようになっている。

美加はその中に鼻を入れた。甘いにおいがした。かなり濃い。かすかに、すえたにおいも混じっている。

「今、かいでもらったのは、ベンジルアセテート。酢酸ベンジルのことですが、何を感じましたか?」

「……ジャスミン?」

「そうなんですよ。似てるでしょ? 値段も安くて、石鹸や化粧品のベースでよく使われます。これが、二四パーセント。覚えておいてください。続いて、これをかいでもらいます」曾根はガスクロの注入口に透明な液体を注射器で一滴、慎重に垂らした。「さあ、どうぞ」

美加は同じようにノズルの部分に鼻を入れて、一息吸いこんだ。今度も甘い香りだったがさほど強くはない。さらに強く吸ってみる。すると、鼻孔に強い刺激臭を感じたので、ノズルからあわてて鼻を出した。

「天然原料からの抽出ですから、少し強かったかな」曾根はイタズラっぽい笑みを浮かべた。「いまのがリナロールです。スズランの香りですけどね。これも広く果物とかチョコといった食料品類に使われてます。これがだいたい六パーセントです。じつを言いますとね、わたしはこの水仙のにおいを嗅いだときに、ピンと来たんです」

「原産地ですか……？」

曾根はうなずいた。「こちらにお座りください。チャートをお見せしますから」

美加が席に着くと、曾根は一枚のチャートと成分表を机に置いた。

小さな長い紙に、それぞれのにおいを染みこませたサンプルが用意されている。紙には鉛筆でにおいの名前が記されていた。チャートは美加もよく見るガスクロマトグラフだった。微物の成分分析で、よく科捜研が作成しているのだ。

チャートには、長い針のような突起が十以上はあった。その針の長さは一定で、その間に中小織り交ぜて、細かな突起が現れている。突起の上に書き込まれた数字は成分表に記された成分の番号を表しており、それぞれの成分の横には含有量が示されていた。

左から四つめの長い針を曾根は指さした。「これが、最初にかいでもらった酢酸ベンジル。最も多く含まれている成分ですから、チャートにもはっきりと出ます。それから」曾根は、すぐ左の突起を指さした。「これがリナロール。こちらも、はっきり出ていますよね」

「この数字が含有量になるわけですね？」

美加はサンプルに鼻をあてながら、確認のために訊いた。

「そうです」と曾根は長い突起を順に指さし、香気成分を次々に口にしていった。「トランシス・β−オシメン、これが四・六パーセント。これは、あまり一般的ではないから、次に、ベンジルアルコール、これも多くて二一パーセント。これは強烈なやつも入っています。汚い話ですが、糞のにおいです。これが六・三パーセント。これらが主な成分です。そして、含有量は多くないのですが、注意しなければならないものがいくつか含まれている。例えば、これ」と曾根はすぐ左にある小さな突起を指さした。「γ−ドデカラクトン、これはちょうど今の季節、あちこちで咲いている金木犀(きんもくせい)の甘い香りの素です。これがコンマ五パーセント。それから、サリチル酸ベンジルがコンマ一七パーセント。同じく少量のヘプチルアルデヒドやオクチルアルデヒドなどの低級アルデヒドの存在。これらが、最終的な決め手になりました。やはり、持ち込まれた日本水仙は越前産のものと同じです」

「越前?」

「正確に言えば、福井県の越前岬近辺でとれた水仙と似ています」

「福井の越前岬ですか……」

「間違いないと思います。越前でとれた水仙は、ひときわ強い芳香があります。チャートにも現れていますけどね。さっき言った特有の成分が入っていますから、ほぼ越前岬産のものと言えます」

美加は頭の中で福井県のあたりの地図を思い浮かべた。能登(のと)半島の手前、琵琶湖(びわこ)の上のあたり――。

「越前岬産といいますと、あのあたり一帯からのものですか？」

「越前岬には水仙の自生地がたくさんありますからね。岬を中心にして南北に十数キロの範囲で群生しています。もう何年か前になりますが、地元の農協にお願いしてサンプルを送ってもらいました」

「越前の水仙が咲くのはいつ頃になりますか？」

「十二月初旬から二月の終わり、場合によっては三月ぐらいまででしょう。とにかく、真冬です」

「ですよね……夏に咲くものはありませんか？」

「自然界ではあり得ません。今回、神村さんが持ち込まれていて、びっくりしました」

「やっぱり、そうですよね。ちなみに、自生地というと、自然に咲いているということですか？」

「農家の方が手入れしているところと自然に咲いているところがあるようです。私たちは適当にそのあたりのやつをひっこ抜いてきましたから、よくわかりませんが。とにかく、見事なものです」

曾根はチャートと成分表を美加に寄越した。「こんなものでよろしければ、お持ちください。それから、サンプルも」

美加は成分表を見た。全部で六十六種類の成分が同定されている。酢酸ベンジルやらベンジルアルコールなどの主成分以外は、ほとんどはコンマ以下の数値。これらが複雑に合わさって、あの日本水仙特有のにおいを造っているのだろう。そのことを曾根にきいてみた。

「この配列と組成が違えば、水仙のにおいはこの世から存在しなくなります。この配列はそれぞれの生きものたちの遺伝子に蓄えられて、代々受け継がれていきます。このバランスは神秘そのものですね」

やや、興奮した曾根の口調とは別に、美加はさめていく自分を感じた。越前産と似ているとわかっても、それだけでは意味をなさない。そこに咲く水仙であるとわかっても、それから先、何をどう調べればよいのか。しかも、冬ではなく夏に咲いているのだ。見当もつかない話だ。美加は水仙の産地をさらに特定できないかときいてみたが、曾根はあくまで越前岬産のものと似ているだけであり、それから先は、まったくわからないと言った。

そのとき、スマホが震えた。神村からだった。

香料会社の結果について訊かれたので、越前産でしたと答えた。

「越前か……」

「どうかしましたか？」

「わかった。行くぞ」

「越前に？」

「明日の朝イチだ」

「あ、お天気が……」

電話はあっけなく切れてしまった。

明日も東京は雨だ。福井県はどうなのだろう。

いや、そもそも越前は水仙の一大産地。そんなところに行って、何をする気なのか。

4

伊吹山が右手奥に見えてくる。午後二時。八合目から上は霧に隠れて見えない。アクセルを半分ほど押し込み、スピードは百二十キロ。雲が厚く、風景は色を失いかけていた。渋滞になりかかり、前を走る車のテールランプが提灯のように灯り始める。

もう夜か、などと後部座席から声が上がり、神村が目をさました。

「まだ関ヶ原ですよ」

「しょんべん行きてえ」

セクハラぎりぎりの発言。先生でなければ厳重注意だ。

「さっき養老インターで停まりましたが、起こしませんでした。次のサービスエリアまで我慢してください」

「どこ？　次は」

「知りません」

「出たとこ勝負か」神村は伸びをしながら言った。「まあいいや。どうせ西尾は夏休みを取っていなかったんだから」

まるで、旅行にでも出かけるような気分らしく、神村はロイヤルブルーのシャツに白のダメージデニム。すっかり、リゾート気分を漂わせている。

今朝方、倉持刑事課長と出張に出る出ないで一悶着あった。門奈署長の鶴の一声で、福井行きが決まったのだ。美加はチャコールのストレッチパンツにブラウンのサマーニットを羽織るのがせいぜいだった。

関ヶ原を過ぎ、霧は晴れてきた。米原ジャンクションから、北陸自動車道に入る。神田パーキングエリアを通過した。

「あっ、トイレ」と神村が言ったが遅かった。

長浜郊外の田圃の中を北上する。天候は回復してきた。

「越前海岸は水仙の群生地だそうですけど、この季節に行っても、水仙は見られませんよね？」

「当然だ」

神村は悠然と言い放った。

今回の出張は、神村が言うように、単なる旅行と割り切るほうがいい。連続して起きた〝殺人事件〟の現場に水仙の花粉が落ちていたというだけのことなのだ。事件解決につながる手がかりなどあるはずがない。

「西尾、楽しくなさそうだな。不満でもあるのか？」

「あ、いえ……多摩川堤防の水仙ですけど、春化処理された球根を誰かが植えたんじゃないかって思います」

「そうだろうな」

あっさり言われ、美加はルームミラー越しに神村の顔を一瞥する。

「その植えた人が今度の事件に関係しているのでしょうか？」

「さあな」

ますます、美加は拍子抜けした。

「近ごろは園芸が盛んだし、勝手に堤防にいろんな花を植える人だっています。夏に水仙を咲かせて、びっくりさせてやろうっていう人がいてもおかしくないと思いませんか?」

「いたって、犯罪じゃないぞ」

「それはそうですけど」

「何かのサインじゃねーか」

「サイン?」

「殺るほうと殺られるほうにしかわからねぇ符丁」

「うーん」

「それより、野沢エステートのからみで、原野商法について少しはわかったのか?」

「そっちは小橋さんと青木さんにまかせています」

「そうかそうか」

むしろ、そちらの捜査を優先させるべきではないのか。

賤ケ岳サービスエリアで休憩を取る。

神村が外に出ているあいだに、地図を広げて、行く先の確認をしておく。

戻ってきた神村を乗せて出発する。

敦賀インターで下りた。敦賀バイパスに乗り、海岸沿いを北にむかう。海は、強い東風にあおられて、白波が立っている。海水浴場や小さな漁港を通過する。国道とはいえ、道は狭まるばかりだ。漁港近くになると、左右の家々が密になり道路に迫り出してくる。

神村はスマホで地図と首っ引きだった。

カーナビが示している現在位置は敦賀の北、越前町河野。越前岬の突端まで残すところ二十五キロあまり。道の前方に、低い山並みが海に迫り出してきた。

「あれが越前海岸じゃないでしょうか？」

美加が声をかけると、神村が前方を睨んだ。

「そうだな、あそこだ」

漁港を過ぎ、海岸沿いの道を走る。神村に命じられ、道路が拡幅された左手にある広い駐車場に車を入れた。海側に大きな倉庫のような建物が立っている。

「農協だ」

神村はそう言うと、車を降りた。

美加は車のボンネットを開け、しなびた水仙がつまったクーラーボックスをとりだして肩にかついだ。

「涼しいですね」

天気のせいもあるが、東京よりすごしやすい気候に感じる。

神村は建物の一階の戸を開けた。二十坪ほどの事務所で左手にカウンターがあり、右半分は使われていない。越前そばや和紙といった地元物産品のパンフレットや観光案内図がカウンターに並べられている。

若い女が台帳を広げて書きものをしていた。その後ろに座っている中年の男がこちらを見た。

「夏に咲く水仙ってありますか？」

いきなり神村が声をかけたので、男はあっけにとられた。

「あの、このあたりの水仙は、いつ頃咲きますか？」

と美加は横から声をかけた。

わけのわからない顔でカウンターに来た男に、美加は警察手帳を見せた。

男は戸惑（とまど）いを隠せず、「まあ、十二月初めから三月くらいまででしょうかね」と言いながら首をかしげた。

「それは自生する水仙ですね」

「栽培ものも基本的には同じですけど」

「越前水仙はどのあたりに咲くんでしょうか？」

改めて訊くと、男は地図の載ったパンフレットを広げて見せた。

「えーと、この先、越前岬から越廼にかけて、海辺の急勾配の斜面びっしりと自生水仙が咲きます。冬の風物詩ですね」

男は地図を指でなぞった。くの字形に突き出た越前岬があり、その少し上まで指をずらす。

「市場に出荷されるのは、そこの水仙ですか？」

「そうですね。生産している農家のものになりますが」男は美加と神村を見た。「実際に商品にするとなると、手入れがいりますからね」

「なるほど」神村が口を開いた。「で、その水仙を栽培する農家はどのあたりにあります？」

「自生水仙が咲くところと、だいたい同じです。海岸から山に引っ込んだあたりが多いかな」

「水仙を栽培する農家の数は？」

「百二十戸くらいかな。ボランティアも参加するようになって、最近ではずっと離れた平坦地の畑やビニールハウスで栽培するようになりました。おかげで、切り花の出荷も一時期、落ち込んでいたけど、ぐんと伸びましたよ」

「出荷時期は冬ですよね」美加が念押しする。

「自生水仙の咲く時期と同じですよ。つぼみの咲くのが十一月下旬、出荷のピークは、十二月後半から二月の終わりまでです。ほとんど生け花用ですね」

「自生する水仙が出荷できない理由は何でしょうか?」

「形が揃っていないからですよ。出荷には我々も苦労しています。目揃い会を作って、出荷規格を統一させたりして。年々審査が厳しくなるって、農家の方々から不評をかうときもありますけど」

「めぞろい会?」

「越前水仙として、統一された品を供給するための品評会です。ブランド化が大事ですからね。出荷直前の十一月に開催されるんですけど。最近では、ネットで購入するお客さんが増えて、品質が揃っていないと見向きもされなくなってしまいますから」

「厳しいですね」

「ええ。農家の方々には規格を厳密に守ってもらっています」

「出荷先はどこになりますかね?」

「関西がほとんどです。残りが東京、京都、名古屋というところかな」

「東京は多いんですか?」

「水仙は花持ちする時間が短いから、どうしても近場の関西中心になりますね。東京方面は全体の一割程度じゃないかな」

　美加はクーラーボックスをカウンターに上げて、中身を見せた。

「こちら、どこの水仙かおわかりになりますか？」

　男は珍しげにしなびた水仙を手に取り、花弁に鼻を近づけた。しばらくにおいを嗅いでから、美加を見た。

「越前水仙？」

　神村と顔を見合わせた。

「さすがに、よくおわかりだ」神村が言った。「じつはこれ、つい先週、東京の蒲田の多摩川の堤防に咲いていたものです」

　男はあんぐりと口を開けた。

「多摩川ですか……」

「この時期に越前水仙が咲いていたのが、どうもわからなくてね」

「それでこちらに来たんですか？」男は頭を掻いた。「まあ、球根をいじれば咲くと思うけど」

「春化処理ですね？」

「ああ、そうです。でも、越前水仙が東京で咲いていたとしても不思議じゃないな」

「ちょっと前まで越前水仙の球根は門外不出だったんですよ。専業農家の方が出さなかったんですね。でも栽培地が増えて、最近じゃ球根を一個百円くらいで売るようになりましたから」

「どうしてですか？」

男は球根が写ったパンフレットを見せてくれた。

越前水仙の球根を容易に入手できることがわかり、美加は落胆した。やはり、わざわざ越前まで来る必要もなかったようだ。

「こちらでは夏に咲く水仙というのはないんですね？」

神村が尋ねると、男は目を丸くした。

「ないと思いますよ」

「こちら以外に、水仙の出荷を扱っているところはありますか？」

男は地図に指を当てた。「もう少し先に行くと、農協の支所があるから、そこで訊けばいいんじゃないですか」

場所を教えてもらう。

「ありがとう」

さっさと神村は事務所をあとにした。

5

国道を北へ上る。全開にした窓から、塩辛い風が車内を吹き抜ける。緩いカーブを曲がり、路地のような国道を走り抜ける。小型漁船の船泊(ふなどま)りが目につく。甲楽城(かぶらき)を過ぎると、家並みが途切(とぎ)れた。急傾斜の山が道路に沿って続く。日が差してきた。

ところどころ、岩の下をくり貫(ぬ)いたトンネルがあった。トンネルの海側に穴が開いていて、外が見える造りになっている。いくつかそうしたトンネルを過ぎると、道は真っ直ぐ海岸に沿って続くようになった。小さな漁港を通り過ぎる。真っ青な海が左手に広がった。右に迫り出した急斜面に、雑草のような草が一面に生えている。

「あのあたりに自生水仙が咲くんでしょうか」

美加は斜面を見て言った。

生えそろった緑の草々は風で揺れている。

「そうだ。このあたりだ」

「越前海岸の突先になりますね」

あたりは大きな岩だらけの海岸になった。トンネルがいくつも掘り抜かれている。呼(こ)

鳥門(ちょうもん)トンネルの中に入った。長いトンネルを抜けると、ふたたび海岸沿いの道になった。

また、岩でできたトンネルを通り越す。カーブが連続する一帯をすぎ、しばらく走ると、町の一画に入った。道路の分岐点で幅広い新道を選ぶ。

海岸沿いの広々とした道路を走った。左手に大きな漁港が開けている。

「西尾、そろそろだぞ」

「はい」

目印になる旅館を見つけて、右手に取った。旧道とつながる角に二階建ての小ぎれいなビルがあった。ＪＡ越前丹生(にゅう)越廼支店の看板が付いている。教えられたところだ。

車を駐車場に入れ、支所に入った。銀行業務のオフィスで身分を明かし用向きを話すと、壁で仕切られた右手の部屋に案内された。

農業専用の事務所らしく、農機具などのパンフレット類がカウンターに飾られている。五十前後の大柄な男が応対に出た。支所長の金子(かねこ)と自己紹介した。美加は身分を告げ、カウンター越しに、前の農協と同じ質問を繰り出した。

意外なことに、金子は『夏に咲く水仙』という言葉に驚いてはいない様子だった。

「まあ、水仙は冬のものには違いないけどよ」

と金子は言った。

「夏には出荷しないですよね？」

神村が訊く。

「夏？」と言い、金子はふたりの顔をのぞきこんだ。「良いものは、やっぱり冬だわな。えのよんみたいなものはな」

「えのよん？」

美加は訊き返した。

金子は居ずまいを正した。「えのよんというのは、等級のことでさ。このあたりで作っている日本水仙を出荷するときの種別になるんだよ」

美加は神村と顔を合わせた。

金子はカウンターから出て、通路の奥に誘った。

そこは倉庫になっていた。きれいに片づけられていて、奥に四角い木箱が積み重ねられている。その木箱に立てかけられている小さな黒板のようなものを金子は持ってきた。板には二カ所に黄色いテープで線が入っている。うっすらとほこりをかぶった板の上に、金子は指で〝えの４〟となぞった。

「こう書きますよ。越前水仙の規格は、『え』『ち』『ぜ』『ん』の四つある」金子は言葉を区切るようにして言った。「ランクで言うと『え』が一番よくてね。その中でも、四枚の葉のあるやつは、『えの4』といって、最高級品扱いなんですわ」

金子は黒板に手を当てた。「収穫した水仙をこの板にあてて、背丈を調べるわけです。茎から花びらまでが、ちょうどこの上の方の黄色い線にぴたりと合えば、『えの4』と呼ばれる資格があるわけさ」

「厳しいですね」神村は言った。

「水仙はね、主に生け花に使われますから。いちばん出るのは正月です」金子はじろりとこちらを見た。「……大事なことは、ただ、花が咲いてりゃいいってもんじゃない。一つの茎に、四枚の葉がついていて、しかも、長けりゃ長いほどいい。中途半端に四枚あってもだめ。花が枝分かれするところより、葉は上に伸びているのがいい。四枚ともね。その四枚のうち、一枚でも欠けていれば、ただの『え』になっちまう。値段もぐっと落ちますよ。それから、根元のあたりはハカマといいますが、ここは固い方がいい。剣山の針がささるからね」

美加は少しばかり興奮を覚えた。八潮組の宇佐見組長は、犯人とおぼしい人物を〝えのよん〟と呼んでいた節があるのだ。この付近で栽培される越前水仙と関係がないとは言い切れない。いや、きっとある……。

犯人を含めた事件関係者が、ここに水仙の買いつけに来たと考えればどうだろう。球根も同時に買い求めた。農協を通さずに東京で販路を広げるため、大量に地元で買い付けた、などとは考えられないか。

はやる心をおさえて、「このあたりの農家は、その最高級品を作っている訳ですか？」と美加は訊いた。

「そう言っていいですね。えの４は簡単にはできませんから」

美加は宇佐見と野田の顔写真を金子に見せた。

金子はしばらく眺めてから、見たことありませんと写真を返した。

落胆したものの、美加は質問を重ねた。

「えの４を栽培している農家はどこですか？」

「蛭ケ平（ひるがだいら）ですよ」

金子はこともなげに言った。

「ひるがだいら？」

「ここから少し南へいったところです。ちょっと、山の中に入ったところにある集落」

「そこしかありませんか？」

金子は深くうなずいた。「あの村から出てくる水仙は、粒ぞろいの『えの４』です」

「その村の水仙栽培農家は何軒ありますか？」

「四、五軒じゃないかな」

しめたと思った。大きな手がかりになるではないか。

黒板をデジカメで撮影し、礼を言って農協を出た。

十分ほど元来た国道を戻り、呼鳥門トンネルを過ぎる。百メートルほどいくと左手に山にわけいる道があった。美加は車を大回りさせて、その道に車を入れた。急峻な崖下に造られた道だった。新しく舗装されていて、道路幅はけっこうある。

「これから行く村の水仙栽培農家を訪ねれば、きっと何かありますよね」

美加は期待で胸をふくらませて言った。

「そう簡単にいくかな」

神村は慎重そうだ。

百メートルほど一気に登り、急傾斜の断崖の中間にまできた。少し先に灯台が見える。あたりは急勾配の棚田が続いている。稲は植えられておらず、雑草が茂っている。冬になれば、このあたりは水仙で埋め尽くされるはずだが、いまは想像もできない。

道は平坦になった。右に大きくカーブし、切り通しの坂を登る。眼下に海がひろがり、そこにむかって、幾つかの尾根がみえる。段丘のとぎれているあたりから山は黒い岩肌をさらし、海に落ちこんで、そこに白い波が寄せている。

道は蛇行し始めた。左右に斜面が迫る山道が続く。山の中腹を回った。海から離れ、山中に入っていく。城壁のようなものが目にとまった。再び切り通しを過ぎ、新しい山に入る。道のすぐ脇から、深い谷が下手に広がっている。平坦な道が続き、またさきほどの壁のようなものが見えた。蔵らしきものがあり、それに連なるように、土壁に囲まれた村が見えた。村の背後に小高い山が迫っている。「あれがそうでしょうか」

美加が言った。

「蛭ヶ平か……」

神村は言った。

車を停めて、その集落を眺めた。

村外れに、山を背にして大きなタンクのようなものがある。山はコンクリートが吹き付けられた崖でおおわれ、頂上近くに赤い小さな祠が建っている。いびつな形をした山だ。村を囲む土壁は二メートルちかい高さがあり、その上を忍者返しのような瓦が走っている。所々に亀裂が入り、もろそうだった。車を発進させる。

村に近づくにつれ、道は下りになっていく。エンジンを切ると、山鳥の鳴き声が耳に届いた。風が頭の上で巻いている。不吉な印象を持った。

陽はかたむきかけている。山肌は薄紫色に染まり、赤く滲んだ空に浮かぶ雲は、海に向かって流れている。村はひとけがなく、海底に眠るように静かだった。走ってきた右側に目を転じると、山が左右から迫り出し、そのあいだから、逆三角形に海が切り取られていた。

「門がありますね」

美加が言った。

古びた山門のようなものがすぐ前に立ちはだかっている。

美加は車から降りた。神村も同様に静かにドアを閉める。

山門は閉じられた形跡がなく、門を抜けるとすぐ坂道になっていた。

滝壺に落ちる水のような音が右から聞こえ、勾配(こうばい)が緩くなる。一メートルほどの幅で水が躍り出て、そこから小さな川になり、下に向かって落ちていった。

石畳の道になった。土塀の脇を進む。人影はない。夏にもかかわらず、ひんやりとした冷たい空気が流れている。土塀の内側にも、一段低くなった塀があり、道は二手に分かれている。ずんどうな二階家が道を挟んで連なっている。

美加は塀に沿って歩きだした。壁は土壁ではなく、板塀になっている。五軒ほど家が続き、十字路に出た。各戸を当たるにしても、かなりある。ここで聞き込みをして、とりあってくれるだろうか。

　村全体の雰囲気が気になっていた。さっぱり、人の姿を見かけない。ガラス戸を通して、さりげなく家の中を見ようとしても、玄関が二重扉になっているため、様子がわからない。集落の外れまできて、外壁は途切れた。下ったところに野菜の菜園があり、野良着をまとった高齢の女性がネギを収穫していた。村に入ってはじめて見る人だった。声をかけてみるが、振り向きもしなかった。

　作業着を着た女性が道の向こうから現れた。六十前後だろうか。つばの広い布製の帽子をかぶり、腕に黒い手甲を付けている。すれ違いざま、調子を合わせるかのように、軽く頭を下げてきた。仕草が自然で、よそ者に対する警戒心は窺われない。やはり、ここはごくありふれた山村なのだと見送りながら美加は思った。

　十字路の角に、『蛭ヶ平水仙集出荷施設』という看板の掲げられた二階建ての倉庫があった。神村は遠慮なく、戸を開けて中に入っていく。美加も続いた。

　夥しい数の木箱が積み重ねられている。さきほど訪れた農協でも見かけた箱で、水仙を出荷する際に使うものとわかった。すえた薬のようなにおいがする。裏口で箱を水洗いしているふたりの女がいた。

　神村が、これから、農作業に行くのですかと声をかけた。

「農作業には違いないわね」

女たちは顔を見合わせて言った。ふたりの持つ雰囲気は嫁と姑を感じさせた。

「水仙の出荷の準備をするんですよ、これから」若い女が言った。

「こんな時期からやるんですか？」

「出荷用の傷んだ箱を修理したり、肥料をまいたり」

年配の女が言った。

「そうなんですね……ここの水仙はいつ頃咲きますか？」

「いつもの年なら十一月の終わりには、ぼちぼち咲き始めますけど、今年の夏は暑いから。十二月に入らないと咲かないかもしれないわね」

通常の水仙を栽培しているようだ。

「水仙栽培は大変でしょうね」

「うん。雑草取りは大変だし、掘りおこしもしてやらんと、球根がだめになってしまうし。でも、ほかにはとくに世話しなくても、ちゃんと花が咲くから」

「おたくさんらは専業農家ですかね？」

「専業は、ほとんどないねえ、この村は。皆、よそに働きに出てるよ。水仙だけじゃとてもやっていけないから。あんたら、何の用があるか知らないけど、男衆はまだ戻ってくる時間じゃないよ。七時過ぎにならないとね」

ふたりは互いの顔を見ながら、くすくす笑った。

「農協でこの村が一番良い『えの4』っていう水仙を出荷しているって聞いたんですよ」

神村がくだけた調子で言った。「その球根を少し分けてもらえないかなと思って来たんだけどね。売ってくれるような家は知らないですか？」

とりあえず、警察の身分は伏せたほうがいいと神村は判断したようだ。

「球根を？」若い女が額に皺を寄せた。

「ああ」

「それなら、京阪ガスのところかしらね」女は道の先を指さした。

神村は笑みを浮かべて、「教えてくださいよ、そこ」と言った。

ふたりはうなずき、若い女が詳しく道を教えてくれた。球根を栽培するビニールハウスのようなものが裏山にあるらしかった。

「球根ねえ」ふたりの女は物好きなものだ、と言わんばかりに流し目をくれて、作業に戻った。

家並みのとぎれるところまで来た。つきあたりは山の斜面が迫っており、道はそこから左に巻き上がるようにして、先は見えない。

神村と肩を並べて、山の斜面に向かって歩いた。広い道に出た。道はすぐ先で行き止まりになっているらしく、コンクリートが吹き付けられた斜面の手前に鉄柵で囲まれたエリアがあった。縦長の大きな燃料タンクのようなものが見えてきた。まわりに貨物車のコンテナほどの大きさの小屋が三つ並んでいる。それらとタンクのあいだに無数の配管がはい回り、大小様々な機械が隙間なく配置されていた。タンクにはLNGと刻印され、そこから、特殊なアームが伸びて、最下部にあるジョイントにつながっている。管はそこから、枝分かれしてクリーム色のコンテナの中に引き込まれている。タンクにはNUKAと黒ペンキで殴(なぐ)り書きされていた。

何の施設なのか見当もつかず、とりあえず写真を撮ってそこを離れた。

山裾に斜面に続く小さな道を見つけた。

「さっきのは、発電施設のようなものかもしれんな」

神村は道の途中から、土中を通って突き抜けている黒い送電線を見つけて指さした。それは、道に沿って上に延びている。その脇を注意深く登った。

三分ほど歩いて息が上がった。

頂上かと思って着いたところは、コンクリートの吹き付け部分のすぐ上に来ていただけのことだった。近くに鳥居(とりい)があり、その奥に小さな稲荷が奉られている。海を渡ってくる風の音がきこえた。そこから硬い岩の続く一帯を登り、とがった山の頂上に立った。村を見渡すことができる。

道に沿って民家が寄り集まり、民家の途切れたあたりから藪が西に続いていた。かなり広い。それを見ている神村がしきりとうなずいている。

何か気がついたことでもあるのだろうか。

神村が反対側に体を向けたので、美加もそちらを振り返った。

海辺に向かって、なだらかな斜面が続いている。そこに、透明な三角屋根がびっしり張りついていた。

「温室かな」

神村が言った。

三角の梁(はり)はどれもしっかりと支柱で固定され、厚いビニールをかぶせられている。中に見える黒いものは、土に違いない。長さ二十メートル、幅三メートルほどの温室が二組となって、五メートルおきに、海際の断崖まで続いている。数は少なくとも二十以上ある。それらの中にあるものといえば、やはり水仙を考えるのが道理だった。神村は真下にある温室の際(きわ)に飛び降りた。

美加も同じように飛んだ。土は柔らかく、くるぶしまではまりこんでしまい、靴の中まで土が入ってきた。温室の入り口に取りつき、プラスチック製のドアを開けた。

中は冷えきっていた。ブーンという機械音がひびいている。入り口のすぐ脇に、業務用エアコンがそなえつけられていた。音は外にある室外機の音だろう。赤いランプのついているエアコンに手をかざしてみると、冷たい空気が流れていた。パネルにある液晶数字の『6』は、温度を意味しているのだろう。

「よく冷えている」

美加は言った。白い息が出たのには驚いた。

神村は黒土の畝の中に手を突っこみ、しきりに動かしている。土をほりかえした後、それをかきだした。小さな球根を手にしている。そのうちの一つを顔近くに持ってきて、こいつ、水仙の球根だなとつぶやいた。

美加は神村から球根を受け取った。水仙の球根だ。温室からいったん、外に出て後ろに回りこんでみた。エアコンのモーターが設置されているあたりを調べ、外壁にとめられているリード線を見つけた。

線はそのまま下に伸び、いったん土の中に隠れて、ふたたび土中から出て、そこに立つ電柱にはいあがり、その先で送電線と結ばれている。下の発電施設らしきものから伸びている送電線があったが、それは途中で切断されて、死んだ蛇の頭みたいに、土手からだらりと吊り下がっていた。

「春化処理の施設だぞ」神村が背後で言った。「低温倉庫に二カ月ほど入れて、そのあと、土にうめれば季節外れの花が咲く」

「はい……」

施設の写真を撮る。

崖の下に黄金色に光る海が広がっていた。対岸の雲はなくなり、イカ釣り船が二艘（そう）、白波をたてて陽の沈むあたりの海面を目指している。船は小さすぎて、藍色（あいいろ）の海に航跡すら残すことができない。

布のようにないだ海の彼方の水平線は、ぼんやりと薄紅（うすくれない）に染まり、灰汁（あく）をまぶしたような空へ溶けこんでいる。その色も見ている間に小豆色（あずきいろ）に変わり、しまいに黒っぽく色あせていった。

6

暮れかけた山道を下り、村に戻った。村はずれでようやく軽トラックと出くわした。運転席にいる初老の男に温室について尋ねると、やはり越前水仙の球根の春化施設だと教えられた。

「かなりの規模ですけど、この村が共同でやってるんですか？」

神村が続けて訊いた。

「やぁー、違う違う、京阪ガスだよ」

「あの大手の？」

「ああ、設備からなにからぜんぶ。水仙の球根は京阪ガスの敦賀支社に送られて、そこから大阪方面に出荷しているよ。農家向けが大半らしいけどさ」

「ガス会社が水仙の球根を作るんですか？」

「ああ、燃料電池とかいう実験プラントだよ」

「燃料電池？　山の下にある縦長のタンクの施設でしょうか？」

「それそれ」

「五、六年ほど前かな。京阪ガスが敦賀に大規模な天然ガス基地を作ろうとしたけど、地元で反対されてぽしゃったんだよ。そっちがだめになったんで、じゃあこのあたりの海に洋上基地を作ろうという話が持ち上がってさ。それを進めるために会社持ちで作った設備だよ。ゆくゆくは村の電気をぜんぶ賄って、通年で水仙を見られる施設も建設しようとかいう話だけどさ」

「地元対策も兼ねてですね？」

「雇用も増えるしな」

「なるほど。燃料電池というと天然ガスを使って、発電するわけですか?」

「そうだよ。いまは発電を中止してる」

送電線が途中で途切れているのは、そのためのようだ。

水仙の栽培をする農家について尋ねたが、どこも兼業農家だという答えだった。

軽トラックは走り去っていった。

「先生、あの燃料電池の設備って、家庭に引かれた都市ガスで電気を作る燃料電池と同じものですか?」

近ごろでは、エネファームと呼ばれて、そこそこに普及しているはずだ。環境にもやさしく、電気を作りながら給湯もできる。

「基本的には同じはずだ。ただしここのやつは、都市ガスの代わりに天然ガスを使ってる」

「天然ガスから水素を取り出すわけですね……でも、どうやって電気を作るんだろう」

イメージが浮かばない。

神村はメモ帳を広げ、ボールペンで+と−を離れた場所に書いた。

「まずプラス極に酸素を送りこむ。まあ、空気だな。マイナス極には、天然ガスから取りだした水素を送る。極の触媒作用によって、水素イオンと酸素イオンができる。このときに電気が生まれる仕組みだ」

そう言われても、なかなかイメージが湧かない。

察した神村が助け船を出した。

「水の電気分解わかるな？　水に直流電気を通すと、マイナス極から水素、プラス極からは酸素がでてくる」

「それくらいなら……」

「だから、その逆をしてやればどうなる？」

「逆っていうと？」

神村が笑みを浮かべて言った。「手っ取り早く言えば、水の電気分解の逆をやれば電気が発生する」

ようやくわかりかけてきた。

「水素と酸素さえ供給してやれば、クリーンな電気エネルギーを作ることができるわけですね」

火を燃やしたり、発電機を回したりする必要がないのだ。

「そうだ。天然ガスの主成分はメタンガスだしな。改質器を通せば、硫黄酸化物も出ない。

天然ガスは石油の倍以上の埋蔵量があるし、地球温暖化の原因になる炭酸ガスの排出量も小さい。埋蔵されている地域は世界中に分散しているから、物騒な中東詣でにたよらないでもすむ」

「それがあの縦長のタンクにつまってるわけですか」美加は言った。「水仙の球根を作るために」

神村がうなずいた。「年がら年中、水仙を咲かせたいと思っている連中は案外多いんじゃないか。ガス会社にしたって、観光施設にでも格上げして、地元のウケを良くしたいというのが本音かもしれんけどな」

「年中、水仙が咲いている山里。しかも、それを支える電気は無公害。宣伝効果としては抜群ですね」

「ああ」

そうした理解を得ながら、洋上の天然ガス基地建設につなげたいのだろう。

エンジン式の草刈り機が唸りだしたので、神村は村を囲む土塀を回り込んで、音のする方角に足を向けた。

少し傾斜のついた平たい土地の奥に、軽トラックが停まり、先ほどの初老の男が草刈りを始めていた。

山の上から見えた藪のところだ。奥に行くにしたがい、木や雑草が生い茂っている。

神村が男に近づいて、「手伝いますか」と声をかけた。

男は耳に入らないらしく、作業を続ける。

「ここに水仙の咲く施設を作るんですか？」

男はスイッチを切り、迷惑げに神村を振り返った。

「どうかな。できるとしたら家かな」

ぶっきらぼうに言う。

「家？　何十棟もできますね？　どなたが建てるんですか？」

「決まっちゃいないよ」

「建て売りの住宅地として整地するんですか？」

「見栄えが悪いから、刈ってるまでのことだよ」

村に住んでいて、性分からそうしているようだ。

「大きな土地で大変ですね」

「おれのもんじゃないよ。半分くらいは松原（まつばら）先生のものだし」

「その方は村の人ですか？」

「いや、越前町の医者」

「越前町というと？」

「ここから十キロくらい東に入ったところだ。このあたりみんな、先生の世話になっていたよ」

神村は怪訝そうな顔で男を窺った。

「とおっしゃると？」

「一年前、亡くなった」

「ご病気で？」

「いや、医院から火が出て焼け死んだ」

「火事ですか……火の不始末か何かで？」

「原因はわかってないんじゃないかな。放火されたっていう噂もあったし」

思わず美加は神村を振り向いた。

「放火？」

「噂だって」

男はまたエンジンをかけて草刈りを始めた。

宵闇が近づいていた。これ以上、男から聞けそうになかった。

車に戻り、ＪＡ越前丹生越廼支店のある漁村に戻った。村の北側にある駐在所を訪ねたが留守だった。明日の朝一番で訪ねることにして、昼間見た旅館に投宿した。神村とは別々に部屋を取った。窓を開けると港が見え、海が広がっていた。東京にいる小橋に電話を入れ、きょうの捜査について報告した。

飛び込みにもかかわらず、大広間に用意された夕食は尾頭付きのヒラマサの刺身が出た。マイカは旬らしく、とろけるほどの旨さだ。客は自分たちだけで、瓶ビール二本があっという間に空になった。

「『えの4』って、どう考えたらいいんでしょうか？」

美加は抱いていた疑問を口にした。

「どうって？」

逆に神村から訊かれた。

「犯人が関係しているはずですけど、あの村は兼業農家ばかりみたいですから。一軒一軒当たるにしても、もし、犯人がいるとしたらどうかなって思います」

「おいおい、いきなり犯人か」

もし出会ったとしても、わたしがやりましたなどとは言わないだろう。

「先生も水仙農家が関係していると思っていらっしゃるんですよね？」

神村はヒラマサの刺身をつまんで醤油につけ、口に放り込む。

「かどうかはわからんけど、あの村の発電施設が気になるなぁ」

「そうですね。事件の背景に、エネルギー問題が関係しているのかもしれないです」

とかく、巨費がからむ事業のはずだ。思わぬところで、何らかの利害関係が生まれているのかもしれない。

「どんなふうに？」

「たとえば、村の中のどなたかが事業に反対しているとか」

「それはどうかわからんが、放火の話が出たしな」

「はい、なにかにおいます」

「春化処理の施設も奇妙だ」

「あれって、商業施設に近いですよね？　冬でなくても、年中、水仙をそばにおいておきたい人間は、ひょっとして多いのかもしれないし」

「生け花をする人たちか？」

「たとえばです。そうした人を相手にすれば、商売になるんじゃないかな」

あの温室の規模からして、かなりの量の球根を作っていることは間違いない。年中、咲かせることができるように特殊な処理を球根にほどこし、直販ルートに乗せて、全国に送り出しているのかもしれない。

「殺された連中もその商売に関係していたと思うのか?」

「それはわかりませんけど……とにかく、何者かが、ここの球根を手にいれて、あちこちに水仙を植え始めたと考えるのが無難な気がします。植えた理由は、わかりませんけど」

「それが多摩川の水仙か……」

「はい」

神村は上機嫌で三本目のビールをなみなみと注ぎ、ひと息に飲み干した。

開け放たれた窓から、海を眺めることができた。イカ釣り船の数は、夕刻よりりふえ、綿のような雲のきれはしから月が顔をのぞかせている。

7

診療が終わる間際になって、生後五カ月の赤ちゃんを連れた母親がやって来た。下痢が五日間続いていると言いながら、久保の診察を受けた。「どうしてもっと早く連れてこなかったのかね」と久保に言われて、母親は涙目で「母乳がいつもどおり飲めていたので」と申し開きした。

「このくらいの月齢は便がゆるいことが多いから大丈夫よ」

と良枝が声をかけてやると、ほっとしたような顔で目をこすった。

本当に下痢なのか、それとも便の水分をうまく吸収できないのか、そのあたりの判断は難しい。しばらく寝かせて全身状態を観察してから、久保は下痢止めの処方をして、ふたりを帰らせた。

久保が母屋に帰り、良枝は診察室の後片付けをして、いつものように映子を先に帰らせた。

医院の戸を閉め、カーテンを引いた。ふと、良枝はその場所に目を向けた。中華料理屋の西側。ネオンの明かりに反射して、黒く輝くセルシオのボンネットが見えた。日中、医院の駐車場にずっと停まっていた車と同じだ。ずうずうしく、医院を覗(のぞ)き込んでいたのだ。

背筋のあたりがざわついた。

ひょっとしたらあれは……。

ヤクザのような人間なら、遠目で監視するような、まだるっこい手段はとらないような気がする。でも……。音をたてないようカーテンを閉める。

尾行に気がついたのは、昨日の昼だった。診察室のカーテンが古くなり、新しいものと取りかえなければならなかった。日用雑貨店へ行く途中、何かぎらぎらしたものを背後に感じ、バックミラーを見ると、あの車が後ろに迫っていた。そのまま車を走らせて、けっきょく、カーテンも買わずに医院に戻ってきた。その道すがら、ずっとみっちゃんのことが気になった。

みっちゃんのことが知れたのだろうか。

先日、前にいた病院の知り合いから電話があった。変な男が、あんたのことをきいて歩いているよ、と。それを聞いたとき、生きた心地はしなかった。でも、いまのところ、あの車の主の関心は医院だけに集中しているように思える。

みっちゃんはまだ帰っていない。八月に入って、あまり休みもとらず、自転車を使って仕事に出ている。医院に戻ってくるところを見られただろうか。いや、それはないと思った。見つかっていれば、遠巻きに見守るなどないはず。

でも、このままではいけない。とにかく、みっちゃんとの接触だけは、避けさせなくては。

良枝は八方をふさがれた野鼠（のねずみ）みたいな気がしてきた。自分が誰のために何をしようとしてきたか。今になって後悔したって遅すぎる。でも、いいんだ、みっちゃんがいる。そのための手は打ってあるのだ。あんな車なんか、ちっとも恐くなんかない。でも、このままじゃいけない。みっちゃんに知らせなければ。もう金輪際（こんりんざい）、医院に帰ってきてはいけない、と。

良枝は震える手でスマホを取りだした。成木(なるき)の電話番号を押す。しばらくすると返事があった。

「ねえ、みっちゃん、いまどこ？」

「これから帰る」

「医院に帰っちゃだめ、いい？　絶対に戻ってこないで。わかる？」

「…………」

「聞いてる？」

「ああ」

行き先を告げてやると、ようやく返事があった。

8

翌朝は快晴だった。駐在所で事情を訊いたが、着任したばかりらしく、蛭ヶ平についての知識はほとんどなかった。本署に電話を入れてもらい、訪ねる先を教えてもらった。車を飛ばして、越前町にある越前北警察署に到着した。迎えたのは刑事課の坪川(つぼかわ)という強行犯第一係長だった。五十手前で細長の顔立ち。頭が禿(は)げ上がり、サイドやバックも刈り込んでいる。感情を表に出さない、冷たい印象。どことなく胡散臭い目つきで、神村の姿を見ている。

美加は東京で起きた事件と蛭ヶ平にたどり着いた経緯を説明した。

「『えの4』の関係で、あの村に来たわけですね」

と聞き終えて、坪川がようやく納得したように口にした。

野田や宇佐見の遺体の写真、事件関係の報告書も見せた。

「それにしても、人体発火ですか。何がどう関係しているのかな」

それらに目を通しながら、困惑げに坪川が言う。

「蛭ヶ平には行かれますか？」

神村が訊いた。

「最近、干し物盗があってね。何度か行ってますよ」

「干し物盗ですか……」神村が続ける。「こちらの町に松原医院という医療機関があると聞きましたが火事で燃えたそうですね？」

坪川の頬がぴりっと引きつった。

「去年の四月、自宅兼診療所が火事で焼けましたよ。主の松原先生は逃げ遅れて、お亡くなりになりました」

「そうでしたか」

「蛭ヶ平から近い診療所だから、村人もけっこう通ってましたよ」

「なるほど。火事はどんなものでしたか？」

「四月五日の未明に発生しましてね。裏の台所から火が出て、乾燥していたのも手伝って、あっという間に燃え広がった」

「先生のご家族は？」

「三年ほど前に奥さんがガンで亡くなって、当時は松原先生はひとり住まいでした。四十八歳だったですね。名前はこう書きます」

坪川はメモ帳に、俊則（としのり）と書いた。

「放火の疑いもあるようですが」

神村の問いかけに、坪川は気まずそうにうなずく。

「ご遺体は寝室にあったんだけど、台所の裏手から灯油の成分が見つかってね。裏口の戸の鍵も開いていたりしたし。放火の線を疑って、いまも捜査中ですよ」

神村は両手を机に載せた。

「松原先生は蛭ヶ平に土地を持っていらっしゃったと伺いましたが、何かトラブルに巻き込まれていましたか？」

坪川が小さくうなずいた。

「松原先生ご一家はもともと蛭ヶ平出身でしてね。先代も医者をやっていて、昭和の時代、越前町に診療所を開いたんです」

「俊則さんはその診療所を引き継いだんですね？」

「ええ、五年前に先代が亡くなって、医院を引き継ぎました。それまでは京都の病院で勤務医をなさっていました」坪川が一呼吸空けて続ける。「で、先祖代々、松原家は蛭ヶ平の山を持っているんですが、そのうちの一部が勝手に他人名義に書き換えられたりしたそうなんですよ」

「勝手にですか……」

坪川が残念そうにうなずいた。

「その土地が原野商法の土地に使われてしまって、先代もかなり困ったと聞いています」

神村の目が光った。

「原野商法ですか？」

「ええ、ご存じですか？　一文の値打ちもない土地を分筆して、詐欺同然の手口で売り出したんですよ」

「いつの話ですか？」

「四十年近く前ですけどね」

「……その土地は蛭ヶ平の西側の一帯ですか？」

「そうです。そのあたり」

村の裏山から見えた、藪に覆われた土地ではないか。

「ひょっとして、また同じ土地が原野商法で使われているんじゃないですか？」

神村の言葉に坪川は驚いて、身を乗り出した。

「どうしておわかりになったんですか？」

神村に代わって、美加が東京での人体発火事件の背景に、新たな原野商法が考えられる事情を説明した。すると、坪川が眉根を強ばらせて、

「その亡くなった野田というのが蛭ヶ平の原野商法を手がけていたの？」

と言った。

「蛭ヶ平ではないです。でも野田が勤めていた不動産会社が、別の場所で原野商法に手を染めている可能性があります」神村が答える。「その被害者は四十年前に原野商法で那須塩原の土地を購入させられましたが、同じ土地をもとにして、また騙されて金を奪われているんですよ」

坪川はしきりとうなずきながら、

「ここ三、四年、それと似た被害が松原先生が関係する蛭ヶ平の土地をめぐって起きています。全国から五、六件の被害報告がうちの署に舞い込んでいて」

「その中に、野田が勤めていた野沢エステートという会社に騙されて購入した方はいらっしゃいますか？」

美加が割り込んだ。

「その名前は初耳です。こちらの被害者は、みな違う会社ですね。訴えは東北や福岡あたりで上がっているけど、共通しているのは全員、四十年前に原野商法の手口に引っかかって、蛭ヶ平の土地を購入した関係者です」

「やっぱり、そうでしたか」

「今回は、太陽光発電の土地として買い増さないかとか、土地を売るための測量が必要だから手数料がいるとか言われて金を騙し取られています。被害金額は少ないもので五十万、多いのは三百万円くらい」

「蒲田の事件とそっくりですね。騙した会社はわかっていますか？」

「不動産会社と言っても、ペーパーカンパニーばかりですよ」呆れたふうに坪川は言った。

「オフィスどころか、電話をかけてもつながらないし。明らかに詐欺集団ですよ」

「わかりました。で、松原先生が関係しているというのはどういうことですか？」

神村が訊く。

「原野商法のタネ地になった蛭ヶ平の土地の中には、ご承知の通り、亡くなった松原先生が所有していた土地も含まれていましてね。ただ、先生ご自身が被害者から訴えられたこともあるんですよ」

「それはひどい。でも、どうして、そんなことに？」

「つい最近発覚したんですがね。松原先生が所有する蛭ヶ平の土地の謄本が何者かに偽造されていたんです。四十年前にも同じ土地が原野商法のタネ地になったこともあるし、松原先生はたまりかねて、弁護士を雇って、騙した連中を訴えようとしていたんです。その矢先の火事でした」

美加は言葉を失った。

詐欺の片棒を担がされたあげく、火事に遭って死んでしまうとは。

そんな理不尽(りふじん)なことがあってよいのか。

坪川からその六件の被害届や捜査報告書を見せてもらった。被害届はすべて他府県警に出されたもので、警視庁あてのものはなかった。野沢エステートの名前もない。

「被害届もばらばらでしょ」坪川は申し訳なさそうに口にする。「警察の捜査も進まないんですよ。松原先生は業(ごう)を煮やして、うちのOBに声をかけたりしましてね。でも、軒並(のきな)

み断られて、しまいには私立探偵を雇って、独自に調べを進めていたようなんですよ。かなり危ないルートとも接触していたみたいだし」

「危ないルートといいますと？」と神村。

「しばらく前から、暴力団員ふうの男たちが医院を訪ねてくるようになっていたらしくてね。調査を中止するように脅されていたようなんです。うちにもたびたび連絡が入ったんだけど、動きようがなくて」

「どこの暴力団ですか？」

「まったくわかりません。火事がなかったら、ご自宅に何か記録が残っていたかもしれないけど」

「松原先生はどこの私立探偵を雇ったんですか？」

「それもわかりません。松原先生が亡くなってしまって、うちとしても打つ手がないのが現状なんです」

坪川が口惜しそうにつぶやく。

松原にはふたりの娘がいるが、いまはどちらも家を出て、関西に嫁いでいるという。

坪川は野田の写真に目を落とし、

「こちらに上がっている被害者に、この写真を見せてみますか？」

と言った。

「そうですね。ぜひ」

違う法人を騙って、野田が暗躍していた可能性も否定できない。

「野沢エステートというのも胡散くさいな」坪川は言った。「そっちも法人登記から調べ直したほうがいいかもしれないですよ」

神村は捜査資料に手をあてがい、「うちに送らせてもらいます」と言うと、さっそく坪川が手配してくれた。

神村は腰を浮かせた。「もう一度、蛭ヶ平に行ってみますよ」

「ご一緒しましょう」坪川が言った。「松原医院も見ておきますか?」

「お願いします」

二台の車で署を出た。松原医院は織田という町にあり、五分ほどで着いた。

医院のあった場所は整地され、コンクリートの基礎があるだけだった。

途中で昼食を取り、蛭ヶ平に着いたのは午後一時を回っていた。

まっさきに原野商法のタネ地になった藪の前に立った。

「四十年前、被害者たちもここまで来て、現物を見れば騙されなかったのにね」

と坪川が口にした。

「いまの被害者にも言えますね。遠いし面倒だから、とてもここまでやって来ない」

神村が応じる。

「口八丁手八丁の営業マンにうまい話を聞かされるから、ころっと騙されちゃうんだろうな」

「振り込め詐欺と同じですよ」

「そのとおりだ」

振り込め詐欺グループは暴力団がからんでいることが多い。彼らがグループの頂点に立って場所や資金を提供し、収益のほとんどを吸い上げる。逮捕されるのは末端の人間だけで、上層部に手が届くことはほとんどない。今回の原野商法も暴力団が関係しているとしたらどうだろう。それが八潮組だったとしてもおかしくはない。

それから水仙の兼業農家を一軒ずつ訪ねた。ぜんぶで五軒あるらしく、各家の主人は働きに出ていて留守だった。〝えの4〟を出荷している農家には行き当たらなかった。四軒目に訪ねた家の軒先には、老夫婦がいて水仙栽培について話を聞かせてくれた。水仙は棚田で栽培し、十二月から二月まで切り花にして出荷しているという。「お宅の切り花は〝えの4〟として認定されていますか」と神村がぶしつけな質問をしたが、うちのはそこまではいきませんという答えだった。

美加は燃料電池や春化処理の施設について口にしてみた。

するど主人が帽子を脱いで興味深げにうなずいた。短く刈りこんだ髪は白く、顔にきざまれた縦皺はふかい。

「燃料電池はいまは稼働(かどう)していないですよ。春化処理の施設だって電力会社の電気でまかなっているはずだけど」

「どうして燃料電池の施設が稼働していないんですか？」

「管理人がいなくなってしまってね」

「管理人？」神村が口を挟む。

「この先にあるナルキさん」

「その方も兼業農家だったんですか？」

「そうです。水仙を栽培していましたよ。もう、おりません」

「世帯主はどなた？」

坪川が携えてきた蛭ヶ平の自治会名簿を見ながら訊いた。

「ナルキミツヨシさん」

坪川は名簿をめくると、その名前に行き当たった。

成木満嘉とある。

「京阪ガスの臨時職員ですよ」主人が続ける。「燃料電池や春化処理の施設の管理をしてましたけどね」

「ご家族は？」

「奥さんとはずいぶん前に離婚したね。小学二年生の長男がいたけど、どうなったのかなあ」

主人が奥さんに問いかけるが、首をかしげるばかりだ。

「何か気になります？」

「ようちゃん、重い病気を患っていて、ずっと松原先生の世話になっていたからね。しょっちゅう、往診(おうしん)でみえていた」

「そうそう、いつも女の看護師さんと一緒にね」妻が付け足す。

「ようちゃんて誰ですか？」

「息子さんですよ。成木ヨウジ」

「ご一家はどこか他所(よそ)へ引っ越したんですか？」

老夫婦は互いの顔を見合わせた。

「それがわからなくてさ。去年の五月ころ、ふっといなくなってしまって、それきりだよ。おかげで燃料電池の発電はストップしちゃっていてね。春化処理の施設はときどき係員がやって来て、続けているけどさ」

「どうして、引っ越したんですか？」

「子どもの治療のためだと思うけどね」主人は腰を伸ばした。「先祖代々、この村に住んでいたんだけど、どうしたのかなあ」

「いなくなったのは五月ですか？」

「四月だったかもしれないな。あまり覚えてなくて」主人は妻に訊いた。「どうだ？」

「連休の前だったと思いますよ」

「その成木さんですが、〝えの4〟を出荷されていましたか？」

美加があいだに入った。

「してましたよ。棚田のいちばんいいところを手広く持ってるし、なにしろ丹精（たんせい）こめて作るから、うちあたりじゃ、とてもかなわなくて」

「この村で〝えの4〟を出荷している家は、ほかにありますか？」

「ないね。成木さんだけだ」

「いま、成木さんと連絡がつきますか？」

「つかない。本人は携帯も持ってなかったと思うよ」

「成木さんが写っている写真はありますか？」

美加が問いかけると、妻が自宅からアルバムを携えて戻ってきた。

主人がそれをめくり、中ほどにある一枚を指さした。

蛭ヶ平水仙集出荷施設の前で、村人と写っている写真だ。

いま話している主人の右隣に、帽子をかぶった男が立っている。日に焼けて精悍な顔つき。笑顔だ。ほかの四人は中年から初老の女性だった。そのうちのふたりはきのう話した女だった。

「子どもさんの病気は何でしたか？」

「何と言ったかな、難しい名前だったよ」主人が言った。「陽の光を浴びると体中の皮膚が火傷してしまうんだよ」

「そうそう、滅多なことでは外に出さなかったし」妻が言った。「松原先生がいれば、わかるのにね」

案内された成木家は城壁の外れにあった。道から一段低いところにある、背の低い古びた二階屋だ。壁を覆うトタン板は錆び付いて、雨戸がぴったり閉じられている。重たげな瓦の載ったどっしりした屋根。二階のガラス越しにカーテンが引かれていた。プロパンガスのボンベが外された痕がある。電気メーターも止まっているようだ。

家の中の様子は確認できない。裏手に回ってみたが、車が停められていた形跡はなかった。

　案内人がいなくなると、坪川は署に電話を入れ、役場に出向いて成木家について調べるよう命令した。

　三人で手分けして、村中の聞き込みをした。小さな村なので、一時間とかからなかった。成木満嘉については、三年前に鉄砲水が出たとき、率先して復旧に当たったというくらいで、子どもも含めた行方を知っている者はいなかった。親戚筋などの情報も得られなかった。調べをすませた坪川の部下から電話が入ったが、住民票は蛭ヶ平のままという。成木満嘉は四十二歳、長男の洋二は九歳。戸籍によれば、四年前に朝子という女と離婚しているという。ほかに係累はいなかった。

「福間先生のところにでも行ってみるか」

　ふと思いついたように坪川が言った。

「誰ですか?」

　神村が訊いた。

「越前町の医師会会長。松原先生と親しいし、ひょっとしたら成木満嘉の息子についても何か知ってるかもしれないですよ」

「なるほど、行ってみますか」

坪川は海側に体を向けた。

「わたしは敦賀までひとっ走り行ってきますよ。京阪ガスの支社がありますから」

その場で坪川は福間に電話を入れた。三時すぎなら会ってくれるという。

松原が依頼した弁護士の連絡先も教えてもらい、互いの車に乗り込み、蛭ヶ平をあとにした。

9

紫外線遮断フードをかぶり、はじめて外に出た日を成木満嘉は忘れなかった。フードには、ターバンのような厚手の帽子が内側につけられ、同じ生地の布が後頭部から首の下まで、すっぽりとたれている。その前面に透明な紫外線遮断ビニールが張られてあった。洋二がかぶると、上半身をおおってしまうほど大きい。同じ灰色の生地で作られた手袋をはめ、長袖に長ズボン。この二年半の間、ただの一度も降りたことのない玄関に、洋二は足を踏みいれた。

目には、黒縁の紫外線防止メガネをはめている。そのせいか、とても二歳半には見えなかった。その厚いメガネの奥にある眼が、不安と期待で光っていた。

洋二の肌は紫外線を浴びるとたちまち火傷を負い、悪くすれば皮膚ガンになってしまうのだ。

生まれてはじめて、朝子の腕に抱かれ、ベビー服にくるまれた洋二がお宮参りをした冬の晩、頬に真っ赤な湿疹が現れた。

それは、みるみる赤くはれ上がり、火傷そのものにかわっていくではないか。ふたりして何が起きたのかわからず、右往左往し、ともかくも氷をあてがい、その日はどうにかきりぬけた。餅のような頬にできた火傷はなかなか治らず、二日おいて敦賀の病院に連れていったものの、午後になって新しい火傷が、もう片方の頬にできた。成木は、はじめて火傷を負ってからの三日間をあらためて思い返してみた。

病院へ連れていく車中、病院の待合室、寝かしつけた居間……。そうした場所すべてに、陽の光があたっていたことを知るに至ったが、あわい冬の陽に当たっただけで火傷になってしまうことなど考えもつかなかった。

ともかく、頭からすっぽりと毛布をかぶせ、病院までつれていったが原因がわからず、終日、陽の光を避けて家にこもる生活が始まったのだった。

紫外線を浴びると、どんな人間でも肌の細胞中にあるＤＮＡが傷つく。通常はＸＰ修復タンパクが機能して、肌は正常に戻るが、ＸＰ遺伝子のひとつが欠けているせいで、それがうまくいかない。洋二に色素性乾皮症の診断が下ったのは、半年も後のことになる。

夕暮れの路地は小寒かった。裏山に陽は落ちてはいるが、ひとり息子の肌を刺す無数の魔物がひそんでいると思うと、その青みがかった夕闇でさえ、成木にはうとましかった。ともかくも、洋二はその中に飛びこんでいった。二週間も前から家の中で履きならしておいた靴も、外では勝手がちがうようで、一歩ずつ、はかるようにして家々にはさまれたせまい道を歩いていく。村の家々は皆、玄関が二重になっている。村の家々の奥からものめずらしそうな目が光り、洋二に注がれる。

夕餉(ゆうげ)の支度をする家の中から、「あのうち、子どもいたんだっけね」という話し声がはっきりと聞こえる。村はずれの畑の前で、洋二はふと足を止めた。学校帰りの子どもの一団が、階段を元気良くかけ上ってくる。先頭の男の子が足をとめ、洋二に気づいて、物珍しげに近づいてきた。蚊が舞うように洋二のまわりを回り始めた。

洋二は石のように硬くなり、じっとしたまま、動かなくなった。

続いてやってきた四人の子らが、その様子を立ちどまってながめていた。

「カゴや」

回っていた男の子が、大声で言った。

四人の子どもらはせきを切ったように、洋二のまわりを回り、カゴ、カゴ、カゴん中にいるお前は、虫けらや、とはやしたてた。

洋二は生まれつき耳が遠い。

けれども、はっきりと自分がいま、どんな目にあっているのか、敏感に感じ始めている。

成木は子どもらを追いたて、手袋をはめた洋二の手をとった。

洋二はそこを動かず、じっとしている。厚いカバー越しに、大粒の涙が光っているのが見えた。


三歳になるまで、洋二の活動時間は夜に限られた。夜ならば、フードもかぶらないで、外に出ることができたが、二歳になるまで、大事をとり、夜であっても外には出さなかった。村には公園もなく、裏山があるだけだったが、洋二はそこを唯一の遊び場にした。近所の子どもたちは気味悪がって洋二とは遊ばなくなった。村の働き手のほとんどは勤めにでており、専業農家は成木の家だけだった。本業の合間、ごくまれに、イカ釣り漁船に乗りこむこともある。

成木自身も同じ村に生まれていながら、外に働きに出ていく男たちのことをよく思ったためしがなく、ふだんの付き合いもほとんどない。派手好きな妻の朝子だけは例外で、村の婦人会の取りまとめ役をしたり、町に働きに出て、家を何日空けても平気な女だった。

「あんな子、本当にワシが産んだのか。今でも信じられんわ」と朝子はうそぶき、洋二の面倒はほとんど満嘉まかせになった。

村は山にはさまれ、十五戸ほどの家が軒を並べている。車の通ることのできる道は、村の入り口までで、そこから先は魚の骨のような路地が家々をくぎっているにすぎない。昔ながらの土塀が三日月形に伸びる村を取りかこみ、切りたった崖のある山が背面にそそり立ち、その頂上に十一面観音像をおさめた祠が建っている。崖の下にこんもりと広がる森があり、獣道(けものみち)が八方に広がっていた。洋二がその森の中に入りこんでしまうと、見つけることができず、遠く漁火(いさりび)の見える松の下で、成木は待つことになる。すると洋二がどこからともなく現れ、蛙(かえる)やバッタをとった自慢話に聞き入るのだった。

洋二の病気のことを家の中では、XPと暗号めいた名で呼んだ。

洋二が幼稚園に通う年が容赦なく近づいてきた。XPはたとえ紫外線を浴びなくても、視力や聴力が衰(おとろ)え、歩行困難になって神経症状を併発し寝たきりになって死んでしまう、という知識が成木を毎日責めてくる。相変わらず夜遊びはするが、日中、フードをかぶって外出することを洋二は極端に嫌がった。けれども、幼稚園に行くためには、必ずフードが必要になる。

農繁期の終わりが近づく二月はじめ、大阪に行くと言って出かけた朝子は、一週間たっても帰ってこない。実家のある西宮に連絡をいれても、年老いた父親が、今日も帰らんで、という返事しかない。村の女たちの噂は本当だったのかな、と成木はぼんやり、ほの白く舞う雪を見ながら考えた。

見合いする前、つきあっていた男がいたと朝子本人の口から寝物語で聞いたことがあり、その男が暮れと正月、二度も村を訪れていた、というばかげた話だった。言われてみれば、見知らぬ男が村の入り口に立っているのを山の上から見た覚えはあった。年老いた祖父母も他界し、家事の嫌いな嫁ではあったが、洋二をことさらに嫌う理由がわからないでもなかった。結婚以来、成木は三度の飯を自分で炊き、洗濯機を回し続けているが、とりたてて生活が変わったという実感もなくて、一時期、閨を共にした女のにおいは洋二に薄められ、無臭に近い。年中、雨戸をしめきったままの生活には慣れたが、居間と玄関のガラス戸にだけは雨戸をつけることもできず、紫外線遮断フィルムをていねいに貼りつけてある。それでも、週一度、敦賀にある病院への通院は地獄だった。片道一時間以上かかり、あげくに、ずいぶん待たされるのだ。

三月のはじめ、山ひとつこえた海沿いにある幼稚園に出かけ、紫外線遮断フィルムの話を持ち出したとたんに、周囲の目が針のように刺さってきた。洋二の存在はすでに、小学校まで知れており、フィルムを貼るだけで膨大な手間と経費がかかってしまう。交渉の糸口もつかめないまま、帰宅し、洋二の顔を見つめる。

このまま、家にいるか、お前、と言ってみるが、洋二は外の世界の意味がわからず、ただ、うんうんとうなずく。病院から小児科閉鎖に伴う代替医療機関の知らせがあった。それまでつきあった医師は大阪に戻るとされており、その急な知らせに成木は青ざめた。

紹介された医療機関は、どれも小規模でたよりなかった。それでも、選択の余地はなく、ほんの半年前に先代から代替わりした診療所を訪ねたのは、正規の診察時間の終わった夜の八時過ぎだった。

医師は驚くほどはつらつとしていたが、学習塾の教師のようでもあった。

洋二のことは、まえもって知らされており、いくばくか覚悟のようなものが見えた初診ではあったが、いまひとつ、信頼がおけなかった。医療機械といえば、X線写真を見る暗室蛍光板と黄ばんだ心電計しかない。待合室とさして変わらぬ診察室で、聴診器一本、首から吊したこの男にすべてをたくして良いものかどうか。

「洋二、よろしくな」

初対面で医師は洋二の頭をごしごしと撫でる。

どこか図々しいところがある、この松原俊則という医師を洋二は気にいったようだった。

ＸＰに治療と言えるものはなく、定期観察しながら現状を維持する以外手はない。通院時間が半分に短縮したとはいえ、これから先どうなるのかと見上げた診療所の窓に、思わぬものを成木は見つけた。それはあの、紫外線遮断フィルムに違いなく、成木はその場で言うべき言葉を失った。

フィルムを販売している店はどこにもないはずで、直接メーカーから取りよせなければならない。予約を入れたのは昨晩のことだから、間に合うどころではない。いずれにせよ、決して安くはないフィルムを、来るか来ないかわからない、たったひとりの患者のために、貼るようなことはあるだろうか。松原の聴診器をあてる時間は長かった。

それから一週間して、成木は幼稚園の教諭の訪問を受けた。用意は整ったから、明日からでも来るようにと、若い教諭は言った。三日前、紫外線遮断フィルムが届き、昨日、教室に貼り終えたのだという。とりあえず、明日は成木も一緒に登園することになり、用意だけはしてあった園服を洋二に着せた。

10

越前町にある福間内科に着いたのは、三時半を過ぎていた。ふたりの患者の診察が終わると、診察室に通された。冷房がよく効いている。洒落た太フレームのメガネをはめた、ふっくらした顔つきの医師が出迎えた。ナース服に身を包んだ女性看護師が控えている。

福間は白髪の目立つ長い髪を無造作に分け、神村が渡した名刺を見て驚いた様子だった。

「てっきり、坪川さんが来ると思っていたんですけどね」

と頭を掻いた。

「すみません」

神村は立ったまま頭を下げた。

美加もならった。

「それで何をお知りになりたいんでしょうか？」

蒲田の人体発火事件について神村が口にすると、

「ああ、あれ」

と福間は目を丸くした。

「じつは似た事件が渋谷でもありました」

神村が説明すると、福間は混乱したように、上体をゆすりだした。

先生にしては先を急ぎすぎていると思い、美加は蛭ヶ平を舞台にした原野商法について切り出した。

ようやく納得したように、福間が落ち着きを取り戻した。

「そんなことがあったみたいですね」

と感慨深げに口にする。

「東京で起きている事件で、越前水仙が現場付近に咲いていたり、水仙の花粉が見つかっています」美加が言う。「それで水仙をたどっていくと、蛭ケ平に行き着きました。なかでも〝えの4〟という最高品質の水仙の切り花を出荷するのが、いま神村が申しました成木さんのお宅のようです。それで、お話をお聞きしたくて、成木さん宅を訪ねたんですが、去年の四月に引っ越されたようで、わたしたちも困っています」

美加の口上に、感心したように神村がうなずいている。

「成木さん宅には九歳になるご長男がいらっしゃって……」

「洋二くんでしょ」

美加の言葉をさえぎるように福間が言った。

「はい、その方です。松原先生に診てもらっていたと伺ったものですから」

「洋二くん、色素性乾皮症という難病にかかっています。松原先生もずいぶん骨を折っていたんだけど、去年、親子とも村からいなくなってしまったらしくてね」

「それはどのような病気ですか？」

「太陽光を浴びるとそれだけで火傷になってしまうんですよ。それがガンになったりするし。二十代後半くらいまでしか生きられないはずです。たいていは神経がまひして歩行困難になって、中枢機能が冒されてしまうから寝ていて呼吸が止まったりする厄介な病気ですよ」

「治療でよその病院に行ったというのは考えられないですか?」

「ないと思いますよ。もしそうだったら松原先生が何か知ってるだろうし」

「その松原先生ですが……」

福間は間が悪そうに視線をそらした。

「うん、火事で焼け死んでしまった」そこまで言うと、福間はこちらを見た。「松原先生が被害に遭っていた原野商法は蛭ヶ平の土地がらみだったでしょ」

やはり福間も原野商法について知っているようだ。

「そうなんです。火事については何かご存じでしょうか?」

「……放火のような噂も聞いてはいますけど」

「地元の警察もその線を疑っています」

福間は上目遣いに訊いてくる。「それと成木さんがどう関係しているんですか?」

「具体的にわかっているわけではありません。でも、成木さんなら何か知っているんじゃないかと思いまして」

「どうかな」

福間は首をかしげた。

「あの……小野さんも同じ頃にいなくなってしまったじゃないですか」

と看護師が遠慮がちに福間に言った。

「そうだったな」福間は看護師を振り向いた。「あの人、熱心に成木さん宅へ通ってたらしいじゃないか」

「勤務時間が終わって、夜になると成木さんのお宅に通っていたみたいです」

「その方はどなたですか?」

美加が訊いた。

「松原医院の看護師さんです」看護師が答えた。「小野良枝さんという独身の女性です。洋二くんがとてもなついていて、お父さんと一緒に看護していました。とてもあそこまでできないねって、看護師仲間でみんな感心していましたけど」

「その方とは連絡が取れないですか?」

看護師の顔が曇った。

「……松原医院の近くに住んでいたんですけど、二、三年前に同居していたお母さんがお亡くなりになりました。良枝さんは仲間には何も知らせないで、去年の四月ころ、ご自宅を引き払っています。わたしも、小野さんの携帯に何度か電話してみたんですけど、つながらなくて」

「去年の四月ですか」成木がいなくなったのと同じ時期だ。「……その家はいまもありますか?」

「あるにはあるけど、どなたも住んでいません」

「住所と携帯の番号を教えてくださいますか?」

「はい」

その場で住所と携帯の番号をメモした。

「小野さんはよく神戸に行ってたと聞いたことあるけどな」

福間が思い出したように口にする。

「あ、そうそう、言ってました」看護師は美加を見た。「洋二くんの病気について、とても詳しいお医者さんが神戸の総合病院にいらっしゃって、お父さんと三人して行ったりしてました。一時期は向こうに入院していたようにも聞いてます」

「教えてあげなさい」

「はい」

看護師は席を外し、すぐ戻ってきた。

神戸の総合病院の名前と電話番号を書いたメモを渡される。看護師たちの懇親会に出席したときの小野良枝の写真も譲り受けた。

医院をあとにして、小野良枝の住まいのある住所に行った。

酒蔵の裏手にある小さな二階屋だった。近くを川が流れ、のどかなところだ。

近所で聞き込みをしたが、小野良枝の行方を知る者はいなかった。

続いて、十キロほど離れた弁護士事務所を訪ねた。鯖江駅近くの繁華街にある雑居ビルの二階にあり、突然の訪問に弁護士は当惑の色が濃かった。

松原医院の名前を出しただけで、突然尻込みしだした。その件についてはもう手を離れたからと言い訳を繰り返して話にならなかった。私立探偵も知らないという。資料もすべて松原の元にあり、うちには紙切れ一枚ありませんと言われて返す言葉もなく、事務所をあとにした。

車に乗り込んだとき、神村のスマホが鳴った。スピーカーモードにした。

小橋からだった。

「そっちは進んでますか」

と小橋に訊かれた。

「まあまあかな。コバさん、何かあったの？」

神村が応じる。

「ミトスの件で、神泉町を回ってから、蒲田に戻ってきたんだけどね。いま、多摩堤通りにある野沢エステート前にいるよ」

「社長と会えました？」

「それがさ、もぬけの殻なんだよ」

神村が背を起こした。

「事務所が？」

「ああ、ひとっこひとりいない。盆休みに引き払ったみたいだ」

「……やられた」

「えっ、何だって？」

神村は昨日訪ねた蛭ヶ平が、似たような手口の原野商法のタネ地になっていることを説明した。

「じゃ、やっぱり、野沢エステートも会社ぐるみで詐欺に手を染めていたのか」

小橋は驚きを隠せない声で言った。

「その線が強いですね。別会社名義で、こっちの詐欺にも加担していた可能性が大です」

「了解。とんずらした連中のあとを追いかけよう」

「お願いします」

通話を終えると同時に、敦賀に出向いていた坪川から電話が入った。越前北警察署で落ち合うことになった。

11

はじめての登園は、おっかなびっくりだった。その日の朝、成木は洋二を連れて、少し早めに家を出た。幼稚園まであっという間に着いた。洋二を車にのせたまま、成木はおそるおそる教室をのぞいてみた。紫外線遮断フィルムの貼られた教室には、エアコンが入り、蛍光灯も紫外線カット仕様に替えられていた。その中ではフードも要らない。ドアの開閉にだけ注意していれば、紫外線は入ってこない。

これならば、家を離れても生活ができる、と成木は思った。その日を境に、洋二の日常はがらりと変わった。洋二は友達とすごす楽しさを覚え、夜遊びもしなくなった。

一学期がぶじ終わった。夏休みも毎日、来てもいいと言われ、洋二は笑みを浮かべる。

じつは、フィルムのことは松原先生のおかげなんです、と終業式の終わった後、女性の教諭は告白を始めた。

「わたしたちも、ずっと前から洋二くんのことは知っていました。いずれ園に入ってくるだろうから、どうしようかとみんなで話し合ったこともあったんです。病気のことも調べたりもしました。それで、教室を改造しなくちゃいけないのがわかったり、他の子に迷惑がかかるからということになって、保留したまま、今年を迎えました。園長先生は断るつもりでいたようなのですが、二月頃でしたか、園医になっていただいた松原先生がお見えになったとき、相談してみたのです。先代のお父様がお亡くなりになって、診療所を引き継いでくれたのだから、きっと何かいい考えがあるかもしれないとわたしも期待しました。思ったとおり、先生はいろいろあたってみようと仰ってくださいました。三月に入ると、神戸の会社の方がこられて、教室を調べていきました。そのすぐ後、あのフィルムが送られてきて、職員全員で、ガラスに貼っていきました。それで、わたしたち、洋二君を受けいれる自信がつきました」

その話を聞いてすぐ、成木は洋二を連れて通いなれた医院にでむいた。そうして松原と向かい合ってはみたものの、何と礼を言えばよいのかわからず、逃げるようにして医院をあとにした。舌たらずな自分が腹だたしく、車の前で医院を振り返る。

ともかくも、診療所に向かって頭を垂れた。そのとき、診察室の窓が開き、のっぺりとした松原の顔が現れた。

「成木さん」

まるで、そこにいるのがわかっていたみたいで、ばつの悪い思いがしたが、松原の目は、ふだんより明るい。

「ちょっと、たのみたいことがある」と松原はもう一度中に入ってくるように言った。

診察室の隅に、ビニールで覆われた機械のようなものがあり、そのカバーを松原はとりはずした。高さ一メートル、幅五十センチほどの機械で、機械類の収納された箱の上に、黒いパネルが斜めに張り出し、その上にモニターがのっている。パネルにはボタンが並び、その前にあるボックスに長いコード類が取り付けられている。

「カラードップラー。中古だけどね、内臓が一目で見えるんだよ」

「カラー？」

「正式には、超音波診断装置というんだ」

へえ、と成木は鼻を鳴らした。

「いつもと違うね、先生。診察は聴診器ひとつでできるって言ってたくせに」

成木の言葉など気にもかけないように、松原は機械の説明を始める。

「それで、俺にどうしろって？」と成木が問うと、「これ、ひとりじゃ持ち運べないんだよ」と松原は、すまなそうに言った。「いま、農繁期じゃないだろ。あんたくらいしか、頼むところなくてさ。それに、うちの車、ふつうのセダンだから、こんな化け物、載せられないし」

成木は少しずつ、理解した。半径十キロ四方に医師と名がつく人間は松原ひとり。その松原は、成木の軽トラックに装置を載せ、検診を始める気なのだ。けれども、成木には断る気も起こらず、洋二のいない日中、週二度、検診に協力することを約束した。夏の間、小中学校、地区公会堂を巡回し、四名の無症状胆石、六人の乳腺疾患、八名の脂肪肝を見つけた。

幼稚園の二年目、秋を過ぎた頃から洋二は、たびたび嘔吐をするようになった。そのたびに、松原の元へつれていくが、大丈夫と声をかけられる。そして、今度はいよいよ学校だなと洋二は、ごりごり頭を撫でられるのだった。

「校長にも話してみたよ。でも、無理みたいだな、例のフィルムを貼るの」

と松原は言った。

「そこまでしなくても」

成木は気弱に言う。

「だからね、このクリームだ」

松原はその瓶のふたをあけた。アルコールのにおいが鼻をつく。洋二は尻ごみした。松原は洋二を膝にのせ、腕まくりさせた。その白く、か細い腕に、クリームを薄く、擦りつけるようにして塗っていく。洋二は魔法にかかったように動かない。

「いい軟膏なんだよ」呪文を唱えるように松原は言った。「とても効くんだ。こいつさえ塗れば、フードがなくても、外に出られる。どうかな？」

洋二は暗い窓をぼんやりながめながら、こっくりとうなずいた。

「よし」

松原は激励（げきれい）するように言い、成木にクリームの塗り方を説明した。それが終わり、ふたりは診察室を出ていくと、待合室で新聞を読んでいた男が立ち上がり、中に入っていった。

また、あの連中か。成木はその男たちが好きではなかった。

身分を隠しているが、刑事らしいのは察しがついた。

口先では松原のことを持ち上げているが、陰では松原のことを、『一味』とか『提灯』と呼んでいる。去年の暮れあたりから、詐欺を働いている医師がいる、という話がどこからともなく広がっていた。噂を耳にするたび、松原にはまったく関係のない話だと成木は思ったし、当の松原本人も、否定しているにもかかわらず、ずるずる警察の捜査に巻き込まれていく松原の姿を見るのは辛かった。

勘弁してくれないかなあ、という松原の声が診察室から洩れてくる。

耳をふさぐようにして、成木は医院を出た。離れた場所に見かけないベンツが停まっていた。成木は軽トラックに乗り、キーをさした。駐車場をふりかえると、ベンツに乗っていた男が車から降りて生け垣を背にして立っていた。男の身なりは、きちんとしているが、双眸から放たれる、その暗く鋭い目線は、尋常のものではなかった。成木に気づいたのか、男はその場から離れ、うつむき加減になりながら、ベンツの後部座席に乗りこんでドアをしめた。

人相の悪い運転手がこちらをにらみつけているが、後部座席の男は意に介さず、診療所のほうを見ている。不審に思いながら成木は駐車場を後にした。

年が改まり、成木は本格的に塗り薬を試そうと考えた。まず、手の甲に塗ろうとしたが、洋二は痛いと言って、だだをこね、塗らせようとはしない。けれども、松原の手にかかれば、借りてきた猫のようにおとなしくしている。そのことを松原にきくと、「その手では、ちょっとね」と松原は成木の厚い手のひらを触った。成木は慣れ親しんだ自分の手のひらを広げ指を眺めた。

真冬でも手袋をはめず、二十年間、きつい農作業に従事してきた指は、軽石のように硬くざらついている。ヤスリだなと成木は思った。これでは、餅のような洋二の肌に当てられない。

洋二はまだ幼く、まんべんなく自分で塗ることができない。それに、薬は三時間おきに塗らないと効果がない。結局、毎朝、学校のはじまる前に医院に寄って松原に塗ってもらい、学校では養護教諭に塗ってもらうことで乗り切ることに決め、実行した。新しい友達ができて、遠い村からも遊びに来るようになった。けれども、洋二の方からは出むくことができない。

農閑期(のうかんき)に入り、成木は自分の手をじっと見つめる。このまま、ずっと洋二の肌に薬も塗ってやれないのだろうかと思うと、ひどくみじめな気分になる。いつものように、朝早く起きて、診療所に寄る。あれこれと学校のことを松原は訊き、洋二はうれしそうに薬を塗ってもらう。しかし、この日が最後になろうとは、だれが予想できただろう。

その日の夕刻、玄関先に乱暴にランドセルが投げこまれた。それは洋二のものだったが、本人の姿は見えない。外に出てみるが、初夏の日差しがまだ残る路地に犬一匹いない。

一刻の猶予(ゆうよ)もならない、と成木はあせった。クリームの瓶とフードをたずさえて探しに出かける。二十分ほどあちこちを回ってみたが、どこにも洋二はいなかった。

崖下か、と成木は見当をつける。松の枝に見おぼえのあるハンカチがかかっている。森の中に入ると、さすがにひんやりとして風も冷たい。草むらのあいだから、崖の地肌が見えかくれする。崖にはところどころ、小さな風穴(ふうけつ)があり、白い小さなズックが見えた。

洋二は風穴の中にいた。そこが身を焦がす太陽の熱から唯一、自分を守ってくれる場所であることを洋二は幼い頃から知っている。声もかけずに、穴に入って洋二を抱きあげる。海鳴りを感じながら、ふたりして森に吹く風の音や村の入り口に流れる滝の音に耳を傾(かたむ)ける。

「毒が入るんや」

洋二がつぶやいた。

その声がひどく大人びて聞こえ、成木は驚いた。

「毒?」

「そいつ、皮膚から血管つたわって、どんどん中に入りよる。そうすると、だめなんどう」

言っている意味が少しずつつかめてきて、成木は一安心した。

「だれがそんなこと言った?」

「だれでもいいが」

洋二はそう言うと、さっさと立ち上がり、貂(てん)のような素早さで風穴を出ていった。

小さなつむじ風とともに、洋二の残り香がさっと消える。そうだな、俺もこの穴の中でこうしていたい。

あの焼けつくような陽の光をさけて、日中はこの中で過ごし、日が昏れて闇の世界の幕開けとともに外に出て、草を刈り、土を耕し、堆肥を与える。深夜になれば淡い月光の下、握り飯と味噌汁の粗末だが温かい食事をとる。そして、日の出とともにこの穴に帰ってきて、板でできた戸をしっかりと閉め、この贅沢な闇の中で洋二とふたり、ひっそりと息を殺して夜を待つ。そんな狼のような生活にいつしか自分はあこがれている。

ふと手の甲に目をあてて触ってみる。陽の光をいくら浴びても、この肌は黒く厚くなるばかりで、とらえどころがない。このような肌こそ異常ではないのか。あの痺れるようにまぶしい陽光の下でどれほど身をさらけ出していても、火傷ひとつ負わないことの方がよほど異常に思えてくる。

何故、こんな簡単なことにこれまで気づかなかったのだろう。そうだ、と成木は思った。じりじりと照りつける陽でも紫外線でもない、この世のすべてを燃やし尽くしてしまうような激しいものはないだろうか。

あるとするなら、ぜひとも手に入れねばならぬ。

12

坪川は刑事課で待機していた。

「何かわかりましたか?」

神村が訊く。

「成木満嘉は二年前のちょうどいまごろから臨時職員に採用されていました。月給二十万円で、蛭ヶ平の燃料電池と春化処理の施設、両方の管理をまかされていたようです」

「あの手の施設は管理が難しいんじゃないですか?」

「きちんと資格を取らせたり研修もしたので、問題はないはずだと言ってました。国道から村に登る道あるでしょ? あれ、天然ガスを運ぶタンクローリーを入れるために会社側が負担して拡幅したそうですよ」

そこまで言って、坪川は麦茶をすする。

「いま、燃料電池の施設が動いていない理由は?」

「天然ガスの管理が難しいからだそうです。なにせ、危険なものだから人がつきっきりでモニターしないといけないそうで。成木がいなくなってしまって、村ではその後釜(あとがま)が見つからないらしくて。何でも、特定高圧ガス取扱主任者の資格もいるらしいし」

「LPガスを取り扱う資格でしょ？　そんなに難しくないはずだけど」

「試験自体はね。でも、燃料電池がくっついてるもんだから、ややこしいらしいですよ。家庭用じゃなくて、大がかりだし。第二種の電気主任技術者資格も取らせたりして、会社でみっちり研修させたようなんです。若い人も少ないし、それだけの時間を空けられる村人はいないんじゃないかな」

「そうですか」神村も麦茶の入ったコップを引き寄せた。「成木ってどんな人だったんですかね？」

「飲み込みが早かったそうです。春化処理の施設の保守もまかせていたそうだけど、器用な男で、会社側もずいぶん助かったと言ってます」

「ほう」

「棟ごとに春化処理の時期をずらす仕組みを作ったりして、年中、水仙を咲かせるように工夫したとかね。いずれ展示施設も作るはずだったのに、成木がいなくなってしまって宙に浮いていると困ってましたよ」

「なくてはならない人材ということですね。天然ガスの洋上基地の話は進んでいるんですか？」

「デリケートな話でね。宙に浮いちゃってるみたいです」

「それにしても、成木っていう男は、水仙栽培のプロ中のプロか」

「本人も通年で水仙の花が見られるような施設を夢見ていたようだからね」

神村は麦茶で口を湿らせ、蛭ヶ平をネタ地にした原野商法の捜査資料をめくりだした。

「神村さん、どうしますか？　これから」

神村が答えなかったので、美加は野沢エステートが会社ごといなくなったことを話した。

坪川は驚いて、

「大きな会社なんでしょ。そんな簡単になくなるの？」

と訊き返した。

「そうみたいです」

「警察の動きを察知したのかな？」

「と思います」

苦情が出ていたし、警察も黙っているはずがないと思ったのだろう。野沢エステート本体にも、多くの苦情が舞い込んでいたはずだ。これ以上、知らん顔してすごすのはできないと判断し、会社そのものを消した。そのようなことをするのは……詐欺集団にほかならない。上層部を除いて、働いていた人間は知らず知らずのうちに犯罪行為に加担していたのだ。

　資料を見ていた神村が顔を上げた。

「坪川さん、別々の事件で、沼尻という名前がちょくちょく出てるけど、こいつ、何者なの？」

　坪川は神村が示した頁を見て、すぐピンときたようだった。

「騙した不動産会社の人間ですよ。複数の会社に籍を置いていてね。名前はわからないけど、同一人物だと思いますよ」

　美加もそのあたりを見てみた。

　埼玉と神奈川の事件の報告書だ。騙した不動産会社に勤務していた男で、詐欺の初期段階で直接、被害者と会っている。電話勧誘も担当していたようだ。最前線の営業を担っていた人物のようだ。

　部屋の隅に置かれたテレビから、気になる言葉が流れてきた。

〈……こちらは池袋駅地下通路にありますアゼリアロードです。駅係員から人が燃えているとの一一〇番通報があり、現場には火傷を負ったらしい男性が倒れていました〉

　レポーターが移動しながら、そのあたりを指した。池袋駅の地下通路。外貨両替店の左手にある通路の柱の手前だ。

〈このあたりに三十代前半と思われる男性が倒れていました。救急隊員が駆けつけたときは心肺停止状態だったといいます。それ以上の詳しい情報は入っておりません。池袋駅からお伝えしました〉

耳を疑った。いまたしかに、レポーターは人が燃えていると言った。

池袋駅の地下は南北東西に大きな通路が交錯している。いつも、多くの乗降客が行き交っているではないか。そんなところで人が燃えた？　いったい、どういうことなのか。

「渋谷に行ってみないといかんな」

とつぶやいた神村の顔には無力感さえ漂っていた。

事件が起きた池袋でなくて渋谷？

「……宇佐見が亡くなった現場ですか？」

「ああ」

神村の表情には、達観めいたものすら漂っていた。すでに謎が解けているようなふうにも見える。

今回の出張でそれをつかんだのだろうか。美加にはそれらしいものは、さっぱりわからなかった。

13

夕食の後片づけをし、洋二を寝かせつけて、学級通信を書く。十一時過ぎ、電話が一度けたたましく鳴ったが、五回ほどで切れてしまう。悪い予感がしたが、その晩は寝て、翌朝、早く起きた。暗いうちに眠たがる洋二を車に運び入れ、いつものように医院にむかう。ほんのりと山の端が白みかかる頃、診療所に着いた。看護師の小野が走りでてきて、今日は先生、いないからね、私が塗ってあげるから、と赤ちゃんをなだめるように洋二の顔をのぞいた。

洋二は小野に抱きかかえられて、医院の中へ連れていかれる。

成木は玄関先で待ちながら、昨夜かかってきた電話のことをふと思い出していた。

若尾と名乗る男がやってきたのは、七月のことだった。丸っこい体つきで、大阪弁を操り、着古した背広姿は、どことなく憎めず、成木の仕事の話を興味深げにきき、その日は何も用件を言わず帰っていった。

夏のあいだ、若尾はときおり、村にやってきては、あちこち見て歩き、村人と親しげにしゃべった。白髪交じりの男に、成木は気を許した。

九月はじめ、大型台風がやってきて、崖崩れで村道が不通になった。村人総出で屋根瓦の飛んだ家の修繕(しゅうぜん)をするのを見ながら、何気なく村道の復旧工事現場に行ってみると、作業員を督励(とくれい)している若尾の姿を見つけた。成木を見つけると若尾は笑みを浮かべて近づいてきて、「ほんま、大変やったな」と肩を叩かれた。

浅黄色の作業服とヘルメット姿が板についており、この男の本職はこれか、と成木はあらためて上から下までながめた。服の胸についた社章がその場になじまず、成木は怪訝な顔で見ていると、ああ、私、ここのモンよ、ここが終わったら、村の方に行ってみるからと悪びれない態度で若尾は言った。

若尾の所属する会社がわかったのは、それから二週間ほどたってからのことだった。

診療所通いは続いたが、困ったのは朝一番に塗る薬だった。相変わらず、成木の硬い手で塗るのを洋二は受けつけない。松原に相談すると、看護師の小野良枝が毎日、朝早くから来てくれるようになった。しかし、その好意にずっと甘えているわけにはいかなかった。この手が悪いのだ。と成木は思った。いつまでたっても機械化できない農作業がいけない。

ふと、船を買おうか、と考えた。夏に入ると、成木は知り合いの漁師に頼んで、船に乗る。近場の海で小魚を採るだけなのだが、一年を通せば農業よりずっと実入りは良い。

借金を抱えるのはしかたないとしても、魚港は離れており、その分だけ洋二の近くにいる時間が削られる。洋二は元気で、以前より嘔吐の回数は減っている。しかし、食道にポリープが見つかり、ひと月ほど敦賀にある中央病院に入院を余儀なくされた。

若尾の言ったとおり、あの話に乗るしかないか、と考えるようになったのは、その頃からだった。

若尾は大阪に本社をおくガス会社の営業課長だった。ゆくゆくは、関西一円に販路をのばしていきたいが、その足がかりとして、この地方に液化天然ガス貯蔵基地を建設したいと申し出た。若尾の説得工作は続いた。それだけでは地域に貢献できないから、その見返りの意味もこめて、この村の裏山一帯を買い上げ、営業とは直接関係ないがそれなりの集客力を持つ観光施設を作っていきたい。自分はそのために、やってきたのだ、と若尾は村に来た目的を話した。

ああ、あの話だな、と成木はピンときた。貯蔵基地建設に一時は反対運動まで起きたが、洋上に作るという話に落ち着いてから、近頃では火が消えたようになっている。若尾が村にやって来た日のことを思いだし、なるほど、そういうことだったのかと成木は思った。

それはそれとして、若尾からじかに聞いた話は、決して悪いものとは思われなかった。基本設計図に描かれた施設の半分は、成木の所有する土地で、買い上げでも借地でもどちらでも良いという。望めば、成木は施設の管理人として雇(やと)いあげられ、給与は今の稼ぎの三倍近くある。成木はじっと手に見入った。

第四章　追跡

1

　小野良枝は車を走らせていた。気がつくと赤信号に変わった交差点をそのまま通過してしまった。ひやっとしてルームミラーに目をやる。大きなトレーラーが交差点を塞ぐように通り過ぎていくところだった。

　前方に目を転じた。幸い、車は少ない。あわてることなく、アクセルを踏み込んだ。助手席の成木がシートに体ごと押しつけられ、顔をしかめた。借りだしたレンタカーはびっくりするほど加速がいい。

「大丈夫？」

　良枝は自分を落ち着かせるために大声を上げた。

首都高の取り付け道路を一気に上がる。護国寺料金所から首都高速五号線に入った。池袋駅で成木を拾ってから、ここまで、ずっと渋滞していた。おかげで、肝を冷やしっぱなしだった。テレビは盛んに池袋駅で起きた人体発火事件を中継している。

成木は両足を広げ、窓にもたれかかっている。良枝は声をかけたが、死んだように目を閉じたまま応答はしなかった。

やっぱり、体のほうがおもわしくないんだね。

血色が悪く、洗い立ての黒いポロシャツはしわくちゃだった。良枝はやんわりと左手で成木の顎をつかんで左右に振った。乾いた黒髪が揺れて狭い額が隠れる。

成木はこめかみを震わせ、荒い息をしている。良枝が声をかけると、その目はナイフのように細くなった。

「首尾よくいったみたいだね」

「あれは俺のもんだ」

とわけのわからない言葉を返す。

竹橋ジャンクションの手前からまた渋滞しだした。

大井南のインターチェンジで降りて、中央海浜公園の駐車場に車を乗り入れる。

運河の見えるあたりで停めて、ドアを開け放った。海風が心地よかった。

「しばらくここにいようか」良枝は成木の胸に手をあて、媚びるように囁いた。

「夜になったら帰ろう」

成木の返事はなかった。あともう少しで日が沈む。

良枝は成木の股間に手をあてる。そこにあるものは、柳のようにしなだれて形すらとっていなかった。

良枝は心中、穏やかではなかった。

これまでにはない何かが、みっちゃんの中に居座っている。

膝の震えがとまらない。アスピリンを三錠のんでも頭痛はおさまらなかった。できるなら、このまま東京を出てしまいたかった。でも、みっちゃんはそれを許してくれそうにない。いまの工場で働き続けるしかないというのが口癖だ。久保医院を辞めてしまったから、それはそれで仕方がなかった。でもいい。あともう少しの辛抱。それが終わったら、こんな街とはお別れだ。

みっちゃんは新しい住まいを気に入ってくれた。あそこなら、見つからない。東京を出たらどこに行こうか。そう声をかけようとすると、成木から「もう時間だ」と言われた。

「そうだね、行こうか」

良枝は車を出した。もう一度、首都高一号線に乗った。

今度は渋滞しなかった。羽田インターで降りて、羽田ランプ交差点を左に取る。環八を北に向かった。北前堀緑地沿いを走り、工場街に入った。すっかり日は落ちていた。着いたことを知らせると、成木はなにも言わないで車から降りた。その背中を見守り、敷地に入ったところで良枝は車を出した。

2

「あのあたりから出てきて、ここで倒れて、まったく動きませんでした」

若い駅員は、外貨両替店わきの通路を指して言った。

「そのとき、火はついていたんですか?」

美加が訊くと、駅員はその光景がよみがえったらしく顔を引きつらせた。

「青白くうっすら……全身が燃えていました」

そう言われても、想像がつかない。しかし、駅員ははっきりその光景を見ている。本物の人体発火事件なのかもしれない。

ここは池袋駅。今朝福井を発(た)って、正午前、到着したばかりだ。亡くなったのは、角倉(かどくら)佳文(よしふみ)という三十八歳の独身男性という以外わからない。

「しっかり思いだして頂けますか。服に火がついていたんですか？　それとも顔とか手だけですか？」

「服というか、まわりの空気というか、そのあたりが、こうピンク色っぽく染まっていて」駅員は手振りを交えて言う。「でも、あれは炎に間違いないですから」

「内側から吹き出るような感じ？」

「いえ、包まれていたように見えました」

「まわりに人はいなかったんですか？」

事件があったのは地下通路の端だが、近くにはたくさんの通行人がいたはずなのだ。

「あの方、ひとりだけでした」

「支柱の向こうは？」

駅員が示しているのはアゼリアロードの壁だ。両替店から三メートルほど行ったところに、太い支柱が立っている。支柱の右側は壁が迫り、一メートルほどの空間が死角になっている。照明が届かず仄暗いそのあたりを、神村はしきりと調べていた。

「わからないです」

支柱の陰に人が潜んでいたとしても、ここからでは見えない。

「被害者の方が倒れたとき、まだ火はついていましたか？」

もう一度美加は確認した。

「そのときは消えていたかもしれないです」

「じゃあ、あなたが火がついたのを見たのは倒れ込む寸前の二、三秒？」

「……くらいですかね」

駅員は少し考えながら答えた。

「倒れたとき、介抱(かいほう)したんですよね？」

「あわてて駆けつけましたけど」

「そのとき、体に触ったんですよね？　熱かった？」

「まったく」

「息はしていましたか？」

「してなかったかもしれないです」

こうしているあいだも、アゼリアロードは途切れることなく人が歩いている。

通路の向こう側は百貨店があり、その上は池袋駅東口。通路をそのまま進めば丸ノ内線の改札だ。

支柱のまわりにいた神村が戻ってきた。

「支柱の根元にこれが落ちてたけど、何かわかりますか？」

神村は薄暗い空間を指して駅員に訊いた。

駅員はまじまじと神村の差し出したハンカチの上にある白い顆粒を見つめた。

美加も息を止めてそれを凝視した。水仙の花粉……？

「さあ、わからないですけど」

「だろうね」

神村は大事そうに顆粒をしまった。

「天井にも床にもガスの配管みたいなものはないし」

神村が言った。

「はい、ありません」

「防犯カメラはアゼリアロードの真ん中にあるから、ちょうどこのあたりだけ死角になってるよね」

神村が支柱を指した。

「そうです。丸ノ内線の改札の防犯カメラも、改札を向いていますから、このあたりは映っていません」

「あなたが介抱したとき、角倉さんの体は熱かった？　それとも、冷たかった？」

同じ質問をされて、駅員は困惑した表情で首を横に振る。

「いやぁ、熱くも冷たくもなかったですけど」

自分自身を疑うような顔で駅員は口にした。

「においはどうだった？　焦げたにおいとかなかった？」

「ないです」

声をかけたものの角倉から返事はなく、息もしていなかったと言う。

駅員と別れ、アゼリアロードを南口方面に向かって歩く。

ごった返すほどではないが、絶え間なく人が行き交っている。事件が起きた昨日の夕方も、同じくらいの人出だったろう。もう少し多かったかもしれない。それでも目撃者は少ないようだ。

「先生の見つけた白い粒はやっぱり……」

「だろう。あんなところに落ちてるんだから」

「やっぱり、〝えのよん〟が来たのかしら」うしろを振り返りながら美加が口にする。

「でも、あんなところで、どうして人が燃えるんでしょう？」

「あそこで燃えちゃ、具合悪いか？」

神村がからかうように言う。

「あ、いえ、これまでとパターンが違うと思って」

「密室じゃないからか？」

「目撃者は少ないけど、これまでとは違って、桁違い(けたちが)に人目につく場所じゃないですか。なんで、あんなところで」

「それが目的だとしたらどうだ？」

と神村が意外な発言をした。

「大勢の人目にさらすためにわざとあの場所で？」

「ああ」

「というか、なりふり構わずみたいな気がします」美加は続ける。「……やっぱり、成木という男が関係しているのでしょうか？」

神村は歩くスピードを速める。

「このあと、渋谷に寄ってみるか」

などと、昨日と同じことをつぶやいている。

池袋署の正面玄関は、テレビ局の中継車や記者たちでごった返していた。人垣を割って署内に入り、四階の刑事課に上がる。

刑事課長席にいる面長(おもなが)の顔の男が神村を見つけると、手招きしてきた。吉富(よしどみ)課長だ。捜査一課時代、神村とともに働いていた間柄だ。

「お祭り騒ぎだね」

神村が声をかけると吉富はあごをしゃくるように、パイプ椅子に座るように促した。

「現場を見てきたか?」

「もちろん」

美加も神村の横に腰掛けた。

「渋谷で起きたばかりだろう。まさかうちであるとは思わなかったぞ」

「だろうね」

昨夕の事件発生以来、吉富と神村は連絡を取り合っている。

「司法解剖はもう済んだ?」

「終わりかけてる」

「うっすら焼けてるけど、凍死の所見? それに、これも現場には落ちていた?」

神村がハンカチでくるんだ白い顆粒を見せると、吉富は目を見張った。

「そうそう、死体のまわりにこいつが落ちてた」

「やっぱり。うちや渋谷と同じだな」

「鑑定に回してるけど、やっぱり水仙の花粉か?」

「たぶんね」

「うーん」

神村は駅員から引き出した話を披露した。

「ほかにも通行人が三人、火がついてるのを見てる。でもな、どこでどう火がついたのか、さっぱりわからん」吉富は期待する顔で神村を見る。「で、カンちゃん、いったいなにが起きてるんだ？」

神村はとぼけるように、肩をすぼませ、

「犯行現場付近で、例の男は見つかったかな？」

吉富は手元にある男性の顔写真を滑らせた。

成木満嘉だ。

神村がうなずいて、こちらも期待に満ちた顔で吉富を見る。

「駅の防犯カメラはぜんぶ集めたし、聞き込みもやってるが……いまのところ、そいつと似たやつは見つかっていない」

神村がふっと息を抜いた。

「そうか、だめか……」

「事件があった場所は、微妙に死角になる場所だったからな」

「みたいだね」

吉富が身を乗り出した。

「なあ、カンちゃん、その成木っていうのが本犯なのか？」

「限りなくグレーな人間なんだけどね」

「カンちゃんがそこまで言うなら間違いなさそうだな。福井のほうはどうだ？　成木の家にガサに入ってるんだろ？」

「もうそろそろ終わる頃だけど、成木の指紋が見つかって、さっそく判定機にかけたみたいだよ。前はないな」

「そりゃそうだろ、あんな片田舎に住んで、水仙作ってるような人間なんだし」

「うん」

「かりに、そいつがここに現れて犯行に及んだとして」吉富が声を低めた。「どうやって凍えるような火をつけるんだい？」

神村は、ごしごしと髪の毛をこすり、

「それがさ、わかったような、わからないような……そんな感じなんだな」

と独りごちる。

「その様子だと、あんがい、わかってるんじゃないか」

疑り深そうに吉富が声をかけるが、神村は答えない。

「成木の行方はわからないのか？」

「いまのところだめかな」

「成木は九歳になる息子と一緒にいるはずです」美加が言った。「看護師の小野良枝という女性も行動を共にしている可能性があります」

長男の洋二の病気や小野良枝について話した。

「そんな病気なら、あちこち動き回れないんじゃないか？」

「そう思われます。三人については福井県警の越前北警察署が行方を追ってくれています」

「東京方面はカンちゃんらの受け持ちか？」

「まあ、そうだね」神村が答え、「イケさんからは？」と話題を変えた。

本部の組対四課の池長だ。吉富には話を通してある。

「渋谷のヤマはたいがい聞いた。向こうはマル暴相手だろ」

「そうなんだけどさ。こっちの角倉って何者？　前はある？」

本人はスマホと免許証を持っていたが、それ以上の情報はないという。

「前はないが、胡散くさい。フルオーダーのサマースーツ着てるし、腕にはブルガリだ」

「ほう、金余りの独身貴族……住まいは？」

「南池袋の高級マンションにひとり住まい。だいぶ前、ヤミ金で一度、摘発されたことがあるみたいだけどさ」

「ヤミ金か」

興味深げに神村が言った。

ますます怪しい。マル害は詐欺集団の一員と暴力団組長、そしてヤミ金業者……。

「相当羽振りがいいみたいでな。ベンツを乗り回してるし、筋の悪い連中とつきあってるような噂がある。もうすぐフダが出るから、ガサにつきあうか？」

「喜んでお供させてもらいますよ」

「そうこなくちゃ。どうした？　浮かない顔して」

「……いや、これで終わりならいいと思ってさ」

と神村は奇妙な言葉を口にした。

「なんだって？　まだ続く？」

「その可能性がなきにしもあらずでね。場合によったら、もうひとり餌食になるかもしれない」

美加も神村の口から出た言葉に驚いた。

「先生、なにか根拠でもありますか？」

「ヌカだな」

神村が言った。

「ぬかみそかなにかか?」

神村は首を横に振り、机の上にあるメモ用紙に〝NUKA〟と書き込んだ。

……蛭ヶ平の発電施設の燃料タンクに殴り書きされていたアルファベットではないか。

「Nは野田、Uが宇佐見、それからKが……」そこまで言って、神村は美加を見た。

「角倉ですか?」

美加の答えに神村はうなずき、吉富をうかがった。

「なんなんだよ、それ?」

美加が吉富に説明した。

「じゃ、その四文字は成木が書いたのか?」

吉富が訊いた。

「ほかにいないだろうな」

「じゃ、残りのAは誰なんだ?」

「さっぱり、わからない」

「ちぇ、だいぶ疲れてるな。飯は食ったか?」

「まだ」

「おごるから、なにがいい？」

美加はつい寿司と口にした。

「越前でたっぷり食ってこなかったか？」

「まだ足りないみたいだよ」

ちらっと美加を見て神村が言った。

3

そのマンションは鬼子母神堂にほど近い明治通り沿いにあった。五階建てのマンションで、オートロック方式の入り口にある防犯カメラが睨みをきかせていた。角倉の自宅は五階にあり、カードキーによる施錠（せじょう）、おまけにテレビモニター付きのインターホンが外部からの侵入を阻（はば）んでいた。

立ち会い人の不動産会社社員が見守るなか、池袋署の五人の刑事とともに中に入った。玄関左手のリビングは、大型テレビを前に高級ソファセットが置かれ、オーディオラックにステレオやスピーカーが収まっている。バルコニーがぐるっと各部屋を取り巻くぜいたくな間取りだ。リビングよりひとまわり小さい隣室に、作業用のデスクが二脚あり、ファイルボックスが詰め込まれたキャビネットが壁を占領していた。鍵の付いたステンレス製のファイルボックスもある。中には大きさや厚さも様々な名簿が収まっていた。高校や大学の同窓会名簿が十冊ほど。となりには自治会名簿が十冊近くある。部屋の隅に雑多な書類がまとめて捨てられたビニール袋がふたつあった。いったい、ここで角倉という人間は何をしていたのか？

となりの部屋で捜査員の声が上がったので、美加も移動した。キングサイズのベッドが置かれた寝室だ。壁の一面がすべてクローゼットになっていて、そこを開いた捜査員が中を見て驚いていた。

未使用の携帯電話が入った箱が壁を覆い尽くしていた。固定電話機の箱もある。右隅には頑丈（がんじょう）そうな金庫が鎮座していた。金庫は鍵がかかっていて、開かなかった。捜査員が携帯電話の箱を開けると新品のスマホが現れた。

「……道具屋か」

捜査員が言った。

「かもしれないですね」

美加は答えた。

携帯電話や固定電話は振り込め詐欺の必需品だ。角倉は彼らにそれを提供していたのだろう。しかし、先生はどこにいるのか？

リビングに戻ると神村が角倉のノートPCの画面を食い入るように見ていた。

寝室にある品々について話したが、神村はうなずくだけで、そこを離れようとしない。

「よくログインできましたね？」

「生年月日であっさりだった」

この部屋まで、誰も入ってこないと角倉は高をくくっていたのだろう。

だから詐欺に使う道具も、置いてあるのだ。

神村の指が素早く動いた。検索窓に〝GF〟と入力する。

ファイル一覧が表示された。

〝GF　40？〟〝GF　30？〟

神村が〝GF　40？〟のファイルを開いた。

名簿らしきものが表示された。氏名と住所、電話番号、摘要として那須塩原の似たような地番が入っていた。那須塩原の地番が入った個人名が四十名ほど続き、そのあと福井県の越前蛭ヶ平の地番が記された個人名が二十名ほど収まっていた。

「これは……」

思わず美加はこぼした。

「野田が持っていたファイルだな」

「原野商法のターゲットにされた被害者の名簿ですか？」

「そうだ。角倉が道具屋だったとすれば、連中に売りつけたかもしれんな」

野田のタブレットには、ＧＦ　40年モノ　３００、そして、30年モノ　２００、などという記述があった。あれは、四十年前、原野商法でカモになった人たちの名簿だったのだ。３００や２００は、人の数、またはファイルの価格を表しているのかもしれなかった。価格とするなら、三百万ないし二百万ということになる。

元々は紙の名簿だったかもしれない。それを角倉が入力して、ファイルを作ったのだ。

美加はトートバッグの中にある蛭ヶ平を舞台にした原野商法の捜査資料を取りだした。詐欺のネタになった地番をひとつずつ確認した。すぐにわかった。

「このファイルの地番、蛭ヶ平の原野商法に遭った人が購入した土地と同じです」

美加は言った。

「やっぱり、そうか」

「野田は野沢エステートとは別会社の名前を騙って、蛭ヶ平の原野商法に手を出していたんです」

「だろうな」

「だったら、野田も蛭ヶ平に行っているかもしれません」

「カモにできる土地かどうか、見極めるために当然入ってる」

「登記を書き換えたのも野田かもしれないです」

「そうかもしれんな。登記所で調べて、書き換えても詮索されない相手だと踏んだんだろう」

それが松原俊則名義の土地ではなかったか。人のよさそうな医師だから、勝手に書き換えても、しばらくのあいだは気づかれないで、原野商法を続けることができると踏んだのだ。気づかれたところで、詐欺をやめれば済む話だ。

問題はそのあとだ。野田が死に、原野商法の名簿を野田に流した角倉という男も死んだ。神村はまだ事件は続くかもしれないと言う。まったくわからない。

神村のスマホが鳴った。小橋からのようだ。

短く返事をして通話を切った。

「行くぞ」

神村が立ち上がり、玄関に向かった。

美加も続いた。

「なにか、わかったんですか？」

「神泉町のミトスの持ち主。中央区の明石町にいる」

「あっ、それですか」

八潮組の先代の組長宅と隣り合っている駐車場の持ち主がわかったようだった。地下駐車場から車を出した。

「渋谷に行くぞ」

「えっ、そっちですか」

現地で小橋と落ち合うような電話だったが。

新宿の手前でふたたび神村のスマホが鳴った。スピーカーモードに切り替える。

「池袋のヤマ、見てきたんだって？」

組対四課の池長の声が流れる。

「うん、行ってきた」

「越前からトンボ帰りか。大変だったろ、向こうは」

「魚が旨かったよ」

「だろう。おれもついていきたかったぜ」

「十一月あたり、カニ食いに行こうか」

「そりゃいいな。一度腹一杯、越前ガニを食ってみたかったんだよ」

「同感」

「いま角倉のマンションに来てる。解剖医の話も聞いたが、宇佐見のヤマとそっくりだな」

「そうだね」

「角倉は道具屋だろ。蒲田で殺られた野田は詐欺の先兵、それから宇佐見が資金元だと見てるけどな。どうだ？」

「さすがイケさん、おれもその線だと思うよ。ただし、どうかな、その三者に接点はある？」

「いまのところない」

「つなぎ役の人間がいるように思うんだよ」

「誰だい？」

「もうじきわかると思うよ」神村は一拍おいて続ける。「八潮組の動きはどうかな？」

「告別式が終わってから、慌ただしくなってきた。あちこち、出かけちゃ、凄みをきかせてる。行確で人をとられてきついぜ」

「八潮組も犯人捜しか」

「もちろんだ。てめえんところのオヤジを殺られたんだから血眼だ」

「目立った動きは？」

池長の声が鈍（にぶ）った。「……それが、どうもな」

「連中にしても、だめか」

八潮組組員の動きを追いかけて、犯人の割り出しにつなげるという目論見（もくろみ）もうまくいかないらしい。

「そうそう、やつら、カンちゃんの蒲田方面にも、のこのこ出かけてるぜ」

「どこへ？」

「大森の東和医大病院。受付や小児科で一悶着（ひともんちゃく）起こしてる」

「どんな騒動？」

「窓口で口喧嘩（けんか）した程度らしいけどな」

「いつの話？」

「二十日だったな」

「なるほど。了解」

「また何かあったら知らせる」

「うん、たのむね」

渋谷が近づいていた。

「渋谷ヒカリエに行きますか?」

「いや、例の目撃者のいた通りを走ってみてくれ」

「ヒカリエの南側の道ですね?」

「ああ」

現地に着くと、神村の指示どおり、明治通りから、渋谷ヒカリエの南側にある一方通行路に入った。目撃者から話を聞いたペンシルビルの前で停まると、神村はさっさと降りて、そのとなりのビルに入っていった。神村は十分ほどで戻ってきた。浮かない顔だった。一方通行の残り五十メートルを走りきる。そこそこ大きなビルに突き当たり、標識にしたがって手前の道路を右に曲がった。神村から停まるように言われ、路肩に寄せる。「その出たところで待って」とすぐ先にある広い道路の角を指して、神村はさっさと降りて、一方通行路の突き当たりにあったビルに入っていった。犯行現場とはまったく関係がない場所だった。神村がなにをする気なのかさっぱりわからなかった。

十五分ほど待たされた。途中、ミニパトがやって来て、美加と同じ年代の女性交通巡査に免許証提示を求められた。警察手帳を見せると、巡査はすぐに去っていった。戻ってきた神村の表情は潑剌(はつらつ)としていたので、驚いた。後部座席に乗り込み、「じゃ、行こうか」

と陽気に言った。

　何をしてきたのかわからなかったが、ミトスの持ち主が気にかかり、神村の奇行はすぐ頭から消えた。

4

　良枝はタオルケットにくるまっていた。男くさいにおいが何より安心できる。

　雨戸の閉め切ってある部屋は真っ暗だった。ことんと音がして襖(ふすま)がほんの一握り開いた。小さな二つの目が、猫の目のように光る。

　成木満嘉が感情のない目でじっと見おろしている。

　目線が良枝から外れ、良枝がいないみたいに服を脱ぎ始める。

　みっちゃん、と良枝は呼びかけた。

　成木は返事をしない。

　もう一度、みっちゃんと言う。

　成木はパンツ一つになり、良枝の横に潜り込んできた。汗臭いにおいがしたが、すぐ馴染んだ。みっちゃんは、背をむけて、じっと横になる。もう、目を閉じて眠る態勢になっているのだ。むき出しの肩に、そっと手をあててみる。みっちゃんは、反応しない。

いいよね、みっちゃん。

小さく声を出して、その背を後ろから包みこむようにして、そっと抱いた。

成木は良枝に体を寄せてきた。さっきまでたっていた粟のような鳥肌がきれいになくなり、良枝は人心地がついた。こうして抱いてあげると、みっちゃんはいつも私の言いなりだった。

三カ月前は、ペンタジンではなく、メナミンの筋肉注射だけで、痛みがとれて、みっちゃんはよく喋ってくれた。その計画を聞いたとき、驚いて本気にしなかったけど、それからは違った。本当にするとは思わなかった。でも、いい。ほんとにあの人たちはそうなっても仕方ないと思う。できることはするからね、何でも言って。そう言って、これまでずっと協力してきた。

でも、昨日は本当に恐かった。白昼、しかもみっちゃんは単独で堂々とやってのけたのだから。

良枝はそっと肩に唇を近づける。みっちゃんは返事をしない代わりに、良枝の手の甲を撫でた。

ねえ、みっちゃんと良枝は声をかける。あのとき、ほら、いつだったかな、七月の中頃だったかしら、畑で先生と何、話してたの？　ほら、あなた笑っていたじゃない、あの日のことよ、覚えてない？

　みっちゃんは体を入れ替えて、良枝と向き合った。

「あの日？」みっちゃんは子どもみたいな声で続ける。「貝殻とりに行ってくれって言われた」

「先生のヨットのこと？」

　みっちゃんはこっくりとうなずく。

ヨット遊びは唯一、久保の道楽だったが、最近は連れて行ってもらう機会がめっきり減った。洋二くんがいたころは、日が沈んでから星空ハンティングと称して東京湾へよく繰り出したのだ。マリーナに浮かんでいるヨットは、さぞかし潮で汚れているだろう。でも、そんなことで、ふたりは笑ったりなどしない。

　本当にそれだけなの、と良枝が言うと、「あまり良枝には近づくなって、あれは毒のある女だから気をつけろって」とみっちゃんは言った。

　良枝はくすくす笑う。いつ開けたのだろう、雨戸がほんの少しだけ開いている。良枝は股間が知らぬ間にほてって濡れているのを感じた。みっちゃんの右手がそこに入りこみ、やさしく撫でてくれているのだ。

縛り付けられていたロープがほどけたみたいに良枝は見えない何かから解放された気がした。体の歓びが、堤をのりこえてやってくる。みっちゃんは、顔色一つかえず、じっと良枝の顔を覗き込んでいる。

良枝は何を喋っていたのか忘れてしまった。磁石に吸いよせられるようにみっちゃんの股間へ良枝の手が伸びる。それは、形ばかり硬くなっているが、精を放つということはなかった。今日は具合、いいんだね、と良枝は小声でつぶやいた。

「いつまでここにいる？」

ふと、みっちゃんがつぶやいた。

「いつまでいたって平気だ」

久保医院より、このアパートはずっと安全。暑ささえ我慢すればいい。越前にいたとき、昼も夜も、暑い暑いといって過ごすのは、年に二週間ほどだった。それが蒲田に来てから、あまりの暑さに、七月の終わり、水着を買い、ひとりで海に出かけた。その後、日焼けしてしまって二日と見られない体で過ごす羽目になった。去年の夏まで、いつも洋二くんが一緒だった。最後に三人して笑ったのはいつだったろう。雨が降っていた夜ということしか覚えていない。みっちゃんは、いまと同じ半袖の作業着姿だったから、たぶん、六月の初めだったと思う。

洋二くんは、まだひとりで歩いていられたし、きらいな野菜以外は、何でも食べることができた。あの日は柳川鍋を三人してかこんだのだ。みっちゃんはビールを旨そうに飲み、洋二くんは、泥臭いドジョウを六匹近くたいらげた。子どものくせに変なものが好きだな、と思ったほどだ。

それから洋二くんの好きだったアニメを見、風呂につかってから洋二くんにクリームを塗ってあげて、三人して川の字になって寝た。あの晩のみっちゃんは激しかったな、と良枝は頬を赤らめた。いくら、洋二くんがいるからと言っても聞きいれてくれなかった。洋二くんは、昼間寝ているせいか、夜はほとんど眠らない。キツネザルのように赤く、丸い目を一晩中輝かせて、天井を見ていた。せめて布団をかけさせて、と言っても、みっちゃんは、はいでしまい、ほとほと閉口した。下着はちぎれて使いものにならなかったし、パジャマの上着も、あちこち破れてしまった。

みっちゃんはこちらが果てても、しつこく身をよせてきた。唾液で体じゅうが濡れて痛んだ。思わず悲鳴を上げそうになったそのとき、じっとりとした洋二くんの赤い目が睨んでいるのに気づいて、声が出なくなった。明け方、ふたりが死んだように眠りこんだ後、トイレで体を調べると、体中の皮膚が剝けていた。息苦しくなって窓を開けて振り返ると、闇の中に、洋二くんの赤い目がぼんやりと浮かんでいた。あれだけはイヤだったな、と思う。

「良枝」

みっちゃんが呼んだ。

良枝は顔を向ける。

「どこへ行く?」

とみっちゃんは言い、あぐらをかいた。

その意味がわからず、どこって? と問い返すが、みっちゃんは、もう、どうでもいいみたいに、首を横に振った。

「残ってるの、もうひとりだね」

良枝は子どもを諭すように言う。

ひとり……とみっちゃんは怪訝そうな顔でつぶやく。

その名前を口にしてみると、ようやくみっちゃんは、納得がいったみたいだった。みっちゃんの顔から、表情が失せ、白布みたいになった。その顔を黙って見つめる。

みっちゃんは、独り言みたいに、アガタアガタと繰り返す。

とても悪いことをしたような気がして、良枝は目をそらせるしかなかった。

血は争えないね。洋二くんそっくりの姿を見て良枝は思った。

洋二くんの容態が急変したのは、去年の九月の終わりだった。洋二くんはすっかり冷房にやられて、軽い肺炎を起こしていた。高熱が下がらず、水便が出るようになった。点滴と栄養剤でどうにかやりくりしたが、もう、これが限界というときになって、病院へ移すことを良枝は提案した。

みっちゃんがそれを受け入れなかった理由は、はっきりしている。蒲田に来て二カ月間、初めは大きな病院に入っていたのだ。薬も豊富だし、医者もたくさんいた。でも、そこはふたりにとって居心地のよい場所ではなかった。特に洋二くんのような難病には、折り合えない条件が多過ぎた。その証拠に、久保医院に変わってから、洋二くんの体調は少しずつ回復したのだ。

医院の二階に紫外線防止フィルムをせっせと貼ったのが、まるで昨日みたいに思える。だから、少しだけ油断したのがいけなかったかもしれない。あの晩も、良枝は医院に泊まりこみ、不寝(ねず)の看病をした。あいにく、みっちゃんは仕事が見つかったばかりで、休みを取ることができなかった。

洋二くんはすでに、全身の皮膚がケロイド状になり、ガン腫瘍(しゅよう)が喉にできて呼吸すらおぼつかなくなっていた。日本間に響く酸素吸入器の音だけが、ひどくむなしく聞こえて我慢ならなかった。用意をしてあっても、不安で仕方なく、ぶるぶる震えてしまった。

　夜半を過ぎた頃、洋二くんの息遣いがあらくなった。小さな声でイタイ、イタイと悪い夢にうなされながらつぶやく。二日前の晩から、モルヒネを打ってやっても、効かなくなっている。氷枕を取り替えようとして頭を持ち上げたそのとき、あの、赤い目が良枝をぎらっと睨んだ。

　この目は何なのだろう、しばらく意味がわからず、しげしげと覗き込んだが、瞼がするすると降りてきて、わからずじまいになった。首のあたりに残っている正常な皮膚から、脂汗（あぶらあせ）が涙みたいに、ぽとぽとと流れ落ちた。小さく曲がった指が閉めきった雨戸を指さし、しきりに、ヒッ、ヒッとつぶやく。そうか、あんたは、お日様が憎かったんだね、と言ってあげると、洋二くんはだらりと腕を伸ばし、指の先が動かなくなった。わずかに盛り上がる胸だけが、まるでふいごのように動き、いやな音がした。

　〝渡して〞あげたのは、そのときだった。

　もうこれ以上苦しまなくていいからね。

　ふいごは、やがて動きを止め、小さな肉塊に洋二くんは生まれ変わった。

　どんな人だって病を抱えて生きている。生まれついて病気持ちの人もいれば、大人になって病をえる人もいる。人それぞれだ。あなたは何人分にもあたる病気を引き連れて生まれてきたんだ。苦しかったろうね。でも、終わってみれば、皆、同じところへ行き着く。

そうだよね、洋二くん。

　生温かいものが首筋に這っている。みっちゃんの舌だ。みっちゃんはいつの間にか、背後に立ち、良枝の腹を抱きかかえている。その手がするすると首の根元まで動いてきて、喉のあたりをしきりと撫でる。

　良枝は茶碗を流しにおいた。何かおかしい。尻に感じる硬いものの触覚がない。体でもこわしたのだろうか。喉にあてがわれた手は、いつもと比べて、心なしか冷たいけれど、それが良枝には気持ち良かった。

　でも、おかしいな、みっちゃん、少し、苦しいよぉ。ごめんね、ごめんね。あんなことする気はなかったんだよぅ。そう言うと、みっちゃんの手はするすると首から離れて、腰のあたりに戻り、Tシャツの中に入って止まった。乳房をしごかれながら、体を預ける。変だよ、今日のみっちゃんは変だよ。

　苦しくなって、良枝は振り向こうとしたが、みっちゃんの手と体に押さえつけられて、動けなかった。首を捻(ひね)って、みっちゃんの顔を見た。何事も見通しているかのような深くて冥(くら)い目で、じっとこちらを見ていた。

5

待ち合わせ場所にしていた病院は、モダンな三角形を呈していた。一階ロビーは西から東へ抜ける大きな通路があり、洒落たレストランや画廊が軒を並べていて、外来受付からしてホテルのクロークとおぼしかった。案内図を見ていると、小橋と青木がやって来た。

「池袋は大変だね」

と青木が声をかけてくる。

「で、やっぱり、うちと同じ？」

小橋から訊かれ、「そうです。火で焼かれたのち、凍え死んでいます」と美加が答えた。

「そうか、やられたかぁ」

呑気そうに青木が口にする。

「イベちゃん、さっさと案内してくれ」

神村がじれったそうに声をかけた。

三人して回廊を歩き一階を通り抜けた。階段を駆け上り、そこから渡された吊り構造の歩道橋を渡る。青木が右手を指し、

「あれが地上三十階建てのレジデンス棟、それから、左手が五十階のオフィス棟」と説明する。はるか高いところで、ふたつのビルを結ぶブリッジが架けられていた。

広々としたエントランスに入った。清和ガーデンと呼ばれる再開発地区だ。エスカレーターが伸び、その降り口にホテルのボーイらしき人間が立っている。透明な総ガラス張りの大屋根が五階まで斜めに伸びて、三角の立体トラスで支えられ、複眼鏡を通して見るように、空が細切れに映り込んでいた。タワー同士は二階部分を人工地盤でつながれ、大屋根広場になっている。

「落ち着かないところだろ」

と小橋がぼやいた。

「ここってよくテレビに出ますよ」美加は言った。「高級マンションもあるし、お金持ちの住むところです」

「病院も介護施設もあるし、至れり尽くせりだ」小橋が続ける。「金持ちが悠々自適で暮らす場所だな」

「それがミトスの社長ですか？」

「安形和寿っていう男だよ」青木が代わって答えた。「表向き、経営コンサルタントで通ってるけど、実際はダンベだろうな」

「ダンベ……暴力団の共生者ですか?」

「おそらく」

「安形か」

神村がぽつりとつぶやいた。

「どうかしましたか?」

「ヌカだ」

「えっ」

つい、忘れていた。蛭ヶ平の燃料電池の施設に書かれていた落書き。NUKA。

「NUKAのA……この安形とかいう人ですか?」

神村は確信に満ちた顔でうなずき、小橋に向きなおった。

「コバさん、よくここに行き着いたね」

「聞き込みのたび、ご近所で水仙は咲いていますかって訊くんだよ」

「そうそう、そのたんび相手から白い目で見られちゃってさ」

「イベちゃん、よけいなことはいいから」

ぼやく青木をたしなめ、小橋は広場の片隅にある花壇を指してから、自分のスマホを見せた。咲き誇る水仙が写っていた。背景からして、同じ花壇だ。しかし、いまの花壇にはそれらしきものはない。

「この広場は、公開空地（くうち）になっているから、出入りは自由でさ。つい先週までこいつが咲いていた。誰が植えたかわからないそうだ」

「ほー」

神村が感心する。

「法務局で株式会社ミトスの法人登記を調べて」青木が続ける。「社長や取締役を片っ端から当たっていったけど、誰とも連絡がつかないだろ。会社の登録住所にもそれらしい会社はないしさ。ミトス自体はなんべんも商号を変えていて、それ以前の会社を調べたら、重複する役員がいたんだよ。そいつらを総当たりしたうちのひとりが安形だった」

「渋谷署のG資料で調べた。安形はダンべだ」小橋が言う。「それで来てみたら、あの花屋の証言に行き着いたわけだ」

「なるほど。ミトスの業種は？」

「卸売業になってたけど幽霊会社だ。安形は元金融マンを自称しているみたいだけどな。ひょっとして、休眠会社の売買なんかも、やってるんじゃないかな。野沢エステートにしても、ほかの詐欺会社にしても、こいつが流したかもしれない。まあ、会って話を聞くしかない。イベちゃん、行こうか」

「ほいほい」

廊下を抜けて、垢抜けたロビーに入る。エントランスで青木が部屋番号を押すと、低い声で返事があった。自動扉が開き、ホールの隅にあるエレベーターに乗り込んだ。二十一階まで昇った。青木と小橋は廊下に残ることになった。二〇一一号のチャイムを鳴らすと、中からロックが外れる音がした。

びんに白いものが交じった男が立っていた。大柄だ。クレリックのワイシャツにスラックス。貫禄が漂っている。六十手前くらいか。警察と聞いても、驚いた様子はなかった。簡単に通されたので、美加は面食らった。家の中は安形ひとりだけのようだった。

段差のないバリアフリーの床は、住まいというより、上場企業の役員室に近い。調度類は整然として高級感があふれ、センスのいいドアを開けると、広々とした居間があり、大きくとられた窓から東京湾が一望のもとに見下ろせた。

窓を背にして、安形は深々と革張りのソファに身を沈ませた。

事件の当事者だと思うと、美加は緊張した。

神村はいつもどおりの飄々とした態度で自己紹介をすませた。相手の反応を見るまでもなく、さっそく本題に切り込んだので、ヒヤリとする。

「八潮組とは長いつきあいのようだけど、連中、よっぽど金回りがいいのかね?」

安形は涼しい顔で、

「よくわかりませんが」

と袖にする。

「野沢エステートの宮原や野田とはどこで知り合ったんですか？」

「初耳ですね」

「池袋で殺された角倉って、あなたの兵隊じゃなかったの？」

おかまいなく神村は尋ねる。

「なにをおっしゃっているのか」

暖簾（のれん）に腕押しだ。

神村が窓際に寄ったので、美加もあとについた。

真っ白い帆をかけたヨットが何艘も出て、気持ちよさそうに帆走（はんそう）していた。そんな風景とは裏腹に、部屋は重苦しい空気に支配されている。

神村はくるっと背を向けソファに歩み寄り、安形の肩をつかんだ。

「一階の大屋根広場で水仙の花が咲いていたそうだけど、引っこ抜いたのはあなた？」

安形が眉をしかめた。

「〝えのよん〟が恐い？」

その名前を出したとたん、安形の視線があちこちに飛んだ。恐怖が顔ににじみ出た。この男も事件に関係している。そう美加は確信した。

神村がハンカチを取り出し、開いてテーブルに載せた。

「知ってるかな、これ」

安形が黙って見つめるのは、池袋駅の現場に落ちていた白い粒だ。

「こいつ、水仙の花粉なんだよ。どこにあったと思う？」

神村の問いかけに安形は顔をそむけた。

「明日は我が身って言葉がある」神村が続ける。「これから先、あんたの寝起きはつらくなるな」

安形の顔が青ざめた。固まったように一言も発しない。

「どこへ逃げようと、〝えのよん〟はあんたを追いかけてくる。しまいには野田や宇佐美の二の舞だ。どうだ、ここはひとつ、うちと取引しないか？」

安形は下唇を嚙んで、神村を見つめた。

「この件にあんたが関係しているのがわかれば、警察はあんたを守る」

安形は肩をこわばらせ、目線が宙に浮いた。おずおずと言葉が洩れだした。

「……どうすればいいんですか？」

「八潮組だけじゃなくて、野田も角倉もあんたの息がかかっているんだろ。何をさせたの？」

「…………」

「あんた、松原に何をした？」

松原の名前が出て、安形の顔が醜く歪んだ。

「それは八潮組の連中がやったことで……」

ようやく一部を認めた。美加は固唾を呑んでやり取りを見つめた。

「八潮組の先代とはつきあいが古かったんだろ？」

安形は小さくうなずいた。

「バブルの頃からだ。渋谷で不動産屋をやっていて、先代の組長から声をかけられて、住まいを提供した。頼めば地上げもしてくれた」

「それで儲けたか……」

安形は首を横に振った。

「バブルが弾けてスッカラカンになった。細々と店は続けてる」

「それでも、腐れ縁は続いていたわけだ。野田は？」

「宇佐美組長から不動産屋を興してくれって頼まれた。うちの社に沼尻っていう宅地建物取引士がいて、そいつの名義を貸してやって新しい会社を都に申請した」

沼尻……原野商法の事件で、たびたび名前が出てきた男だ。不動産会社の認可を受けるためには、宅建の資格を持った人間が必要だが、この男がそうだったらしい。名義を貸すだけでなく、沼尻は営業もしていた。被害者らに宅建士の免許でも見せて、信用させたのだろう。

「それが野沢エステート?」

「ほかにもある。沼尻の名義を使って、埼玉と神奈川と千葉でも不動産会社を興した。野田と宮原は八潮組のほうから送り込まれてきた。ふたりともパクリ屋だよ。野田は地面師。宮原は上野のバッタ屋で、これまで三つくらい潰してる」

「野田の役目は?」

「越前に出向いて、原野商法の土地の登記簿の改ざんをした」

地面師ならお手のものだ。登記簿をはじめとして、あらゆる公的書類の贋作(がんさく)に長(た)けている。

「角倉は?」

「渋谷の元チーマー。八潮組の系列でヤミ金をやってた。登記屋まがいのこともしていて、道具屋にのし上がった」

休眠会社を買い取って転売するのが登記屋だろう。自分の手は汚さず、詐欺集団の周辺で金を儲ける手合いだ。

「あんたを含めた四人が組んだ今回の原野商法のからくりを松原は知った。その松原から、警察もどきに追いかけられ、パクられるのを恐れて、八潮組があの医者を亡き者にしたわけだ」

安形は力なくうなずいた。

「松原は金を注ぎ込んだようだが、しょせん素人だ。どうやって、四人のことを知った？」

安形はかたくるしそうに両膝をくっつけ、口をこすった。

「……沼尻が狙われた」

「宅建士が？」

詐欺の電話をかけた男だ。被害者の自宅も訪ねているかもしれない。

被害者との交渉役だから、その気になれば見つけられるかもしれない。探偵も雇っているのだ。

「沼尻はすべて知っていて、そいつから松原が訊きだしたのか？」

「それしかない。野田が死んで、すぐ沼尻が飛んだ」

「そいつも、殺られたのか?」

「違う。恐くなってとんずらした」

やはり、神村の見込みが正しかったようだ。

関係者のつながりがわかりかけてきた。

事件の背景を知った松原は、それを成木に教えた。その後、脅威になっていた松原は八潮組に放火されて殺された。その仇(あだ)を討つため、成木が立ち上がった。

それ以上の言葉は安形から出なかった。

「あなたの身のまわりにこれが撒(ま)かれないように祈るよ」

神村がテーブルのハンカチをしまいながら声をかけ、居間から退散していった。

安形宅を出たところで、美加は神村に、「もっと、問いつめなくていいんですか?」と迫った。

「十分だ。やつの身辺警護をする必要があるな」

待機していた小橋と青木に事情聴取した内容を伝える。小橋は、とりあえず青木とともに警護につくと申し出た。

「了解です」神村が言った。「うちの署長と池長さんに報告して、警官を派遣してもらいますから、それまで頼みます」

そう言い残して、神村はエレベーターに向かっていった。

6

大森の東和医大病院に着いたのは五時を回っていた。総合受付は閉まっていたので、案内窓口でわけを話した。顔見知りの事務局長がやって来て、受付の裏手にある別室に通された。

「その節はお世話になりました」

と事務局長は頭を下げた。

「こちらこそ、ご迷惑をおかけしました」

神村が謝った。

去年、蒲田中央署管内で暴力団抗争があり、この病院にも暴力団関係者が入院していたために、抗争の舞台になった。大事には至らなかったが、病院側は肝を潰したのだ。そのせいもあり、神村の口から八潮組の名前が出ると、事務局長は身構えた。

「ちょっと前にも、警視庁の方がお見えになったものですから」

と心許なさそうに口にしたので、

「あ、今回は抗争ではありませんので、お気を楽にしてもらえませんか」

と美加があわててフォローした。

事務局長はそれでも疑り深そうに、

「はい、その方々ですが、二十日にお見えになったようです」

と答えた。

「総合受付や小児科で、もめ事を起こしたと聞いてますけど、どうでしたか？」

「総合受付ではわたしが対応しました。小児科のほうは詳しいことはよくわからないんですよ」

事務局長は、八月二十日の午前十時頃、暴力団ふうの男が総合受付に現れて、職員と押し問答になったので、代わりに自分が応対に出たと言う。

「男はひとりだったわけですね？」美加が確認した。「どんな内容の話でしたか？」

「それが……ただ重い皮膚病の子どもが入院していないかっておっしゃるだけで、まったくわけがわからなくて、困りました」

「重い皮膚病の子どもですか……」

「わたくしどもは個人情報ですので、お答えできかねます、とお断りしたんです。そうしたら、声を荒らげてカウンターを蹴ったりしたものですから、警備員がすぐに駆けつけてきまして」

困惑げに事務局長が言うと、携えてきたノートPCを開いた。

そのときの防犯ビデオの映像も見せてくれた。

スーツ姿の男が総合受付のカウンターで話し込んでいる。しばらくして、男はカウンターの下側を蹴った。すぐに警備員がやって来て、男の横についた。ほかの警備員も姿を見せたので、男はなにもなかったように出口に向かって歩き去っていった。

映像はそれだけだった。

「このあと、男は小児科に出向いたんですか？」

「そうだと思います。ほかの棟からも入れるので、そっちから三階に上がったと思います」

「小児科で応対した方々のお話をうかがえませんか？」

「連絡しておきます。直接訪ねていただけますか？」

三階まで上った。

ナースステーションには、五人ほどの女性看護師が忙しそうに働いていた。カウンター近くにいる看護師に自己紹介すると、女性の看護師長が現れた。

「事務局長から聞いています。二十日に暴力団員ふうの男が来ましたよ」

と看護師長は言った。一週間ほど前、警視庁の刑事が来て、同じことを訊かれたが、すぐに帰って行ったという。

「何度も申し訳ないです。で、その暴力団員ふうの男とは直接、応対されましたか？」

「わたしはあとで報告を聞きましたけど、えっと誰だったかな」

看護師長がナースステーションを見渡していると、最初に出た看護師が、「野口さんでした」とわきから声をかけた。

「そうそう、いま、いるかしら？」

言われて、看護師がナースステーションを出て廊下を駆けていった。しばらくして、聴診器を首から下げた若い女性看護師を連れて戻ってきた。神村が廊下の隅で、その看護師に声をかけた。看護師は大きくうなずいて、「見えました」と言った。

「どんなことを言われましたか？」

「重い皮膚病の子どもが入院しているはずだけど、その子の見舞いに来たって言うんです。お子さんの名前を聞いたんですけど、言わないし、ただ重い病気だっていうだけだったので、わかりませんとお伝えしました。そしたら、病室を覗いて回りだしたので、注意したんです。うるせぇとか向こう行ってろとか言われて、警備員を呼びました」

「それで帰って行った？」

「あのあたりまで行って諦めて帰って行ったけど」看護師は中ほどにある病室を指しながら言った。「また、戻ってきて、ここに小野良枝さんはいるかって訊かれました」

「小野良枝さん？」

看護師はうなずいた。「はい、小野さんです」

ふいに飛び出た名前に美加は驚いた。

あの小野良枝だろうか？

「その方も看護師さん？」

神村がなにも知らないふうに訊いた。

「去年、ここで働いていた看護師ですけど」

ここに小野良枝が勤めていた？

「その暴力団員ふうの男は、小野さんになにか用でもあったんですかね？」

「わからないです」

看護師は不安そうな面持ちでナースステーションに入り、看護師長に話しかけた。すると看護師長は思い当たったような顔でカウンターにやって来た。

「小野さんは去年の四月からふた月ほどこちらで働いていましたよ」

「そうですか。どちらから移って来られた方ですか？」

あの小野良枝に間違いない。組対が八潮組組員の行動確認をしたのは二十日だから、まだ蛭ヶ平の情報は伝えていないときだ。

「ご本人がこちらに勤務したいと申し出たわけですか？」

「いえ、神戸の総合病院からの紹介でした」

教えられた病院は、成木洋二が入退院を繰り返していた病院だった。

「同じ時期に、小野さんの紹介で福井から皮膚病の子どもさんが入院して来られましてね」看護師長は続ける。「小野さん、その子どもさんの面倒をよく見ていらっしゃって」

面食らった。成木洋二もここにいたとは――。

「そのお子さんはどのくらいここに入院していたんですか？」

神村が平然と訊き返す。

「ふた月だったと思います。陽の光が当たると火傷してしまう重い皮膚病にかかっていて、うちでは対応が難しくて、蒲田の小児科に移りました。特別に対応して頂けるということでしたので」

「小野さんはどうされました？」

「一緒にその小児科医院に移りました。ちょうど、勤めていた看護師が辞めたので、その代わりに」

「そうでしたか」神村が深くうなずきながら言った。「その小児科医院はどちらですか?」

「久保小児科です」

場所を聞き、病棟をあとにした。

興奮が収まらなかった。彼らは蒲田中央署から目と鼻の先に住んでいる……。

「八潮組に先を越されたな」

神村が口惜しそうに言ったので、美加ははっとした。

そうなのだ。八潮組は成木満嘉を見つけるため、小野良枝の居所を探っていたのだ。神戸の総合病院にも、照会しただろう。それで、東和医大病院がわかったのだ。

容疑者は目と鼻の先にいる……。

歩きながら、神村が門奈署長に電話で報告する。

「……うん、そう間違いない……ああ、そうだね、とりあえず集めて……」

神村も確保に向けて慎重姿勢だった。

「安形はどうかな?」

神村が訊く。

「大丈夫だ」門奈の声が洩れてくる。「築地中央署の警官が固めてくれている。全員に成木の写真を送ってあるから、安心しろ」

「モンちゃん、さすが、くれぐれも頼むね」

「まかせとけって」

神村が電話を切った。

武者震い(むしゃぶるい)がした。どうか無事に確保できますように。

7

良枝はたまった洗濯物をコインランドリーに持ちこみ、洗濯機の動いているあいだに買い物を済ませてからコインランドリーに戻った。

アパートは商店街の外れにあり、生活に必要なものは何でもそろう。もしものときにと思って、ひと月前から借りていたアパートをこんなに早く使う日が来るとは夢にも思わなかった。でも、いつまで安全かどうかわからない。

洗濯が終わり、アパートへ戻る途中、寄り道をして、惣菜(そうざい)を買い求めた。ついでに買い忘れた生理用品も手に入れた。日が落ちて路地は宵闇(よいやみ)に包まれていた。ついさっきまで、あちこちにいた子どもの姿はなくなり、通勤客も絶えていた。

低層のマンションが続く道を南に入った。一方通行の道に外灯はなくマンションの玄関灯だけが足元を照らしている。重い荷物を抱えながら、ずっと気にかかっていたのは、みっちゃんのことだった。みっちゃんは最後までやり通す気だった。でも、うまくいくだろうか。相手だって、ずいぶん警戒している。鉄の檻のような高いところにある住まいから一歩も出ないのだ。

二階建ての駐車場の横を過ぎる。うしろから人の気配がした。足を速めようとしたとき、熊手のような手が首に食いこんできた。なんなのかわからなかった。身を裂かれるような恐怖を感じた。ぐいぐい締め付けられて、息ができなくなった。男の腕だ。荷物を落としてしまった。声を上げられなかった。

何をする気なのか。アパートに連れ込む気か。違う、なにか違う。みっちゃんの顔が浮かんだ。こんなところで、捕まったりしちゃいけない。でも、どうして……。歯向かうこともできない。

車に押し込められた。思わず良枝は声を上げた。両手で拳を作って、男の肩や腕を手当たり次第に殴りつける。男の顔は見えない。けれどもびくともしなかった。太い腕が首に巻き付いた。明かりも、みっちゃんの顔も何もかも消えた。真っ暗な川の中に顔だけ浸けられたような気分だった。喉にあてられた腕で万力のように絞り上げられ、意識は瞬時に遠のいた。

気を失っていたのは、ごく短い間だった。十分、いや五分くらいかもしれない。相変わらず下半身を強く押さえつけられて、ほとんど感覚が麻痺していた。喉にあてられていた手はなくなり、呼吸は楽になっている。それでも、恐ろしくて口もきけないのは変わりなかった。目の前に自分たちの住むアパートがあった。二階の端の部屋の明かりはついていない。やっぱり、この場所も知られたのだと思い、絶望感に打ちひしがれた。運転席の男が振り返った。

「いろいろ調べさせてもらった」

冷たい声だった。

ふいに、体が左へ持っていかれた。脇腹に腕が差し込まれ、車から出された。抱きかかえられるように、アパートの外階段を上がった。男の手で自分の部屋の鍵が開けられ、中に放り込まれた。ふたりの男は口をきかない。

胃が締め付けられるように痛んだ。汗がひき、背中がぞくぞくしてくる。ああ……みっちゃん、どうして、わたしはこんなにばかなのだろう。みすみす逃がしてくれるような相手ではなかったのだ。暗がりの中で畳に突っ伏した。見下ろす男の手にある煙草(たばこ)の火が蛍(ほたる)のように動く。男が耳元でささやいたが、何を言っているのか、良枝にはわからなかった。

「良枝さん」

自分の名前が呼ばれていたのに気づいた。胃がせり上がってくる。みぞおちあたりが痙攣する。

男の顔を見上げた。サングラスをしていて目は見えない。黒っぽいランニングシャツにルーズフィットなパンツ。二の腕に彫り物が見える。男は押し黙ったまま、良枝を見据える。

「良枝さん」妙に親しみのこもった声で続ける。「あんたが、大それたことをしているわけじゃない。そうだね、良枝さん」

思わず、良枝はうなずいた。

「誤解しないでほしい。あんたが何をしようと、こっちは一向にかまわない。たとえ、殺したいほど恨んでる奴がいて、それを実行したところで、こっちには何の関係もない。わかるね？」

声にならない声を洩らす。

「こんな話もなんだが……こっちの望みを伝えてみてもいいかな？」

「望み……」

ようやくそれだけ口にした。

「取引できるものがある」

質問をさしはさむ余地もなく、ぽつぽつと喋るのを良枝は黙って聞くしかなかった。やにわに懐（ふところ）から一枚の紙をとりだして良枝に見せた。

えのよん

とだけワープロで書面に書かれてある。良枝は度を失った。やはり、この男は……。

じっと良枝の反応をうかがっている。こんな相手の言うことを鵜呑（うのみ）みにしてはいけない。

「イエスということなら、直接、会ったときに、こちらで条件を出す」

断ったらどうする気？　このまま、引き下がってくれるとは、とても思えない。

「それだけはできないって顔だな。でもな、あんたから聞き出す方法はいくらでもある。たとえば、これだ」

男は良枝のよこにしゃがんで、小さなポリ袋を見せた。白い粉末が入っている。……覚醒剤？

「これまで話したことに、嘘偽りはない。あんたにはこれから先、指一本触れるつもりはない。だから、よく考えて返事をくれ。〝えのよん〟はどこにいる？」

良枝は少し落ち着きを取りもどした。相手は必死でこちらを口説き落とそうとしているのだ。どうしてそんな態度に出るのか。まだ、みっちゃんは捕まっていない……。

外で甲高い声が上がった。

男が窓を開けて、外を見た。良枝は這いつくばって、窓枠に取りついた。

別の男が通りに出て、そちらを見ていた。通りの先に、銀色に光る自転車が見えた。良枝はありったけの声で叫んだ。


成木は全身の力をこめてペダルを漕いだ。良枝の声が一筋、窓を伝う露のように聞こえたが、それもすぐに消えてなくなった。体の芯が熱かった。この熱さはどこからきているのだろうか、と考え、思い起こそうとした。自分はただ、丸一日働き、ネグラに帰ろうとしただけなのに、その場所すら判然としない。新しいところに住み着いたはずなのに、すっぽり記憶がない。それとは別に、いま感じている火照りは、体だけが勝手に動いていることの証のように思える。

そうだ、少し前までは、日差しの照りつけるトマト畑を歩いていた。いや、冷たい露の降りた畑だったか。どっちでもいい。葉を食い荒らすテントウムシを駆除したのが、つい昨日のことのように思えてくる。支柱の折れたところを見つけ、紐(ひも)をゆわえ直してやった。鳥に食いちぎられたトマトが腐り果てて、半分土の中に埋まっていた。蟻(あり)たちが真一文字の列を作って、たっぷり甘みのついた種を自分たちの巣にせっせと運んでいる。ご苦労、と成木は声をかけて、そっと列から足を離すと、カナブンが飛んできて袖をかすめ、立て直したばかりの支柱にとまった。町中とはいえ、小さな畑には、大小様々な生き物がやってきては、トマトの葉をかじり、卵を産みつけていく。その羽音に耳を澄ませ、じっと見入っていると、洋二の遊んでいた森の中に入りこんだような気がしてくるのだった。

ペダルを漕ぐ足がだんだん重くなる。どれほど遠くまで来たのか。見知らぬ街が広がっていた。すぐ近くにいた洋二の影がなぜか違っているように思えた。いつも、肩あたり、蜂のように小円を描いていたのだが、その存在を感じることができなかった。

いつから、おまえはいなくなったのだ。

この通りにも、あの閉めきった二階の部屋にもいないし、声を聞くこともできない。

このおれのせいか。いやそんなことない。ありっこない。

喉が渇いて、ポケットにあったトマトを取り出し、青みがかった皮に歯をあてた。トマトの実は引き締まって堅く、ねずみに噛まれたように、熟(う)れた実がぱっくりと二つに裂けて、種が滴(したた)り落ちた。唾と一緒にトマトのへたを吐き捨て、「もう、来ねえ」と成木はつぶやいた。その吐き捨てた言葉と一緒に自分の中から、何かが飛び出ていったような感触があった。

はて、いまは何があったのだろう、と思っていると、ひどい頭痛に苛(さいな)まれた。暑くてたまらないのだが、体の内側は冷え冷えとして、息をしている肺の、細かな細胞のひとつひとつがくっきりと見えるような気さえする。それまで確かにあった、身を縛られていた感覚がなくなり、贅肉(ぜいにく)が溶けたみたいに体は軽くなった。これまでどおり、いや、それ以上に自分の好きが通せる。ことの片づくのも、そう遠いことではないな、と甘ったるい味を嚙みしめる。

そう思うと、ぷつぷつと、弾けるような可笑(おか)しさがこみ上げてきて、口中に唾液がたまり、一息に飲みほした。吐き気を催(もよお)したが、それをぐっとこらえる。

思い切りペダルを踏みつける。ひどく明るいところへ出てきたなと思う。ここは、一体どこなのだろう。何かに体を押さえつけられているような気もするが、不快ではなかった。左右どちらともなく胃の腑(ふ)が揺れ、首のあたりが何やら冷たい。

自分は抜け出たのだな、と成木は思った。

あの暗く長い洞窟が見えない。皮が一枚、むけたような気がして、やはり自分は変わったのだということを知った。こんなところにやってきていいのかと戸惑う自分。あの暗い穴へ戻らなければという自分。ふたりの己が火で炙られてひとつになったのか。束の間、ハンドルにかけた手を握りしめる。

洋二の顔も体も、カテーテルに蝕まれた一個の機械のようにも思え、その機械に油をそそぐ生活も、これから先、もうないのだなと思うと、やはりこれは間違っている、自分は道を誤ったのだとしか思えない。天に召された、あの小さくなった肉塊が、それまでにない烈しい力で内側からぎゅっと固まり、やがて溶け出していった。そのときのにおいがして、これまでとは比べ物にならない悲しみがやってきた。その圧迫感がたまらなく嫌で、成木は声にならない叫び声を上げた。

自転車で風を切りながら、魂は故郷の棚田にあった。水仙の白い花々を押しつつむように、その朦気が足下から流れ出している。その火でもない、氷でもない流れを見つめていたあの日、松原を死に追いやった男たちの顔が浮かんでは消えていった。

あの男たちを焼かねばならぬ、という声がどこからともなく聞こえたが、それも海に吸い込まれるように消えてなくなり、あたりは冷気に満ちていた。

思考がとまり、その考えが身の内からわいてきた。あの中に入り、この身を焼かねばならぬ、と。

洋二のためでもない、誰のためでもない。ただ、焼かねばならぬと。

体の外側から、何かしら力が加わり、元に戻される。だが、押し寄せてくる波は衰えず、じっとりと重くなる一方だった。敷地に入ると成木は自転車を停めて下りた。視界に入っていた扉に近づく。手を伸ばすとひんやりとした鉄の感触があって、その先に表情のない顔をした男がこちらを振り返った。年の離れた乳兄弟のような近々しさと邪気を男から感じる。何がしか、ねっとりとした違和感があるが、いずれにしても、これが新しい港なのだというふうに言い聞かせた。

「あんたか」柴田は懐かしむふうに言った。「忘れ物でもした？」

「してない」

「ふーん、ヘンなの」

「帰っていいぞ」

「またまた」

「今晩はいる。明日の朝、タイムカード、押しておくから」

「えっ、ほんと？」

一晩分のバイト料がただで入ってくるのだから、驚きが隠せない。

「じゃ、帰っていいかな。掃除は済ませたから」

「いいよ」

「ありがと、助かる」

柴田は機械点検表を寄こし、成木の見ている前でパンツ一丁になる。

贅肉の一欠片もない締まった体を成木はじっと見つめるが、柴田はいつものとおり、気にもとめず、ジーンズとTシャツに着替えて出ていった。

部屋はどこも変わったところがない。きちんと整頓されて、金屑のにおいが残っている。攻殻機動隊のロゴマークが入ったナップザックも、同じ場所にかかっていた。椅子に腰掛けて、柴田が飲み残したペットボトルのコーラを飲み干す。

さあ、ひと仕事するか、と自分に励ますように声をかけ、ヘラのついたベルトを腰に巻いて、巡回を始める。

建物内はむっとする熱気に覆われていた。あちこちに、ついさっきまで、ここにいた人間たちの余韻が残っている。

二時間ほど滓取りをして、管理室に戻り、制御関係の機器類を点検する。どこも異常なし。これで完了、後は何もすることもない。元の部屋に戻り、扉のロックをたしかめてから、成木は壁から引きはがすように、ナップザックを手に取った。それを懐に抱きかかえて、じっと夜が更けるのを待つ。

終章　逆焼（ほそけ）

1

　本羽田公園近くの住宅街。バス通りから一本、南に入った路地に〝久保小児科〟の青い看板がかかっていた。日は落ちて、プレハブふうの診療所は周囲の闇に溶け込むように暗かった。長屋のような古い日本家屋とつながっている。玄関のチャイムを鳴らして、しばらく待った。カーテンの閉められた引き戸が開いた。思わず隙間から中を覗き込む。銀髪の痩せた七十前後の男がスリッパを履いて立っていた。胡散くさげに警察手帳を差し出した神村を見る。

「久保先生でいらっしゃいますか？」

　神村が声をかけると、男はこっくりうなずいた。

「蒲田中央署の者です。こちらに小野良枝さんがいらっしゃると思いますが、ご在宅ですか?」

久保はぼんやりした顔で、

「いないよ」

と答えただけだった。

うそをついているようには見えない。

「こちらにいたのは間違いありませんね?」

「うちに勤めてたけど、盆休み明けから来なくなった」

「いまはいらっしゃらない?」

「いない」

「お住まいは別ですか?」

「別だけど」

成木満嘉と洋二の名前も出したが、久保は意に介した様子もなく、こともなげに、

「もういないよ」

と答えた。

「ここにいたんですか?」

神村が勢い込んで尋ねると、久保は鷹揚に首を縦に振った。

「いつ、いなくなったのですか？」

「四、五んち前」

耳を疑った。

「ほんとにいたんですか？」

「ああ」

うるさそうに久保が応える。

「中を見させてもらえませんか？」

言うなり、神村は玄関に踏み込んだ。

「ええ、なに？」

はじめて久保は動揺した。

「久保先生、都内で起きている人体発火事件についてご存じですか？」

「知ってる」

「成木さんはそれに関わっている可能性があります」

久保は驚いて半歩あとずさった。バランスを失いかけたので、神村が上半身を支えた。

「成木さんがいた部屋を見せてください」

半信半疑のまま久保がスリッパを脱ぎ、神村とともに上がった。美加も続く。静まりかえっている。ほかに人はいないようだ。

「先生のご家族はいらっしゃいますか?」

神村が訊く。

「いない」

美加はマイク付きイヤホンで小橋に現状を伝えた。

青木をはじめとして十人の刑事が周囲を固めているのだ。

冷房の冷たさが残るリノリウムの床を進む。

「小野良枝さんのお住まいも教えてください」

美加が久保に声をかける。成木確保が先だが、訊かずにはいられなかった。

引き戸を開けて、渡り廊下に出る。月光を浴びて、トマトの葉がつやつや輝いている。

また戸を引いて、古い家に入った。空調が効いていない。どんよりした熱い空気が溜まっている。板の間の狭い廊下の右側にガラス戸の部屋があるが、明かりはついていない。階段で二階に上がった久保が襖の前で止まり、振り返った。神村が襖を開けて、さっと入り込んだ。美加も続いた。むっとする熱気がまとわりつく。明かりをつけた。八畳ほどの日本間がふたつあった。すっかり片づいていて、家具ひとつない。畳はところどころ、ささくれて茶色く変色しており、壁は細かな亀裂が走っている。畳についた黒っぽい染みが血の痕のようにも見え、息苦しさを覚える。カーテンのない窓に、うっすらと灰色のテープが全面に貼り付けられていた。

　神村が改めて、ここに成木がいたのですか、と尋ねた。

「いたよ、洋二くんとふたりで」

「子どもさんも一緒にいなくなったんですね？」

「亡くなったよ、去年の九月に」

「亡くなった？」神村が言った。「じゃ、成木さんはここにひとりで？」

「そうだけど」

「成木さんはどこに行ったんですか？」

「わからんよ、いいかな、もう」

　久保の骨張った指が伸びて、明かりを消した。

「成木さんはどこかに勤めていましたか？」

「工場で働いてた」

「どこの工場？」

「知らん」

本当のこと言ってるのだろうか？　成木をかばっているのだろうか？

「小野良枝さんのお住まいを教えてください」

「どこだったかなぁ」

頭を掻きながら久保が事務室に入っていく。

あちこち、書類を引っ張り出してようやく、名簿らしきものを見つけた。

そこに書かれている住所と電話番号を素早くメモする。イヤホンで小橋に教えた。すぐにそちらに向かうと小橋は応えた。あっけにとられている久保の前で、神村が家宅捜索に入ってくれと小橋に命令した。


一時間後。

家宅捜索が行われている診察室で久保と向き合っていた。成木の持ち物は昨日、不要品回収業者がすべて持ち去ったと久保は言った。靴ひとつ残っていなかった。再度、久保に尋問した。

「映子ならわかるかな」

と久保はつぶやいた。

「それは誰ですか？」

「うちの事務員だけどさ」

住まいを訊き、さっそく捜査員を送り込む。

成木を引き取ったときの経緯（けいい）を詳しく訊く。小野良枝にせがまれ、気の毒だったので満嘉とともに、離れの二階に住まわせていたという。洋二の病気の詳細や看取（みと）ったときの様子も教えられた。成木は工場に自転車で通い、家賃も納めていた。その工場については、まったく知らないと久保は繰り返した。

美加は野田の事件で、堤防付近に宇宙服を着た子どもの目撃情報を思い起こした。あれはひょっとしたら、成木洋二という子どもではなかったか。

小野良枝が借りているアパートが見つかったのは、十時過ぎだった。久保医院に勤めている秋山（あきやま）映子という女性事務員が、医院にいた小野良枝に電話をかけてきた不動産屋を覚えていて、そこから判明した。糀谷（こうじや）商店街通りから二本西側の住宅が密集する通りだ。医院から車で五分ほどの距離だった。

警察車両が停まっていて、聞き込みが行われていた。通りに面した三階の三〇一号室は、雑多な生活用品であふれていた。女物の服が床に散らかり、玄関にはローヒールの女物の靴とサンダルがあった。押し入れの奥から、ビニール袋が見つかった。中には汚れた男物の制服が入っていた。

「成木のものでしょうか?」

美加が訊いた。

「一緒に住んでいたかもしれん」

ネームが入っていない制服を神村が念入りに調べた。ねずみ色のシミがいたるところについていた。カーゴパンツのラットポケットに、美加もよく目にするシミが浮き出ている。

「アルミだな」

神村がつぶやいた。

「ですよね……」

指紋を検出するときに使うアルミパウダーが水に濡れて衣服に着くと、こんな色になるのだ。一般人の服には決してつかない。つくとするなら、工場のような場所に違いない。

成木は工場勤務らしいが、大田区には工場が何百とある。

「アルミか……」

成木が途方にくれた顔で言った。

「そうですね。プレス工場や精密機械の工場まで、山ほどあります」

町工場だけでなく、東京湾の埋立地や東糀谷には大きな工場が立地する工業専用地域がある。そこには鉄工所や鋳造所、塗装工場などがひしめいているのだ。

「例の宇宙服を着た子どもの証言あるな？」

「はい、堤防で目撃されたものですよね」

美加はタブレットで地図を開いた。本羽田から南六郷にかけての街区を表示する。野田の死体が見つかった公衆電話のある堤防から、本羽田の産業道路まで、堤防沿いの幅二百メートルほどは、大型マンションが多い。しかし、ところどころに工場がある。金属加工の工場が多いようだ。成木が働いている工場はこのあたりにあるのではないか。

聞き込みに入っていた刑事がやって来た。

「アパートの住民が、この部屋に出入りする男を見ています」

「成木か？」

「写真を見せました。似ていると言っています」

そのとき、神村のスマホに連絡が入った。

通話を終えると険(けわ)しい顔で美加を見た。

「小野良枝が見つかった」

「えっ、どこですか？」

「海老取川(えびとりがわ)」

「川で？」

羽田空港と蒲田の境を流れる二キロほどの短い川だ。そんな場所で、どうして見つかったのか。

「行くぞ」

「はい」

あわただしくアパートを出た。

2

工場街を走り抜けて、呑川を渡った。大森南に入り、住宅街の狭い路地を右に左に走った。自動車教習所を迂回する。呑川の河口近くにあるアパートの駐車場に警察車両が多く停まっていた。そこに車を停めて、歩行者しか入れない狭い歩道を川沿いに歩いた。河口にある階段を上がる。下りたところに、五十メートルほどの長さのプレジャーボート係留所があり、手前に警官が十人近くいた。警官の輪の中心にブルーシートが敷かれ、全身濡れねずみの女が横たわっていた。小豆色の半袖ニットとハイウエストのロングスカート。白いパンプスの片方が脱げている。ひっつめにした髪がほどけかかっていた。丸っこい額とまっすぐ左右に伸びた濃い眉毛。目は閉じられているものの小野良枝に間違いなかった。

「死んでいます。そこの岩と杭のあいだに引っかかっていたのを散歩していた住民が見つけました」

巡査が腕で示しながら神村に言う。

「怪我は？」

「ないと思います」

「溺死か？」

「まだわかりません」

神村は巡査が手にしていた一リットルサイズのビーカーを受けとり、小野の傍らにしゃがんだ。まわりにいた警官に小野の胸を押すよう声をかけた。

ベテランの巡査が進み出て、小野の胸に両手を重ねて、押し込んだ。すると、小野の口元から水がこぼれ出た。

もう一度押すように神村が言い、巡査が強く胸を押した。小野の口から、透明な水があふれ出た。それをビーカーで受け止めた。ビーカーの底に二センチほど水が収まった。何度か同じことをして、ビーカーには五百ccほどの水が溜まった。ビーカーで受け止められなかった分もあわせると、一リットル以上あったかもしれない。

神村がビーカーの水と死体の口のにおいを嗅いた。美加も同じように嗅いだ。特別なにおいはなかった。小野の首には絞められた痕はなく、刺し傷も皮下出血もなかった。

「溺死ですね？」

美加が言うと、神村がうなずいた。

「自殺でしょうか？」

「わからん」神村は目の前を流れる海老取川を見ながら言った。「まだ硬直は始まっていない」

対岸は首都高速道路のメンテナンス基地。その向こうは羽田空港の滑走路だ。

「水に入ってから二、三時間というところでしょうか？」

「水死体は死後硬直が遅れるぞ」

「あ、そうでした。じゃあ、もっと前？」

「川に落とされたのかもしれん」神村は巡査に向きなおった。「どっちの川から流れてきた？」

「わかりません」

小野が見つかった場所は、呑川の河口で海老取川との合流地点だ。

海老取川は右手、二キロほど南にある多摩川から分流して、左手すぐにある東京湾に注いでいる。

「呑川から流れてきた確率が高いと思います」

美加が言った。

「だとすると厄介だな」

「はい」

二キロしかない海老取川と比べて、世田谷に端を発する呑川は大田区だけでも十キロ近い長さがある。

「八潮組か……」

神村がつぶやいた。

「もしかしたら、彼らが小野良枝を見つけたのかもしれません」

それで小野を川に落とした……。

「成木は？」

「……わからないです」

小野とともに捕まり、八潮組の掌中にあるのだろうか。

「だとしても、成木は逃げおおせているぞ」

なんの根拠があって言っているのかわからなかったが、美加も直感的にそう思った。もし、小野だけが八潮組の手に落ちたのなら、成木の行方を問いつめられたはずだ。小野は白状したのだろうか。それで用済みになり八潮組の手により殺された……。いずれにしろ、成木も危ない。

署に戻ったのは、午前二時を過ぎていた。小野良枝が住んでいたアパートの部屋から、成木につながるものは見当たらなかった。宿直室で仮眠をとった。小野の遺体が目に焼きついて、なかなか寝付けなかった。

翌朝は六時起きした。成木が勤める工場を見つけなくてはならなかった。刑事を三つの班に分けて、七時から神村とともに車で署を出た。工場街の東の外れ、本羽田公園の西側。古タイヤが山づみになった町工場が軒を連ねる一画に入った。タイヤのこすれる音や工場から出る機械音、エアコンから吐き出される音、音、音。車の入れぬ狭い路地を歩く。赤錆びた郵便受け。老人ホームから洩れる、お年寄りたちの奏でる唱歌がのどかだった。建材メーカーの真新しい倉庫を横目で眺め、部品工場を過ぎる。精密金型工場の聞き込みに入った。十三名の従業員の中に成木はいなかった。すぐとなりの精密加工工場は七十人近い従業員がいるが、同様に成木はいなかった。道をはさんだ向かい側に、工業用ガス販売会社があった。念のために聞き込みをしたがむだだった。住宅街をへだてたところにあるエッチング会社にも立ち寄ったが成木はいなかった。あっという間に、午前十時になった。小さなレーザー加工を得意とする有限会社で聞き込みをしているとき、東糀谷を受け持つ班から発見の報が入った。ＪＲ蒲田駅から三キロほど東に行ったところだ。

車で急いだ。バス通りを東に走り、産業道路に入った。北に三キロほど行ったところで右にとり、東糀谷の工場街に入った。大きさも業種もまちまちな工場の続く道を進んだ。金属材料の専門商社が軒を連ねる一画に、小ぶりな工場が建っていた。駐車場で蒲田中央署の刑事が手を振っていた。そこに入った。刑事が工場を指して、

「ここにいるようです。アルミの鋳造工場です」

と言った。

「こんなに小さくて鋳造やってるの？」

「三年前に建てられたばかりみたいです。新しい設備だそうで、車の部品や小ロットの試作品みたいなのを手がけているらしいです」

目の前にある工場は高さが七、八メートル、幅と奥行きは、どちらも五十メートルほどだった。二階部分に小さな窓が三つあるだけのシンプルな造りだ。中央で開けた扉から中に入った。

空調が効いているようだが熱気がものすごい。

台座の上に鉄製の大きな枡形（ますがた）の容器を載せたものが、天井に届くほどの高さまであり、下には制御装置のようなものがいくつか据（す）えられていた。同じものがふたつならび、一メ

ートルほどの高さの丸い炉のようなものが三つ、間をおかずにコンクリートの地面に据えられていた。その右手は鉄製の円筒やダクトが複雑に合わさった設備が壁を覆っている。ヘルメットをかぶった制服姿の従業員を紹介された。古賀という口ひげを生やした若い男だった。

「成木はうちの社員ですが、きょうは来ていません」

と古賀は言った。

「昨日は？」

成木が訊くと、古賀は怪訝そうな顔で、

「今朝方までいたようなんです」

「ここにいたんですか？」

改めてあたりを見回す。

「彼は設備の保守点検担当でした。ゆうべは夜勤じゃないけど、宿直室にいたようです」

「案内してください」

右手に向かう古賀に続いた。事務所の区画に入った。デスクでパソコンと向き合う従業員のあいだを抜けて、奥手のドアを開けた。休憩室のようだ。テーブルがいくつかあり、什器の収まったサイドボードや冷蔵庫があった。従業員用のロッカーが並ぶところに衝立(たて)があり、その奥に二段ベッドが据え付けられていた。

「ここにいたと同僚が言ってるんですが」

と古賀は外に出る鉄の扉の横にあるスチールデスクを指した。

「成木さん以外に人が入ってきたようなことはないですか？」

「従業員ですか？」

「いえ、外部の者が」

「従業員以外は鍵を持っていないし、入れませんよ」

「成木さんは工場の機械の保守点検をしていたんですか？」

「だいたいぜんぶ。裏の燃料ベースも含めて、彼が受け持ってました」

「こちらの工場はアルミを溶かして、部品を作るんですよね？」

「そうです。用途に合わせて、十五種類のアルミを使っていますけど」

「燃料ベースを見せてもらえる？」

「こっちです」

古賀は鉄の扉を開けて、外に出た。左手から工場をまわり裏に出る。フェンスに囲まれた中に、工場と同じ高さの円筒形のタンクがあり、壁に張りついていた。タンクの上にLNGと描かれていた。タンクの横に、管がびっしり詰まった塔がある。

見覚えがある。蛭ヶ平の発電設備にも同じものがあった。

神村は固まったようにタンクを見つめて、一言も口をきかなくなった。

代わりに美加が口を開いた。

「こちらでも燃料電池で電気を起こしているんでしょうか？」

古賀はぽかんとした顔で美加を振り返った。

「いえ、熱処理に使います」

「熱処理というと？」

「工場の中に熱処理炉があって、アルミのビレットをバーナーで焼いて溶かします。バーナーの燃料にＬＮＧを使ってます」

「……液化天然ガスを？」

「それです」

と古賀はタンクを指した。

「石炭やコークスで焼くのではなくて」

「それはでかい製鉄工場ですよ。うちのは最新式の熱処理炉です。昔はうちも重油などを使っていたんだけど、工場を建て直したとき、ＬＮＧに切り替えたんです。公害もないし、効率よくアルミを溶かせますからね」

「なるほど」

でも、それだけのことかと美加は思った。同じ業種の職場を見つけたというだけのようだ。

「成木さんはいつからこちらで働いていますか？」

「去年の六月からになります。必要な資格をすべて持っていたし、経歴も申し分なかったので即採用になりました。腕もいいし、とても助かっていたんですけどね。成木さんが、どうかしましたか？」

「すこし話を聞きたいと思っただけですから。成木さんの行方はご存じないですか？」

「こっちが訊きたいですよ」

神村が歩み寄ってきて、

「ＬＮＧの運用システムを見せてください」

と古賀に声をかけた。

「中にありますが」

神村の意図がわからないまま、工場の中に戻った。

事務所の隅に、パーティションで隔てられた場所に案内された。

液晶モニターが設置されたデスクで、マウスを使い古賀が操作を始めた。

タンクを示す円筒形の形が画面の中央にあり、そこから気化器やＢＯＧヒーター、減圧弁などと書かれたイラストが管でつながっている。

「ここでガスの圧力や温度、送出量なんかを自動制御しています」

「ＬＮＧはどこから運ばれて来ますか？」

神村が訊いた。

「週三ペースでＬＮＧローリーが来て、充塡（じゅうてん）していきます」

「手順を教えてください」

「録画したものをお見せします」

古賀がマウスを操作して、録画を画面に表示させた。

巨大なタンクローリーが燃料ベースに横付けされ、運転員がタンク後部にあるハッチを開けた。ＬＮＧタンクとつながっている十センチほどの太さの柔らかいホースとタンクローリーの弁をつないで、ＬＮＧを送り込む作業が始まった。早送り再生すると、タンクローリーの下から霧のようなものが湧いてきた。ねずみ色だったホースがみるみる白くなった。

「凍ってるんですよ」

と古賀が言った。

「凍る？」

ホースから同じように霧状のものが洩れてきた。あたりは霧が立ちこめて、やがて白い煙のようにあたりを覆いだした。

「天然ガスをマイナス百六十二度まで冷やすと液体になるんです。それがＬＮＧですね」

「ＬＮＧの温度はマイナス百六十二度ということですか？」

「そうです。ローリーからＬＮＧタンクに移し替えるとき、どうしても少し洩れます」

「だから霧のようになるのか……」

現場で説明すると言って、裏手に戻った。

古賀がＬＮＧタンクの横にある管の詰まった塔を指して、

「これが気化器です。ＬＮＧタンクにつながっていて、ここの弁を開けるとアルミニウム管にＬＮＧが流れ出します。棟の中の管はぜんぶつながっていて、距離にすると何百メーターにもなります。ここをＬＮＧが通って空気に温められて気化する仕組みです。ＬＮＧを通すと、ここも凍結しますよ」

と説明した。

「気化したＬＮＧを工場の燃焼炉に送って、バーナーの燃料にしてアルミニウムを溶かすわけですね？」

「ええ」

「アルミニウムは何度で溶けるんですか？」

「六百五十度です」

「気化したＬＮＧが燃える温度は？」

「千八百度ぐらい」

「そんなに……」

液体のＬＮＧは零下百六十度、そのガスを燃やせば千八百度の温度に達する……。気味が悪くなってきた。野田も宇佐見も角倉も、凍えながら焼け死んでいった。ＬＮＧの性質そのもののように思える。

「タンクローリーからＬＮＧタンクへの充塡作業を成木さんがやるわけですか？」

美加は内心の疑問を抑えながら訊いた。

「そうです。彼がやります」

「失礼」神村が割り込んだ。「成木さんの働きぶりはどうでしたか？」

「すごく細かいところに気がつく方で、いろいろ工夫して仕事をしてくれますよ」

「たとえばどんなふうに？」

古賀はしばらく考えてから、

「三月ぐらい前、稼働中にこのあたりに亀裂が入って壊れましてね」とLNGが通る目の前の管を指した。「LNGが洩れてあたりが真っ白になっちゃって、あわてて成木さんを呼んだんです。そしたら、自分が着ている作業服を脱いで、亀裂が入ったところに巻き付けたんです。一分もしないうちに、みるみる凍って洩れが止まりましてね。あとは予備の管と取り替えて、三十分で片づいてしまいました。いやぁ、冷や汗ものでしたよ。万が一、LNGに火がついたら大爆発ですからね。半径数百メートル、すっぽり炎に包まれますから」

「よっぽど慣れているんですね」

「と思いますよ。段取りがいいですから」

「なるほど。それでね、古賀さん」神村が声を低める。「LNGタンクから現物を抜き取ることはできますか？」

「できますよ」古賀がタンクのわきにある弁を指した。「あそこのケンエキベンから定期的に抜き取って、成木さんが検査します。検査に液体の液で、〝検液弁〟と書きます」

「ほー、検液ね」

「あの、マイナス百六十度もあるからとっても危険ですよね」美加が言った。「抜き取ったLNGはなにに入れるんですか？」

「専用の耐熱皿にちょっとだけ入れて、その場で見るだけです。すぐに蒸発してなくなっちゃうし」

「なるほど」神村が質問を続ける。「ごく少量のLNGを運ぶようなことはできますか？」

「カートリッジで運べると思いますよ」

あっさりと古賀が答えた。

「それ、ありますか？」

「LNGを運ぶのはないけど、液化石油ガスなんかを運ぶのはあったはずです」

「それを見せてください」

事務所に戻り、古賀が棚からクリーム色の容器を取って寄こした。三百五十ミリリットルのペットボトルと似た形。それより、やや小さめだ。

神村が手に取り、しばらく眺めてから美加に寄こした。

そこそこに重いが、液体で満たしても持ち運びは簡単だ。

「これステンレスじゃないよね？」

「鋼板ですよ」

「圧延機で引き延ばした鉄板だ」神村が解説してくれた。「恐ろしく硬くて丈夫だ」

「落としても平気だし、万が一衝撃がかかっても、カートリッジが作動して中のガスを少しずつ放出するから爆発しません」

「検液弁からLNGをこの中に入れるのは可能ですか？」

「できます」

「この容器を使えばLNGを持ち運べますね？」

「できると思います。液体窒素を運ぶ容器でも代用できるんじゃないかな」

神村がしきりとうなずいている。

液体窒素は日常生活でもよく見かける。LNGよりも低い零下二百度近いはずだ。皮膚科のイボ取りに使ったり、料理で食材を凍らせるときにも使ったりするのだ。

「いったん充填すれば、中のLNGはどれくらい保ちますかね？」

「この中に入れれば、ほとんど気化しないで済むはずですよ」

「一日くらいは保つ？」

「軽く保ちます」

「ステンレスの容器でも大丈夫？」

「運搬はできると思いますけど、容器や弁がしっかりしていないから、すぐ気化するかもしれません」

神村はカートリッジを手にした。

「管理システムで、検液弁を開けたときの日時がわかりますか?」

「どうかな。ちょっと見てみます」

古賀が席についてパソコンを操作した。表のようなものを表示させた。

「えっと、直近では二十一日の午前八時七分と記録されていますね」

「おとといですか?」

池袋駅で角倉がなくなった日だ。

「ええ」

「この日、成木さんは出勤されていますか?」

「と思いますけど」

「確認してください」

古賀が出勤簿を表示させた。

二十一日、成木は出勤している。

「朝から晩までいましたか?」

「はあ……」

自信がない様子なので、もう一度確認するように伝えると、同僚を連れて戻ってきた。

柴田という若い男で、アルバイトだという。二十一日の成木について訊いてみると、目を

ぱちくりさせ、

「朝来たけど、すぐに早退しましたよ」

古賀が驚いたように、

「そうだったの？」

と口にした。

「ええ、帰っちゃって、次に来たのはゆうべですよ」

古賀に検液弁を開けた日付けを見せてもらった。

七月二十九日の午前一時十五分、そして、八月六日の午前九時ジャストにも開けられていた。

それぞれ、野田と宇佐見が命を落とした日だ。

神村は無表情になった。しばらく画面を見つめてから、古賀に礼を言うと、その場を離れた。美加も礼を言って、神村のあとについた。

車に乗り込むと、神村は渋谷に行けと命令した。

こんなときに、と思ったが、神村は不機嫌そうな顔で、「早く」と言ったので美加はあわてて車を発進させた。

「成木はＬＮＧを使ったんでしょうか……」

不安になり、訊いてみた。

「現場に落ちていた白い微物」

神村は言った。

「あ、水仙の花粉？　あれがどうかしましたか？」

「LNGの中に入れればかちかちに凍るぞ。それを取りだして叩きつければ粉々になる」

あっ、と思った。

成木は供養でもするつもりで、現場にそれを撒いたのか？

神村は押し黙ったまま口をきかない。

もしそうだとしても、どうしてLNGを使うのだろうか。自分が世話になった医師の復讐のために、関わった人を殺すとしても、そんな厄介なものを使う必要がどこにあるのか。もっと簡単な手段がいくらでもある。考えれば考えるほどわからなくなった。

「もしそうだとしても、ただ、LNGを人にかけたりしただけでは、殺せないと思います」

と美加は口にしていた。

だいいち、LNGはすぐに気化してしまって、凍傷を負わせるようなことはできないのではないか。それに、遺体は燃えていた。どうやって火をつけたというのか？

「物理の授業で、ヘロンの蒸気機関を見せてやっただろ」

「えっ」

「一世紀ごろ、アレクサンドリアのヘロンが発明したアイオロスの球。覚えてないか?」

「あ、あ……でしたね」

思い出した。授業で神村は金属の円球とそれにつながった器を教壇においた。円球には互い違いの方向に突き出た金属の細い管がついている。器の中には水が入っていて、アルコール燃料でそれを温めると、管から蒸気が噴射して円球が回転し始めたのだ。

「でも、先生、あれは熱エネルギーが運動エネルギーに変換されるのを見せる実験のはずですが」

神村は残念そうな顔で口を尖らせた。

「蒸気の性質を言えばわかると思ったが。いいか、西尾、ここに一リットルの水があるとする。これを沸騰(ふっとう)させたら体積は何倍になる?」

やられた。まったくわからない。

「体積ですか……えっと、二倍くらいに」

神村は諦めたふうに首を横に振る。

「一リットルの水を沸騰させれば、体積は千七百倍に膨張する。ドラム缶八・五本分になるぞ」

「そんなに！」

だから少ない水でも、とてつもない運動エネルギーを生み出し、あの重たい蒸気機関車が動くのだ。

「水とLNGは違うが、LNGが蒸発した直後は三百倍の体積まで膨れあがるはずだ」

神村が付け足した。

「三百倍……」

「計算上では一キロリットルのLNGから、一万二千立方メートルのガスができあがる。体積比にすれば一万二千倍だ。そいつは空気の一・五倍の重さのガスになって、低いところに下りてくる」

わずかなLNGでとほうもないガスが生まれるようだ。それを今回の事件に当てはめれば……。

「そうなると、どれくらいの量で犯行が可能になるんですか？」

「宇佐見が使ったコーヒーポット、覚えてるか？」

「はい」

渋谷署から持ち帰って、さんざん見たのだ。

「あれくらいで十分だろうな」

　そんな少量でできるものなのか。

「では、ごくわずかなLNGを上からかければ、それが蒸発してガスになり、だんだん下に行くわけですね？」

　神村がうなずいた。「LNGを体にかけられたら凍傷になるし、ガスを吸い込めば窒息する。あんな冷たいものをかけられた日には、一瞬で心臓麻痺になるだろう」

　それが死にいたった原因、そして凍傷の正体なのだろうか。

「死体には火傷の痕があるから、やっぱり燃えたんですね」

　爆発でもしたのだろうか。

「空気中のガス濃度が一〇パーセントになれば、プルームっていう可燃性ガスになる。そうなると、先端部から火がついて、伝播する」

　電話ボックスやエレベーターの中のような閉鎖空間では、そうした現象が起きるかもしれない。

　だが、まだ、わからないことがある。

「でも先生」美加は食らいついた。「どうやって火をつけたんですか？　現場にはマッチ一本落ちていませんでした。もし、ほかの人間がいて火をつけたとしても、宇佐見はひとりでエレベーターに乗っていたんですから」
「それを確かめに行く」

3

双眼鏡越しに見える場所も、自分のまわりも、ひどく成木にはまぶしかった。レンズの向こうに見える建物の像も、手が震えるせいか、しっかりと焦点があわない。それでも、何の不都合もなかった。双眼鏡に目を当てたまま、しばらくそうしていたが、すでに男の姿は、どこにも見えず、灰色の護岸と黒い波が見えるだけだった。成木はレンズを目からはずして、操舵輪(そうだりん)を握った。

こうして、久保のヨットを使い、泥の煮つまったような湾を帆走するのは何度目だろう。右手奥に船溜りがあり、漁を終えた漁船が軒を連ねるように停泊している。再び、双眼鏡を目に当てた。わずかに開けた唇が、ささくれだつように乾いている。

日差しが痛かった。太陽が十も二十も近づいてきたように思われた。手の届くほどの近さにいる男が腹立しかった。キャビンに戻ったが、ガラスの破片を押し付けられるみたいに肌が痛んだ。

自分の散らかしたものが広がり、ナップザックから、しわくちゃになった手紙の頭が覗いている。そこに書かれてある文言に、かつては、胸が焼けるように痛んだことを思い出したが、いまではそれもない。ふいに船が揺れ出して、体が不安定になった。

成木は、操舵輪をしっかりとつかみ、足を踏ん張った。

底を洗う波の音がしている。相変わらず、キャビンの中に漂う潮のにおいに鼻が侵(おか)されている。成木は、皺だらけになった手紙を引き抜いた。

《成木満嘉様

向寒のみぎり、いかがお過ごしでしょうか。年明け早々、つまらぬ学会でしばらくのあいだ越前を離れる仕儀になったのが残念です。こうして書いている窓から、天高く、貫いて立つようなテレビ塔が見えます。当分のあいだ、私はこの街から出ることはないでしょう。

あなた方のことを思わぬ日は一日としてありません。洋二君の容態はいかがですか。私がずっと側(そば)にいられたら、と口惜しい気持ちです。困ったことがあったら、いつでも小野に相談してください。手慰(てなぐさ)みに、あなた方ふたりがいつここに来ても、私のいる場所がわかるように、あなたから分けてもらった水仙の球根を言われたとおり、あの、白い粒と一緒に、宿舎のまわりに植えてきました。御笑止ください。

初霜やわずらふ鶴を遠く見る

蕪村の句です。もう、鶴は広い空に向かって羽を広げて、飛び立つことはできない。けれども、今、いるこの地を最後の安住の地として、せめて、苦痛のない、安らかな日々を送らせたい。そんな心境を歌っているのでしょうか。ご自愛下さい。

松原俊則〉

いま、手紙にあるそのテレビ塔が手の届くほど近くに見える。当時はそれが立つ街を想像すらできず、ただ棘のようなビルが一面立ち並ぶ光景しか当時の成木には描くことができなかった。その風景から道が真っ直ぐこちらに向かってのび、きりたったみたいに、日本海が忽然と現れるのだった。

漁村で船を借り、海原にこぎ出した、あの日のことがよみがえる。一昼夜かけて船はなんなく海溝の上にたどり着き、重い石をつかませた洋二の骸を波間に滑りこませた。

照りつける陽光から一目散に逃れるみたいに、白い筒は瞬く間に群青色の海面から消えてなくなり、わずかに残った渦潮が小さな雄叫びをあげた。とうとう、お前に勝ったのだ、と喜色満面の洋二の顔と声が陽の光の届かぬ海底から聞こえてきたのだった。水葬を終えて、船を浮かべたまま、甲板で横たわる。潮の流れはおろか、風すら感じることができず、遠く湧き出る雷雲を眺めながら、洋二はあの中に入っていくのだと思った。

ウミネコの若鳥が一羽、舞い降りてきてマストにとまった。上を見ればコアジサシの群が丸い円になって東に向かっている。潮の流れに船をまかせたままでいると、ふいに灰色っぽいものが見え、それがぐんぐん近づいてきた。知らぬ間に流されて岸に近づきすぎていたらしい。

仕方なくエンジンをかけ、船の向きを変える。

まぶしすぎる光線が、デッキに溢れている。成木は頭を上げて、その方向を見やった。その建物は、手の届くほどの近さにある。毒々しい形だった。湾曲した鉄骨の一本一本までがくっきりと見え、箱からこぼれた光がないだ水面にあたり、投網を打ったように平面上に広がって銀の膜に姿を変える。

どこから光が発散しているのか、光の元はどこなのか、わからず、ただ、四面の中に広がる光の筋を追いかけているうちに、背中がひきつるように痛みが走った。息をすることがこれほど苦しくなったことはなく、喉と肩をポンプみたいに連動させて、空気を取り入れて吐き出すが効率が悪い。スチームバスの湯気みたいに、波の音が流れこんできて、鼓膜が圧迫される。あわてて閉めるが、あのトマト畑の、街路灯に突っこんで死んでいく虫たちの羽音みたいな音がずっと内耳に残った。ここが何と呼ばれる海なのか、すっかり忘れてしまい、しいて思い出そうとも思わない。ただ、これほど明るい場所で過ごすのは、はじめてで、軽い酩酊感が続いている。不機嫌な太陽が中天に浮かんでいる。あの、久保医院の二階の部屋にいまも、この明かりは差しこんでいるだろうか。もともと、家具らしい家具もない二間続きの畳部屋は、どんよりと暑さでよどんでいるだろう。

そこに自分たちが住んでいた形跡は残っていない。洋二と過ごした時間が幻のようにも思え、それまであった実感さえ薄れかけている。これはどうしたことだろうと成木は考えた。

時間が過ぎたのか、それとも、洋二が離れていったのか。

それまで、息を大きく吸えば、洋二の匂いを嗅ぐことができたし、じっとしていれば、足音も聞こえたが、いまはそれがない。体中の汗腺がつまったみたいに汗は流れず、内側にこもった熱のせいで、絶えず頭痛とめまいに襲われる。このまま、ここにいてもよいのだ。海をつたって流れる風は、今少しこの光の中で生きろと命じているではないか。そう思ってもみたが、そうした自由はもはや許されそうにないことだけはわかった。

念ずればどこにでも行けるお前とは違うが、別の場所が自分を待っている。

日を追うごとに地から離れ、天に近づいているという感触は確かにあった。その空洞を自分はいま、こうして待っているのだ、と成木は思った。体は越前にいたときより、ずっと軽い。

耳鳴りがしている。その音はまるで、蛭ヶ平の海鳴りのようでもあり、何かが自分を上へ上へと引きあげているようにもとれる。越前を出て以来、いや、洋二が去った日以降、ずっとそれはどこかで鳴り続けていたが、ようやく自分はそこにむかっているのだという実感がある。キャビンに落ち着くと、ほとんど無音の世界だった。その静寂とはうらはらに、身のうちで、毒を吐き、動き回る虫がいる。

早く、身を躍らせろ、そうしないと、お前はもっともっとひどい場所に連れていかれるぞ。虫は言い、その声に反駁する気もおこらず、だまって窓越しに陽光を見つめる。自分の身をこの世から打ち消してしまいたい、しかも、ずたずたにひきさき跡形もない形で、という思いは、ずっと以前からあった。視界は再び元に戻っていた。あたりの風景は漠然とした輪郭しか見えないが、それすら以前と違うように見えた。自分はいま、魂をここに残して、死にかかっているのだな。

はじめて見る末期の景色は穏やかで、彼岸から何者かの呼ぶ声が聞こえる。

気がつけば、水飴のような、とろりとした涙が鼻梁をつたっていた。

ふと空気が揺れ、足音とも何ともつかない音を成木の耳はとらえた。神経を集中すると、再び、同じ音がした。成木はふっと息を洩らし、そのときが近づいているのだな、と思った。

4

昼時を過ぎても、渋谷ヒカリエ十一階にあるイタリアンレストランは客で混み合っていた。サラダブッフェの片づけをしていた男性店長を神村が外のテラス席に連れ出した。そして、八潮組組長の宇佐見克明が亡くなった八月六日、宇佐見が持ち込んだポットに、コーヒーをいれて渡した店員に会わせてくれと申し出た。すると店長は怪訝そうな顔で、

「あの人、来なくなってしまいましたけど」

と答えた。

「いつから来なくなったの？」

「事件があった直後から。電話してもつながらないし、あれから一度も出勤して来ないんです。勝手に辞められちゃって困ってますよ」

神村が自分のスマホを操作して、店長に見せると、そこに写っている写真を食い入るように見つめた。

「ああ……この人ですよ」

小野良枝の写真だ。

「名前は何ていった？」

神村がとぼけて訊いた。

「中沢さん、中沢圭子さんです」

「いつからここで働くようになったの？」

「この日からです」

「半日来ただけでいなくなった？」

「そうなります」

「厨房を見せてもらえますか？」

ふいに神村が質問を変えたが、店長はそれに応じてふたりを厨房に入れた。

ざっと見渡した神村が調理台の隅に置かれた一風変わった容器に手を当てた。

鉛色をした円錐形（えんすいけい）で、丸みを帯びた上の部分から細長い管が伸びている。管の上に取っ手がついていた。

「こちらでは液体窒素を使った料理はしますか?」

振り向いて神村が訊いた。

「しますけど」店長が答えた。「果物（くだもの）やアイスクリームなんかをその場で凍らせます」

神村に促されて美加はその容器に触れてみた。

恐ろしく冷たい。

「液体窒素が入ってる二重壁の断熱容器だ。デュワー瓶っていう」神村がつぶやいた。

「一般にはどれくらい、中身は保つのかな?」

「そこそこ保つと思いますよ。毎日配達されるわけじゃないですから」

「これ、配達されるんですか?」

思わず美加は訊いた。

「はい、専門業者がいますから」

神村は改めてスマホをかざした。

「店長、もう一度訊く。この人が宇佐見さんにコーヒーの入ったポットを渡したのに間違いないね?」

「はい。給料払わないといけないし、迷惑千万です」店長は救いを求めるような顔で神村を見た。「ご存じだったら教えてもらえませんか？」

「や、こっちも探してるんだよ、じゃ」

さっさと神村は背を向けてテラス席から出ていった。

美加は店長に頭を下げて、そのあとに続いた。

驚きを隠せなかった。あの日、小野良枝がここにいたとは！

店から出て、エレベーターホールに向かう途中、

「宇佐見はコーヒーポットを右手に持って、ここを歩いた」

と神村が口を開いた。

「そうですね」

と調子を合わせた。

神村はしばらく行って歩みを止めた。

目の前に、五基のガラス張りで透明なエレベーターがある。どれも動きは一定していない。神村は上がってきた右からふたつめのエレベーターに乗り込んだ。宇佐見が命を落とした急行のエレベーターだ。ほかに客はいなかった。

神村はボタンを押さずに窓側に寄った。腰から少し上の位置にある手すりに、両手を使

ってものを置く仕草をした。

「宇佐見はこうしてポットを手すりの上に置いた」

それは初めて聞く。神村の見解だろうか。

「ポットが重かったからですね？」

「それもあるが、ポットに何かしらの異変を感じたからだ」

「異変……」

答える代わりに、神村は手すりに当てている両手を小刻みに震わせた。

「ポットが動いていたんですか？」

「ポットじゃなくて中身だ」

「コーヒーが？」

「コーヒーじゃない。入っていたのはＬＮＧだ」

耳を疑った。

よりによってＬＮＧが？

「ＬＮＧがコーヒーポットに？」

言葉が継げなかった。

あの零下百六十度の液体がコーヒーポットの中に収まっていた？

「ＬＮＧは簡単に持ち運びができるぞ」

「そ、そうですね」

小野良枝がカートリッジでＬＮＧを持ち込み、こっそりコーヒーポットに注いで、それを宇佐見に渡した？　店でＬＮＧと似た液体窒素を扱っているから、湯気の立つ液体を扱っていても、不審に思われない。かりにそうだったとしても、宇佐見はＬＮＧの入った容器を持っているだけのことだ。でも、宇佐見は凍傷を負い、さらには全身を焼かれて、エレベーターの中で命を落としている。次々に疑問が湧くが、神村の中ではすべてが解決済みのようだった。

「宇佐見が乗ったときのエレベーターの運行記録は見たな？」

「はい、ここから乗って、七階でいったん止まっています」

「そうだ。シリコンボール覚えてるな？」

唐突に言われて、すぐに返事できなかったが、宇佐見が乗っていたエレベーターの中にそれらしいものがひとつ、落ちていたことを思い出した。

神村はエレベーターから外に出たので、美加も続いた。

宇佐見がいたイタリアンレストランの入り口まで戻った。

「小野がボトルにＬＮＧを注ぎ込んだとき、中にシリコンボールを入れたはずだ」

神村が言ったことが理解できなかった。

「ポットの中にシリコンボールを？」

「ひとつじゃなくて、三ついれたはずだ」

「三つもですか？」

零下百六十度の液体にシリコンボールを入れたときの状況を想像した。

激しく湯気が立ったのではないか。

「シリコンボールの大きさと、ポットの中の温度、それから宇佐見が歩くスピードとエレベーターまでの距離を計算してみたが、三個ほどで十分だろうと思う」

ますます意味がわからなくなってきた。

「あの……どうしてシリコンボールなんかを入れるんでしょうか？」

神村はまた物理の教師の顔に戻った。小言をもらいそうな感じだったが、神村の口から別の質問が出た。

「ポットを渡してから、小野はこの店を出ている。わかるな？」

「あ、はい、宇佐見が乗るエレベーターの防犯カメラにスプレーをかけました」

ふむふむとうなずいて、神村はまたエレベーターの前に戻った。

そのあいだずっと、美加はシリコンボールが三つ入った容器の中を頭に描いた。中では異物が入って、恐ろしいほどＬＮＧが沸騰していた……。

「あ、先生、沸騰して中でゴトゴト、シリコンボールが揺れますよね」

苦心して解答を引き出した生徒を見るように、神村の表情がやわらいだ。誰もいない急行エレベーターの中に一歩踏み出す。

壁に手を近づけ、七階のボタンを押した。

エレベーターの扉が閉まった。透明なガラス窓の向こう側で、スチールロープが巻き上げられ、エレベーターが下降しだした。五秒足らずで七階に着いて扉が開いた。外に人はおらず、しばらくして扉が閉まった。素早く神村が扉の〝開〟ボタンを押したので、エレベーターはそこで動かなくなった。

何をする気なのだろう。

神村は最前と同じように、手すりに両手をあてがった。

「このころには、ポットはぐらぐら煮え立っていたはずだ。西尾ならどうする？」

「……ふたを開けて中を見てみます」

神村がしきりとうなずき、「おれもそうする。実際、宇佐見はそうした」と言い、ポットのふたを開けて中を見る真似をした。

「そのとき、問題が起こった。わかるな？」

またしても不可解な質問をされ、美加は戸惑った。

「宇佐見が目に受けた傷を思い出せ」

「あ、はい……たしか……目にも火傷を負っていましたけど」

「正確には〝左眼球の内側に火傷〟だろ」

「はい」

たぶん、そうだったはず。

神村が通りを隔てたすぐ前にある雑居ビルの窓を指した。

「火はあそこにいた成木がつけた」

美加はまたしても意味がつかめなかった。

あんな離れたところから、宇佐見の目に火をつけた？

神村が仕方なさそうに自分のスマホを操作し、美加の眼前にかざした。

……なんだろう、これ？

オフィスの入り口に受付カウンターがあり、女性が座っている。天井に取り付けられた広角の防犯カメラの映像らしく、上のアングルから部屋全体が収まっている。しかし、それだけのことで意味がわからない。時刻表示に気づいて、胸騒ぎがした。08：06：13：15。

この時間帯は、宇佐見がエレベーターで倒れた時刻と同じだ。

神村が首をねじ曲げて、左手の方角を示した。

「あっちのビルの八階で仕入れた映像だ。もう一度再生するから、よく見ていろ」

神村が入っていった突き当たりのビルだ。

固唾を呑んで見守る。

再生しても動くものはない。

わからないので、神村の手からスマホを奪い取り、顔に近づけてもう一度再生させた。

しかし、だめだった。もう一度再生させる。大きく取られた部屋の窓に、渋谷ヒカリエの真西にある渋谷駅の駅ビルが映り込んでいるのに気づいた。その格子状の窓に、かすかな線がさっと浮かんだ。左から右へ、光る線が走ったのだ。改めてエレベーターの外の風景を見た。この光線は反対側のビルの成木がいたあたりから出て、いま自分たちが乗っているエレベーターに、ほぼ水平に当たった……。

「これって、レーザービームですか……」

「そうだ。当日の天候は悪かったから、かろうじてビームが映った」

「成木は道路をはさんだ向こう側にいる宇佐見の顔めがけて、レーザービームを放った。

そのビームが目に入って、目が焼かれたんですよね？」

「使われたのはおそらく三万から六万ミリワットの強力なやつだ」

「レーザーって、温度は何度になるんですか?」

「レーザービームは指向性と強いエネルギーを持った人工的に増幅された光だ。それ自体に温度はないぞ」

「じゃあ、燃えない……」

「レーザーが物に当たると、その光エネルギーが物に吸収されて加熱される。そうなったとき理論上、温度の上限はない。それぞれの物質の発火点がレーザーの温度と置き換えられる。たとえば、木材なら五百度、人体も同じくらいだろう」

電子レンジと同じ原理のようだ。

「このからくりが最後までわからなくてな」

神村は洩らすと、ボタンにあてがっていた指を離した。

エレベーターが下降を始めた。

越前入りして蛭ヶ平を訪ね、燃料電池の設備を見たとき、神村は暗黒物質イコールLNGと目星をつけたのだ。あとは、その調達先と発火させる手段さえわかれば、謎が解き明かされる。これを調べるために、神村は昨日、左手のオフィスビルに出向いたのだ。

七階でレーザービームをまともに目で受けた宇佐見は、その衝撃で胸のあたりにかかげていたポットから手が離れた。ポットは体側に倒れ込んで、中身のLNGがこぼれて上体にかぶった。それが第一の衝撃。ＬＮＧが下肢まで流れるあいだショックが続き、立ったまま心臓が停止した。やがて、プルームが発生したところに、成木はもう一度、レーザービームを放った。一瞬で火がついた。それが凍える火の正体だったのだ。

エレベーターが一階に着いた。扉が開き、待ち構えていた客が乗り込んできた。神村とともにエレベーターから降りて、振り返った。事件当日、いまのように、エレベーターの前で待っていた客の中に、一足先に降りた小野良枝が紛れ込んでいた。客たちはパニックを起こしたが、何人かは助けるために中に入った。小野も彼らに従って、エレベーターの中に入った。そして、犯罪の証拠をなくすために床に転がったシリコンボールを拾って外に出た。しかし、ひとつだけ拾いそこねたのだ。

感慨を持って閉まる戸を見つめていると、神村がさっさと駐車場に向かって歩きだした。美加はあわててそのあとについた。ふいにそのことに気づいた。先生と呼びかける。

「犯行現場に落ちていた白い水仙の粒、あれはＬＮＧで水仙の花を凍らせて砕いたものだったんですね」

神村は答えないまま、ずんずん歩みを早めた。

停めていた車に乗り込み、警察無線をつけた。

いきなりそれが入ってきた。

〈……中央区、清和ガーデンにおいて、放火事件発生、男性ひとりが焼死したものと思われる、こちら警視庁、繰り返す、清和ガーデンにおいて……〉

車を発進させることも忘れ、聞き入った。

〈……こちら築地中央署、清和ガーデン高層部、二十八階部分でレジデンス棟とオフィス棟を空中で連絡しているブリッジの中間点にて、警護対象者の安形和寿が倒れている。意識はなく、すでに死亡しているものと思われる〉

〈こちら警視庁、詳しい状況を報告してもらいたい〉

〈了解。ブリッジのレジデンス側はホテルのラウンジになっている。オフィス棟からブリッジを渡っても、レジデンス側のドアが開かない。ふだん、ブリッジはほとんど人通りがない。したがって、犯人は安形がレジデンス棟から出てきたところをブリッジで待ち伏せしていた模様……〉

少しずつ状況がわかってきた。

安形がホテルのラウンジに降りていった理由はわからない。

しかし、何らかの誘導があって、ブリッジへ続くドアを開けてしまったようだ。

神村に肩を突かれた。

「は、はい、行きます」

美加は焦る気持ちを抑え、アクセルを踏み込んだ。

5

青山通りを走った。表参道の手前で渋滞に引っかかり、六本木方向へショートカットした。芝から汐留へ抜け、銀座を横切る。警察無線の傍受で、状況がわかってきた。安形の携帯に電話が入ったのが三十分前の午後二時五分、電話の内容は不明だったが、おそらく、そのとき何らかの指示が安形に伝えられた。安形は警護の目をごまかして、二十一階にある自宅から二十八階のホテルまで上がり、ブリッジに入ったらしい。

しかしと美加は思わずにはいられなかった。複数の警官が警護についていたはずなのだ。みすみす、マル対を単独で行かせるなどあってはならない。それだけではない。犯人が成木なら、どこから侵入したのか。清和ガーデンの入り口はすべて警官が張りついているはず。なのに、堂々とオフィス棟へ入って、連絡ブリッジまで上がった。どうやればできるのか。警護についたばかりで、警察サイドは建物のすべてを把握しているわけではない。ひょっとして、無防備な通用口もあるのではないか……。いや、そもそも成木はどこから現れたのか。顔は割れている。車にしろ徒歩にしろ、見つければすぐにわかる。

「……川か」

と神村がつぶやいた。

「……隅田川ですか？」

「久保だ。あの人はヨットを持ってる」

「そうでした」

成木はヨットに乗って清和ガーデンにやって来た？

はっとした。ガーデンの表側は警官で固められている。しかし、川のある裏手は警護が手薄になっているのではないか。

〈マル被の目撃情報が入った、繰り返す、マル被の目撃情報が入った〉

〈こちら警視庁、報告されたい〉

〈……こちら築地中央署、成木がガーデン側から歩道橋を走る姿が目撃されている。さらに、その先の病院の駐車場にても成木の目撃証言が複数入っている〉

〈了解、こちら警視庁、付近にある各局は急行されたい〉

清和ガーデン前は警察車両であふれていた。路上に停め、エントランスに入った。

ガラス張りの大屋根広場を走り抜け、裏手に出た。頭上にツインタワーがのしかかるように立っている。幅の広い階段のステップを飛ぶように下り、隅田川の遊歩道に降り立った。川を伝わってくる泥と塩辛い風に鼻をつかれた。

右手だ。水上タクシー乗り場の手前、川面から突き出た二本のアンカーのところに、真っ白い帆を張ったヨットが見えた。

ひょいと鉄の柵を越えて、男がヨットに飛び乗るのが見えた。

全速力でそこまで走った。

アンカーに係留されたヨットの舫い綱を作業服姿の男がほどいていた。

粗末な白いズックが見えた。

「成木さん」

神村が呼びかけると男の腕が止まった。ちらっとこちらを振り返り、神村の全身を舐めるように見た。

「成木満嘉さんだな」

ふたたび声をかけた。

成木満嘉に相違なかった。写真の成木は真っ黒に日焼けしていたが、目の前にいる男は血管が透けて見えるように生白い。

言うべき言葉が見つからず、たっぷり三十秒ほど向かい合った。そのあと、ようやく「話したいことがある」と神村の口から洩れた。

成木が頭を横に振る。表情はない。

「大事な話だ。動かないでくれ」

成木が小さく返事をしたように思えたが、聞き取れなかった。

「小野良枝さんが亡くなった。知っているか?」

返答を待った。黒真珠のような成木の目が炯々と光りだした。

「松原さんを殺した連中は、こちらで把握している。くだらん連中だ。あんたがなぜ、あんな連中の相手をしなきゃならん?」

ふたたび、長い沈黙。

「あんたの苦しみはわかる。子どもを失ったのも辛かったろう。だが、それだけで、どうして人を殺さなきゃならない?」

神村の問いかけに、成木は唇を嚙んで、舫いをといた。

「あの火はだめだ」神村が呻いた。「あんたの使った火だ」

「プルームか?」

あっけらかんとした答えに美加はとまどった。

……なあ、刑事さん、あの輝くほどに美しいガスの中に入ったことがあるか?

という声が成木の口から洩れて、思わず耳をそばだてた。

「おれはある。あれは忘れもしない。洋二の皮膚からガン細胞が見つかった日だ。タンクローリーがやってきて、おれはいつものようにひとりで充填作業を始めた。ローリーには圧力差をなくす加圧蒸発器がついてるから、簡単に充填できる。わかるか?」

「わかる。あんたが勤めていた工場で見てきた」

成木が小さくうなずいて続ける。「タンクの側にアームがついていて、それをローリーと連結させてやるだけで済む。いつもどおり充填を始めたが、おれは洋二のことが気になって仕方がなかった。……そのあとのことは、あまり覚えていない」

親しい友に話しかけるように成木は言葉を継ぐ。

「結合部のジョイントの一本が外れていたのに気づいたけど、遅かった。背筋の方で冷たい感じがして、振り向いた。初めは何も感じなかったんだよ」

「……あんたLNGをかぶったのか?」

「人間の体温は大したものだ。LNGが体に当たった瞬間、蒸発して消えてしまった。甘く見たんだろうな。すぐ、差し込むような痛みがあった。身を灼かれている、という感覚だ。だけど、それだけじゃない。何と言えばわかってもらえるかな」成木が言葉を選ぶ。

「火でもなけりゃ、氷でもない、まるで、この世のものとは思えない感じだったよ。熱いとか冷たいとか、そんなことでもない。体が歓喜して震えていたのだけは覚えている。これで、ようやく洋二の側にいられる。何ものにもまさるもので、自分はいま、洗礼を受けているのだと」

「わざと浴び続けたのか」

「……そうじゃない、俺は見つけたんだ……陽の光よりも……強い……ほとばしる……とうとう見つけた……」

ヨットが岸から離れ、漂いだした。

成木がヨットの真ん中に動いて、かがんだ。立ち上がった成木の手に、銀色に光る長い筒があった。成木はそれを頭の上に持っていった。

「成木っ」

神村が柵から身を乗り出すように、上体を川の側に倒した。

美加は目と耳を疑った。

ほんの一瞬、筒からこぼれ出る透明な流体が見えた。

成木のまわりに靄のようなものがかかった。すぐそれは一カ所に集まり、白いガス状になって、膝から太ももへはい上がり始めた。プルームが成木の全身にからまっていく。

「飛び込めっ」

成木の体がみるみる白くなっていく。成木の手元から、火花のようなものが飛んだ。ライターだ。成木の足元から青白い火が立ち上った。ゆっくりそれは這い上がり、火の繭(まゆ)のように体を覆い尽くした。濃さを増し、やがてオレンジ色に変わったと思うと、メインセールの布に火が燃え移った。ヨットが岸を離れていく。喉の奥から絞り出すような声が聞こえた。成木の首が右に傾き、それまで開いていた目が、閉じていった。それでも成木の体はマストに磔(はりつけ)になったまま動かなかった。

本作は「読楽」２０１９年2月号から11月号に連載された作品に加筆修正したものです。なお、この作品はフィクションであり実在の個人・団体などとは一切関係がありません。

徳 間 文 庫

第Ⅱ捜査官

凍(こご)える火(ひ)

2020年3月15日 初刷

著者 安東能明(あんどうよしあき)

発行者 平野健一

発行所 株式会社徳間書店

東京都品川区上大崎三―一―一 目黒セントラルスクエア 〒141―8202

電話 編集〇三(五四〇三)四三四九 販売〇四九(二九三)五五二一

振替 〇〇一四〇―〇―四四三九二

印刷 製本 大日本印刷株式会社

ISBN978-4-19-894542-8 (乱丁、落丁本はお取りかえいたします)

徳間文庫の好評既刊

安東能明
第Ⅱ捜査官
虹の不在

文庫オリジナル

　元高校物理教師という異色の経歴を持つ神村五郎は、卓越した捜査能力により平刑事なのに署内では署長についでナンバー２の扱い。「第二捜査官」の異名を取る。相棒の新米刑事・西尾美加は元教え子だ。飛び降り自殺と思われた事件の真相に迫った「死の初速」。死体のない不可解な殺人事件を追う表題作「虹の不在」など四篇を収録。難事件に蒲田中央署の捜査官たちが挑む大好評警察ミステリー。

徳間文庫の好評既刊

柚月裕子

朽ちないサクラ

警察のあきれた怠慢のせいでストーカー被害者は殺された!?　警察不祥事のスクープ記事。新聞記者の親友に裏切られた……口止めした泉（いずみ）は愕然とする。情報漏洩（ろうえい）の犯人探しで県警内部が揺れる中、親友が遺体で発見された。警察広報職員の泉は、警察学校の同期・磯川（いそかわ）刑事と独自に調査を始める。次第に核心に迫る二人の前にちらつく新たな不審の影。事件には思いも寄らぬ醜（みにく）い闇が潜んでいた。

徳間文庫の好評既刊

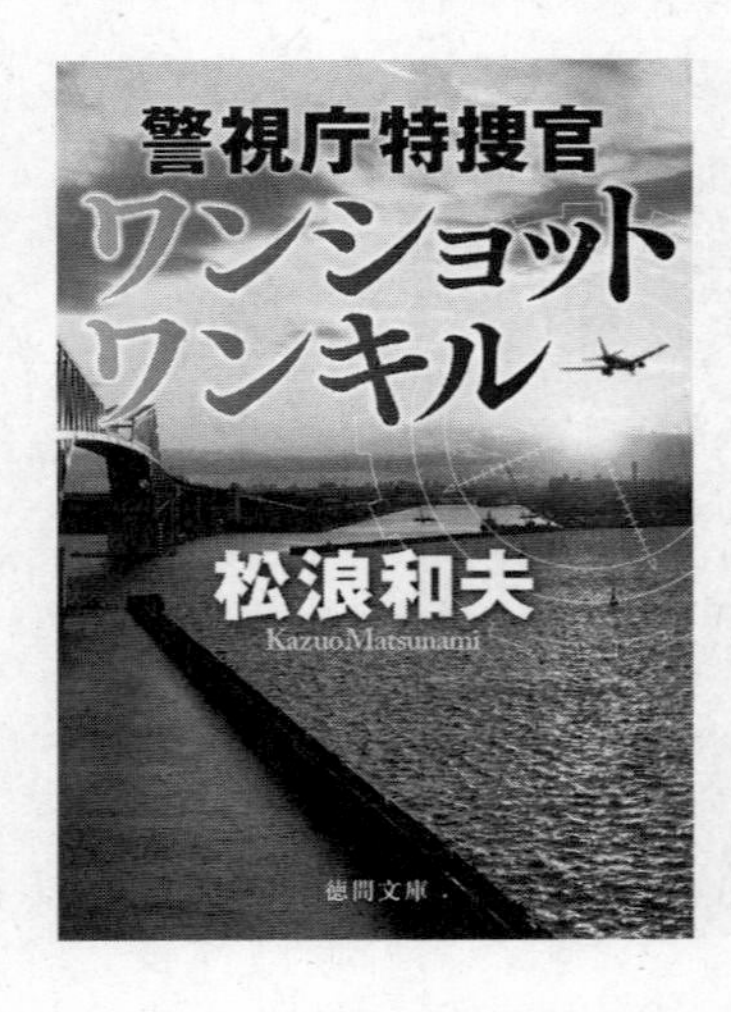

松浪和夫

警視庁特捜官
ワンショット ワンキル

　命令で犯人を射殺した機動隊狙撃手の清水。銃弾に斃(たお)れたのは、尊敬していた教官だった。人を殺(あや)めた重圧によるＰＴＳＤに苦しむ清水を見た、かつての相棒・刑事の梶原は、次は撃たせてはならないと固く誓う。が、ふたりをあざ笑うかのように、人質籠城事件が発生。清水が呼ばれるが、思いもよらぬ鉄壁の要塞に警察は突破口を見出せず……。清水は撃てるのか？　梶原は撃つ前に逮捕できるのか？